守护大山的人

陈凤华　著

时代文艺出版社

图书在版编目（CIP）数据

守护大山的人 / 陈凤华著. -- 长春 : 时代文艺出版社, 2021.6
ISBN 978-7-5387-6645-5

Ⅰ. ①守… Ⅱ. ①陈… Ⅲ. ①纪实文学－中国－当代 Ⅳ. ①I25

中国版本图书馆CIP数据核字(2021)第068022号

守护大山的人

SHOUHU DA SHAN DE REN

陈凤华 著

出 品 人：陈　琛
责任编辑：李荣鉴
特约编辑：高　莹
内文摄影：朴龙国
装帧设计：陈　阳
排版制作：毛倩雯

出版发行：时代文艺出版社
地　　址：长春市福祉大路5788号　龙腾国际大厦A座15层　（130118）
电　　话：0431-81629751（总编办）　0431-81629755（发行部）
网　　址：weibo.com/tlapress（官方微博）　sdwycbsgf.tmall.com（天猫旗舰店）
开　　本：710mm × 1000mm　1/16
字　　数：261千字
印　　张：17.75
印　　刷：长春第二新华印刷有限责任公司
版　　次：2021年6月第1版
印　　次：2021年6月第1次印刷
定　　价：58.00元

序　言

长白山是大自然留给吉林人的永世财富，这片广袤的原始森林，是数千种野生动植物生存的“天堂”，有着“百兽栖息地，千鸟竞飞林”之称。长白山国家级自然保护区丰富的自然资源和得天独厚的自然环境，使长白山成为一座天然的自然博物馆。

吉林长白山国家级自然保护区地跨吉林省安图、抚松、长白三县，始建于1960年，是我国建立较早、地位十分重要的自然保护区之一。总面积196465公顷，其中林地面积169244公顷，疏林地8406公顷；森林覆盖率86.1%；林内植物2806种，动物1588种。1980年加入联合国教科文组织“人与生物圈”保护区网络，被列为世界自然保留地之一。1986年被国务院批准为“国家级森林和野生动物类型自然保护区”。

长白山自然保护区是世界少有的“物种基因库”，又是森林生态系统研究和教学的天然教室，完整的生态系统是世界少有的宝贵资源。长白山国家级自然保护区以保存野生动植物种质资源，保护、拯救和扩繁珍稀濒危生物物种，保持生态系统的自然演替过程，保障长白山乃至松花江、图们江、鸭绿江三大水系中下游广大地区的生态安全，保护全人类珍贵的自然遗产为根本目的，在开展资源保护、科学研究、绿色教育和生态旅游等方面也具有非常重要的意义。

长白山自然保护区划分九个区域，有近千人在森林防火、制止砍伐盗猎、资源保护和防治森林病虫害等工作岗位上默默坚守。保护区内十五座瞭望塔，瞭望辐射的区域面积 80%，瞭望员全天候在岗。他们工作很辛苦，令违法者望而生畏，人称“千里眼”“铁脚板”“活地图”。他们是长白山保护工作的基石，无论刮风下雨，无论天寒地冻，始终在保护第一线，坚守一颗初心，担当一份使命，确保长白山区珍稀物种的安全。

2020 年，是长白山自然保护区成立六十年。六十年的建设史，就是六十首赞美的歌。几代长白山人为了守护好祖国的这片绿水青山，艰苦创业、砥砺前行，在这片神奇的土地上创造了一个又一个人间奇迹。

作家陈凤华利用两年的时间，十几次来到长白山，与管护员一起森林巡护，与瞭望员一起登塔瞭望。她被保护区的故事感动了，为管护员的经历落泪，她撰写了关于长白山自然保护区守山人的文字，作为长白山自然保护区建区六十年的献礼，更是喜迎 2021 年中国共产党成立一百周年的献礼。

生态优先，保护第一。长白山守山人对这座大山拥有特殊的情结，深深地爱着这座圣山，心怀敬意，心有敬仰，去爱护她，珍惜她，像对待生命一样对待生态环境。为了更好更深入地贯彻落实“绿水青山就是金山银山”的理念，牢固树立大局观、长远观、生态观，做到“保护面前诱惑再大不动心，生态面前再小不破坏”，他们以青山为家，林海为伴，丰富的动植物为友，就这样默默地、毫无怨言地保护着长白山。

长白山守山人守护长白山的每一寸土壤，守护长白山的每一份空气，他们在默默地为长白山自然保护区付出。这本书讲述了在艰苦环境中长白山自然保护区管护员和瞭望员如何踏实的工作以及他们乐达的情怀。自然保护事业是造福人民、造福子孙后代的伟大事业。希望读者通过阅读这本书而了解长白山林海深处那些为保护自然而默默付出的森林卫士。

期待更多的读者翻开这本书，在感动中阅读，走近鲜活的守山人和神圣的长白山。

丁之慧

写于庚子立秋

目录

引　子

中国起步时，你是历史走廊；

中国辉煌时，你是半个大唐；

中国蒙难时，你是冰雪战场。

完成了这一切，突然发现，

你还是全世界最稀缺的生态天堂。

——余秋雨先生对长白山的评价。

2020年9月19日，是一个难忘的日子。

这一天，长白山下，长白山自然保护区建区六十年纪念大会隆重召开。

长白山优秀的儿女会聚一堂，重温长白山自然保护区走过的六十年峥嵘岁月。二十年一代守山人，六十年一甲子，恰好经历三代人。三代人在两万一千九百个日日夜夜，兢兢业业地守护着这片神山圣水，守护着被誉为全球同纬度带最富生物多样性的自然综合体和森林生态系统！

与此同时，冠名“长白山号”的高铁列车从上海虹桥站首发。车身外彩贴、头片、桌贴、海报、品牌天幕、播音、LED等贴满长白山旅游品牌元素，让游客近距离感受长白山之美。为长白山品牌传播注入强劲动力，提升了长白

天池

山旅游品牌的影响力，让更多游客感受“神山、圣水、奇林、仙果”的自然魅力。

“长白山号”高铁列车载着长白山的寄托和祝福驰骋在国脉上。

我心中的“长白山梦想号”也以文字的方式启程。

“长白山梦想号”如一名导游，带着您去感受这片山林的神秘，去倾听守山人的故事。

一

山魂水韵读不尽的空灵，巍峨奇峰品不完的厚重，天地有大美，奇绝长白山。这里的每一棵树都有记忆，每一条河流都有历史，每一座山峰都有传说，这座大山的故事描绘着关东人的民族图腾。

长白山的神话丰富多彩，又活灵活现。每一个神话故事都诉说着长白山的神秘。这座山，这片土地，孕育着许多神秘且未解之谜，如同一层薄纱，若隐若现，吸引着无数探秘者。远从帝舜时代开始，这里便成为中华大地神圣的领土，古往今来历史的点滴，诠释了这座山峰的神圣和悠远。

这是一座神圣的山峰，历史源远流长的涛声中，神圣的渊源娓娓道来。

相传大禹治水劈开长白山的天豁峰，大禹扔下的石板成为一座“神碑”，只是那上面神秘的蝌蚪文模糊难辨。传说女娲补天时，长白山是她的彩石冶炼厂，没有使用的一块“补天石”成为后人贾宝玉脖颈上的“通灵宝玉”，演绎着荡气回肠“木石奇缘”。长白山的天空明镜如玉，是女娲修补后的杰作。传说天上仙女下凡来到圆池，其中三妹佛古伦把神雀落在衣裙上的朱果含在口中，便怀有了身孕，不久生下一个神奇的男孩，起名爱新觉罗·布库里雍顺，这个男孩后来被推举成王，立号满洲，开辟了满族的历史。

《山海经》称长白山为“不咸”，意为“神巫”，指山有神灵。金代女真国王昭祖耀武曾经来到天池畔祭祀，封长白山为“兴国灵应王”；清代尊为列祖龙兴的圣地，康熙东巡时，来到吉林乌拉，跪在松花江畔，向“生祥灵地”长白山遥拜；康熙曾经为长白山写下一首诗：“名山钟灵秀，二水发真源。翠霭笼天窟，红云拥地根。千秋佳兆启，一代典仪尊。翘首瞻青昊，岧峣逼帝阍。”字字深情，句句深意；雍正在小白山上建立长白山“望祭殿”，在神案上立有“长白山神位”；乾隆东巡，在望祭殿中祭祀长白山，并下令封禁长白山，保

长白山苔原带花海

瀑布秋色

护发祥圣山；光绪三十四年（1908年），奉天候补知县刘建封与地方官带领测绘人员踏查长白山，考证命名十六座山峰和二百四十个江岗，全方位，大视角，把大山的面貌展现，揭开了长白山神秘的面纱，写出了《长白山三江源流考》《长白山穆石辩》《中韩国界说》《长白山江岗志略》等书籍，为后人留下丰厚的资料。20世纪30年代，民族英雄杨靖宇、王德泰等人，为了反抗日本侵略者，在长白山的密林里浴血奋战，英勇殉国；陈云、肖华等将领在长白山区指挥了著名的“四保临江”战役，拉开了东北解放战争的序幕。

山清水秀，物华天宝，长白奇观，美不胜收。巍峨绵延的长白山似一条绿色的巨龙横亘千里，屹立在中国的东北边陲，幅员八千多平方千米，几百年来，一直神秘莫测，如同一个无法窥见的精灵隐藏在迷雾中。主峰高达2749米，独特的地理构造，景观绮丽迷人，堪称天下一绝。山巅圣潭天池是中国最深的火山口湖，水面海拔2189米，湖水最深373米，也是我国最深的湖泊，是世界海拔最高的火山湖，虚幻神秘，变幻无穷。天池四周，十六座奇峰竞秀，天池水流经乘槎河，落差而成68米的长白瀑布，婉转地吟唱着大气磅礴的生命之歌。地下森林是塌陷后形成的巨大山谷，整个森林沉入谷底，沿着山路蜿蜒前行，途中可见苍翠茂密的原始森林，松软厚实的苔藓，还有各类长白山特有的植被，天然负氧离子充裕全谷，每一次吐故纳新，都是身心的洗涤。

大自然给了长白山许多意想不到的神奇，也包括奇美的滋润。

西坡高山花园，是东北亚大陆唯一原始高山植被和温带植被宝库，有两千多种植物。西坡梯子河，因河床的横断面是一个呈下宽上窄的梯形，而且河道陡峭，阶梯式形成落差，犹如登高的梯子而得名。王池背依玉雪峰，面对锦江，与神奇美丽的高山花园携手相依。锦江瀑布，飞泻在磐石上，经过两次跌落再汇成巨流，由悬崖直泻谷底，水声震谷，惊心动魄。望天鹅位于长白山十五道沟望天鹅峡谷内，是东北第二高峰。远看犹如一只昂首翘盼的天鹅，故名“望天鹅”，景区奇石怪岩多，泉水瀑布也多，让人慨叹大自然的天工巧造，被誉为“东北九寨沟”。长白瀑布是长白山天池唯一的出水口，水流顺势而下，流经山脉，奔流入海。这里是松花江、图们江、鸭绿江的三江之源。这里生态环境优越，矿泉水丰富，与阿尔卑斯山和高加索山一并被公认为“世界三大黄金水源”。

长白山从山麓到山顶，随着海拔的升高，呈现出针阔叶混交林带、针叶林带、岳桦林带和高山苔原带四个植物垂直分布带，呈现出“一山有四季，十里不同天”的景色。万顷原始森林里草木森森，鹿鸣鸟啭，瑞气氤氲，这是地球上保存完好庞大的原始森林系统，森林覆盖率高达85%，被誉为中国东北“生态绿肺”。呈现给人类的便是天然的氧吧，负氧离子高达98%，负氧离子又被称为“空气维生素”，因与长寿有关，称它为“长寿素”。完好的自然景观和良好的生态环境，为人们回归大自然提供良好的场所。清新的空气、幽静的环境、舒适的气候，成为现代都市人向往的乐园。这里就像一座天然的“负氧离子工厂”，尤其在春夏之际，置身长白山，就是一场让心灵放松的“净化之旅”。

长白山主峰白头山以多白色浮石与积雪而得名，为中朝两国的界山、中华十大名山之一、国家5A级旅游景区、关东第一山、东北第一高峰，号称“东北屋脊”，素有“千年积雪万年松，直上人间第一峰”的美誉。长白山的神圣、神奇和神秘，驰名中外，不仅风光奇美，且动植物资源丰富，物种繁多。这里保留着世界森林的原始景观，生长着最良好的最原始的北温带森林植被，一望无垠的林海中，栖息着各种珍禽异兽，是世界上著名的“物种基因库”。以天池为中心，南、西和北三面围成长白山自然保护区，保护区总面积196465公顷，野生动物1588种，野生植物2806种，树木蓄积量4400万立方米，一排罗列而来的数字，彰显出科研、保护和旅游的价值。1960年，经国家批准建立长白山自然保护区；1980年，这里被列为联合国教科文组织“人与生物圈”保护区网，成为世界自然保留地。

长白山，天地有大美而不言。水在云之上，云在峰之巅，时而化为雾，时而羽化仙。

长白山冬韵

如此大气灵动的山峰，怎能不引人挚爱，怎能不令人迷恋，怎能不让人守护？

长白山完好的森林生态系统，是自然恩赐，是历史馈赠，这里地质和植被在全世界都稀有，它是中国的财富，也是世界的财富。长白山保护工作的不断完善，也为生态旅游奠定基础。游人对长白山惊叹的背后，谁又能知道，大山深处的守山人，奔走在保护的前沿。“千里眼”“铁脚板”“活地图”是对他们的赞誉，却又是他们真实生活的写照。“千里眼”是瞭望塔上的瞭望员，十五座瞭望塔，辐射全区 80% 的区域；“铁脚板”是每一位守山人的称呼，每年他们巡护里程高达十二万公里以上，如果绕地球赤道走，足足可以转上两圈；“活地图”是在夸他们对山里地形了如指掌，没有 GPS 全球定位系统，他们都不会迷失在林海。在第一峰上，留给世人的是巍峨，是美丽，而守山人躲在幕后，默默无闻。他们把山里的每一株植物，每一个动物，都当作自己孩子一样呵护，容不得破坏。随着保护力度加大，守山人的责任更加重大，保护生态，森林防火，病虫害防治，但凡与生物相关，都是他们的责任。虽然，守山人的生活环境有所改善，但是，与山外的人对比，他们的生活依然让人心酸。

守护是自然赋予守山人神圣的使命，长白山是融入守山人心灵的圣山。守护长白山，就是在守护自然的明天。未来是绿色的，为了拯救人类和所有的生灵，人类需要一个遍及绿色的地球，而不是洪荒中的挪亚方舟。庇护这座山意义非凡，长白山的守山人任重道远。

二

长白山林海中的九座保护管理站，就是守山人的家。繁华的尘世间，他们是寂寞的宿主。数不清的松针，连绵的山峦，茂密的林海，是他们的繁华。他们是森林卫士，他们是林海“哨兵”，他们没有军装，他们没有职称，他们有的是对大山的爱心。

“过年，我也想家，此时家里正在热热闹闹地准备着年夜饭吧？烟花有多绚烂，我的心里就有多牵挂，想念着母亲的一手好菜，想念着父亲理解的微笑，想念着儿子正在景区坚守，也想念着妻子温暖的拥抱。”

这是维东保护管理站站长于德江在某一年春节的感受。

一段心里话，盈满浓浓的深情和酸酸的无奈，这也是巡护在山林中的管护员共同的心声。

巡护是任何一个自然保护区的基石。于自然保护工作者而言，巡护更是义不容辞的责任。因为他们拥有一个朴素的名字——管护员。

绿水青山，是管护员一步步“走出来的”。他们用双足换得“铁脚板”的称号，他们用经验写就了“活地图”的美名。他们守护山林，也守护生命的眷爱。他们的青春在足迹中吟唱，他们的故事在风中回荡，他们的人生在林海中灿烂，他们将满腔热血都倾洒在长白山的深处。

长白山林海的祥和，离不开他们默默的坚守。长白山地形地貌，他们了如指掌；长白山山林，他们如数家珍；巡山万里从不迷航，用脚步在林海中走出属于自己的地图。山林，石壁，沟壑，都是陪伴，久而久之，成了散发光芒的伙伴，照耀着他们，似乎在他们的血脉中分叉，之后，扎根在土壤里，他们也长成了林海中的参天大树。

就这样走啊走啊，一座山，一条路，一段坡，走多了，就走出生命的精彩。

2000 年 9 月的一天，通化市一对夫妻在雪后来长白山西景区游玩。进入林区后不久，在锦江大峡谷处迷路，在森林里迷失三天，饥饿、寒冷、惶恐、孤立无助之时，长白山自然保护区管理局维东保护管理站原党支部书记李校带着三名管护员也途经此处，遇见了就必须援助，几人会合在一起往外走。走了一个小时后，他们惊讶地发现，大家又回到了做记号的树下。迷路的夫妻和救他们的管护员，一起迷路了。

怎么办？天渐渐黑了，不敢轻举妄动。

李校用手持机与维东保护管理站联系，求助保护管理站鸣枪指明方向。在松涛中，枪声微弱地在四周散开，几个人无法辨析枪声传来的方向。为了避免没有方向乱走而带来更大的危险，李校决定在林中过夜。为了御寒，大家背靠背聚在一起，坐了一夜，天亮后才走出大峡谷。

那一刻，回家成为他们最幸福的慰藉。

一草一木，是原始丛林的血脉，容不得破坏，为了神圣的保护，他们的工作是艰苦的，责任是重大的！就在 20 世纪 80 年代末，禁止狩猎的法律条款已经出台，但周围林场百姓几十年来养成了靠山吃山的习惯，一时间还无法改变。出于无奈，吉林省林业厅与长白山森警公安联合协作，组织 8911 防盗猎防盗伐行动组，在全省开展统一清区行动，其行动宗旨就是清除盗猎盗伐分子。行动时间在三九天，于长宝是行动组向导，他带领成员进山了。没有 GPS，没有微信，无从记录公里数，全靠双足徒步巡护，走上一圈需要几天

管护员巡护中观察和记录动物足迹

时间。野外行走，与野生动物别无两样，都在等待自然的风云变幻。漆黑的夜晚，围坐在一起，这便是他们奔走一天后的休息。

这样的夜晚，除了寒冷还是寒冷，裹挟于心的全是寂寞和艰难，唯有月亮陪伴着他们。如此寂寥和辛酸中，他们爱上了月亮，月光可以抚慰他们对家人的惦念，可以温暖他们的孤独，还可以照亮他们的心房。

大雪纷纷而落，天气突然降温，所带粮食不足，只好每天减少一顿饭。大雪已经齐腰，下山只能依靠爬行，短短的几公里路，他们却要爬上十几个小时，他们的手上都开出了“血花”。突来的困难延缓了行程，坚持到第五天时，背囊已经没有了食物。他们对周围地形虽然熟悉，可积雪却是眼下最厉害的“敌人”。无奈，饥肠辘辘的他们相互鼓励，相互加油，饿了两天后，终于遇到其他站的兄弟们，狼吞虎咽地吃光了其他站兄弟们所有的麻花。

那一刻，饱腹成为他们最幸福的期盼，麻花成为最美味的佳肴。

2006 年，新成立的长白山管委会决定，红松种源不再对外承包。长白山是中国最大红松种源的原始部落，采摘松子曾是部分原住居民的生存方式，也是当地 GDP 的重要来源。于百姓于政府，都是一块巨大的蛋糕。但是，只有制止资源被盗，生态食物链才能得到保护。对红松林种源区域，要死看，还要死守，只有这样，才能避免红松种源不遭受破坏。

维东保护管理站辖区红松种源极其丰富。为了秋防战役，站长于德江带领七人“出征”。他们每人都要背着二十五公斤以上物品，负重沉，行动就缓慢。时间紧任务重，只能居住在老戗子里。老戗子地势比较低，里面曾存过水，随着夜间温度下降，周边布满冰碴儿。

劳累一天后躺在热炕上缓解疲劳，应该是人类最简单的愿望。可是，无法想象的严寒中，于德江他们却无怨地睡在冰冷潮湿的土炕上。睡觉时，只能用外衣把头和脸围住。空气里没有温暖，多少层保护都抵御不了严寒。一次为了特殊的任务，他们行走至深夜，林海深处，想住进冰冷的戗子都成了奢求。怎么办？于德江看着疲惫的队友，又看看天空的月牙，他清楚周围的地形，这

老同志领着新人巡护并辅导植物常识

样走到天亮也不会见到戗子，为了缓解疲劳，于德江下令：野外露宿。听到野外露宿的瞬间，队友们便收起脚步，一屁股坐在地上，纷纷脱下外套铺在枯草上当床，有的队友直接倒头便睡。

那一刻，温暖成为他们最幸福的渴念。

守护长白山没有捷径，多巡查，多防范，才是硬道理，用脚步一寸一寸去丈量，每天需要穿越数十公里泥泞的丛林，还要忍受烈日的暴晒，还有蚊虫的叮咬和野兽的袭击。有一种害虫叫草爬子，每年春夏都在偷偷“骚扰”管护员。巡山时，草爬子悄悄落到身上，尤其前面带路者被侵袭的概率最大。被草爬子叮咬后，轻者红肿发烧，重者引发森林脑炎，还会有生命的危险。为了预防被草爬子叮咬，长白山自然保护区每年都给管护员注射疫苗。

张立军每次巡山都走在最前面，自然带回的草爬子最多。早些年回家后，潜伏的草爬子居然不动声色地爬到孩子身上。孩子发烧哭闹，张立军却要去巡护山林，孩子只能留给家人照看。为了杜绝草爬子偷袭，每次回家前，他都把巡护的衣装脱到门外，之后用洗澡消灭隐患。

那一刻，洗澡成为他们最幸福的事。

长白山自然保护管理中心现有三百余名管护员，都在承担着长白山山林的保护工作。融入保护区开展的“反盗猎、反盗伐”“护蛙”“护薇”“红松种源保护”等专项保护行动中，基本形成“外部路口有人堵，内部山林有人清，重点部位有人守，重点区域经常清”的看护网络。管护员的足迹在行动中一条条穿起，穿起保护长白山自然资源的安全网络。

一年四季美景各不同，一年四季艰难不一样。夏天巡护，森林闷热，蚊虫多，走上一段路程，衣裤就已经被汗水湿透。寒冬数九天，接近零下三十摄氏度的林海，积雪没过膝盖，管护员蹚着雪在一步步艰难地穿行。春秋是森林火灾高发期，管护员需要带上两双鞋，背着食物进山，一走就是六七个小时，五六里的山路曲曲折折，蹚河是经常的事，看看有没有火情，瞅瞅有没有人为迹象，走累了坐在倒木上歇一歇，走饿了就吃点儿煎饼咸菜。

管护员，一路艰辛一路歌，几多感慨几多情。

平日碰河清河，碰山清山，既要预防森林火情，又要保护森林野生动植物资源。特别每年的八月汛期来临时，既不是春防，也不是秋防，本以为可以轻松了，面临汛期还要轮流值班，随时准备防汛。头道保护管理站站长王伟和站里的管护员们，为了保护站内道路和基础设施不被冲垮，为了保护区域内的资源不受破坏，常常忙于防汛一宿不睡。

那一刻，睡眠又是管护员最幸福的企望。

管护员的幸福很简单，一丝温暖，一句问候，一抹微笑，一杯清水，都能让他们感到幸福在陪伴。日复一日的枯燥的工作，也未曾让管护员们感到沮丧，反而一点点温暖，都能带给他们难得的幸福感，甚至刻骨铭心。

长白山自然保护管理中心的保护设施在不断完善，保护区信息化管理水平也在不断提高，更新巡护车辆，更替机具设施，改造了无线电数字通信和GIS 地理信息系统，新建了森林防火远程监控、入区管理视频监控、SMART巡护系统等一批高科技项目。最主要的改变，是管护员生活的细微处，小餐厅、小浴池、小图书馆、小健身房……每一次改变，都在提高守山人的幸福指数。

管护员很普通，很伟大，他们找到属于他们的自然，他们的人生之路固然有无奈，可是，内心却得到自然之光的关照和滋润。想想，这便是管护员的幸运。

因为长白山山峰的巍峨，长白山林海的辽阔，他们已经把心交付给了长白山。

管护员，当之无愧地成为保护长白山的森林卫士。

他们的人生如同行走的山路，穿越荆棘，攀登峭壁，但最繁华的风景，只有依靠脚步去探知去领略，这是庸常之人无法企及的精彩。如今，管护员每天的巡护都成了一种乐趣，因为他们热爱这份工作，因为守护这座山让他们内心坚定而充满力量。

三

他们是防火瞭望员，被称为大山里的“千里眼”。守候一座塔，眺望一片山，两人相依为伴，一部望远镜，一部对讲机，每天伫立在林海环绕的瞭望塔之上。在“与世隔绝”的山峰之上，瞭望台是他们的工作间，瞭望远方是工作。时刻观测着火情，时刻观测着林海。瞭望看似很简单，却不是每一个人都能胜任的。这是一份责任心，更要耐得住寂寞。

瞭望员，七十二般手艺中，没有这种手艺。可如今，在深山老林里，却有这么一种职业真实存在。这是一个怎样的职业呢？

这是一个特殊的群体，也是特殊的守山人。

高山瞭望塔全景

长白山自然保护管理中心现有十五座瞭望台，台上有六十余名瞭望员，每两人一组，每周或半月换岗。每天晨曦开始登台瞭望，面对着巍峨的长白山，用双眸守卫着这里的每一寸林地，默默无闻地驻守在塔峰之巅，守护着长白山林海的平安与祥和。

只有防火任务结束，瞭望员才能下山同家人团聚。与父母，与爱人，与孩子，聚少离多，这是他们的悲伤和无奈。可是，职业性质使然，为了一方林海的安宁，惦念和牵挂，只能默默在心底翻滚。

瞭望工作在山里，所有的衣食住行都要自给自足。在上山前需要准备半个月的给养，且一次都要背到山上来。春季登台时，山路厚厚的积雪还未曾融化，从山下爬到山上，衣服裤子早已被积雪和汗水填满，里里外外都浸湿了。到瞭望台时，森林的风儿画着圈围着瞭望员，像在问候，却不热情，这时，湿透的衣服如一块冰将身体裹挟起来。

工作在瞭望塔上，有一个名词，瞭望员并不陌生，可见度瞭望，就是晨曦的第一缕光芒到来之前登台，太阳落山了后离开。身为瞭望员，山林中任何风吹草动，要及时发现，要及时上报，以最快的速度消灭隐患。每年春秋防火期间的百日战役里，他们需要二十四小时满贯作战。一个小小的瞭望台可以望见连绵的青山，可以望见无垠的林海，他们的生活却是极其的简单。

瞭望台都建在山峰之上，山峰大多陡峭，攀爬都很吃力。长白山自然保护管理中心的十五座瞭望台中大多数都存在饮水困难的问题。这里的水源地通常是溪流，或者泉水，条件略好的瞭望台，水源与驻地的距离尚有两三百米远。取水时，他们把装满水二十五公斤的塑料桶，装到背囊里，再从水源地背到瞭望台，来回距离并非遥远，可耗费的时间却是平日登山的几倍之多，遇到雨后路滑，浑身沾满泥巴也是常有的事，背上来的水做饭饮用也格外地节省。

陡峭曲折的山路，水源地与瞭望塔咫尺间，取水却是如此艰难。

横山站10号瞭望台水源地在五公里外的清水河，来回距离就是十公里，需要两个多小时，全靠脚力肩背来运水，这段路泥泞陡坡。一到防火期，没有空闲时间运水时，就在站房前挖一个坑，铺上塑料布，收纳雨水用于生活用水，所存之水被称为困山水。时间久了，水坑底部的塑料薄膜都长满青苔，水面漂浮着红色小虫，存水不流动，细菌超标，可是，防火是严峻的任务，绝不能含糊，山下取水是奢望，饮水只为身体的基本需要。秋防期间，他们就盼着下雪了，依靠融化雪水来煮熟饭菜。

瞭望台海拔高，温度低，瞭望员大都患有高血压，治疗的前提就是远离高海拔低温处的生活。他们深知山里工作给身体带来潜在隐患，还是心甘情愿

维东站瞭望塔

“披着”高血压的标签，“固执”地守护在森林防火第一线。

可敬的瞭望员生病了，也悄悄地忍受，他们不去言说苦，更不去诉说痛。

维东站12号瞭望台的瞭望员于洪军肝部疼痛，怀疑是肿瘤，而他隐瞒病情按时登台瞭望。春防结束次日去医院切除肿瘤，病理诊断为良性。术后仅仅休息两个月，于洪军却又登台了。同年，曲勇胸部疼痛，确诊为急性胸膜炎，需要及时手术治疗，可曲勇自作主张延后手术。春防结束才去住院。术后的秋天，曲勇也按时上班了。

感动的故事如一首歌，总在不经意间拨动音符。

横山站瞭望员长赵贵男，当属瞭望员中的元老，他把瞭望台当作家。工作之初，瞭望台是用木头搭建的，不仅漏雨还漏风，修补瞭望台成了家常便饭。下暴雨时，深夜“抗洪”都成为雨季不可或缺的工作。一次暴雨倾盆而落，木屋被淹，次日，温度骤降，潮湿的地面结冰。他用木柴去烘干土炕，气压低木屋乌烟瘴气，熬了很长时间才把湿炕烘干。为了工作，他把父母交给妹妹照看。老母亲患重病期间想见见儿子，他想忙过防火戒严期，再去陪陪老母亲。一念起，一念绝，老人家带着对儿子的思念离世，他站在瞭望台上对着青山号啕大哭。

每一座瞭望塔都坐落在茫茫长白山腹地的“无人区”，寒冷是自然的事，但最难耐的是寂寞。山顶上鲜有来客，生活几乎与世隔绝，偶尔有来科考和摄影的游客，瞭望员都热情款待。平日略有闲时，他们就在瞭望台上练习打点定位，以便一旦发生意外，他们能在最短时间内，将准确方位告知保护中心，引导管护员快速到达事发地。

瞭望是瞭望员第一职业，管护员却是守山人的统称。作为守山的瞭望员，每到秋季森林防火期到来之际，他们还要与巡护组人员一同进驻戗子，对重点区域进行死看死守。瞭望与巡护两不误，将火灾危险隐患降到最小，确保山林资源可持续生长，为自然保护事业筑起了严密的防护网。

近年来，保护力度加大，保护区内正在逐渐恢复曾经的鹿逐鸟鸣的景象。总会有些胆大的野生动物在林海中穿梭，时不时有野猪和棕熊前来瞭望塔“拜访”。在寒风刺骨的夜晚，动物的嚎叫声在山谷回荡，最初的恐慌变成激荡，没有什么声音比动物的嚎叫更让他们感到森林的祥和和自然的原始。山林中任何一种野生动物都是山林的灵魂，动物的到来，瞭望员不仅没有惶恐，似乎默默地与它们对话。大多瞭望员都很寡言，他们读懂大山，读懂动物，他们可以用灵魂对话。他们的内心无比安静，不用言语倾诉，在他们的眼眸中，已经诠释精神世界的辽远和无际。他们的目光清澈，似是从一片山林折透而来的晨光。

如今，瞭望台的工作环境依然艰苦，但对比早年有了很大改观，大多瞭望台可以依靠车辆运送食物和水，依靠太阳能板进行取暖，配置了先进的瞭望设备，能更准确地保护长白山森林资源。有极少数瞭望台还是依靠一步步地背着给养登山，背着水桶取水。可是，这些瞭望员并没有将困难当作难题。经历的艰难，对于他们是一生中享用不尽的财富。他们的幸福指数很低，生活的些许改变都让他们兴奋不已；他们的幸福要求很高，林海的安全是他们最大的快乐。

他们不是好儿子、好丈夫、好爸爸，但是，他们却是最好的守山人，是大山、是林海中最美的人。守护瞭望塔，似乎是一种修行，肉体在经受着折磨，可他们轻盈的内心似乎可以触摸到精神的家园。

四

火灾是森林的第一天敌，针对这个天敌，诞生了一支队伍，它的名字叫扑火队。

人世间，并不是每一份职业都能成为历史的沉淀，并非每一次付出都会历久弥新。长白山历经岁月长廊，交付给守山人来保护，这是守山人的荣光，这是守山人的自豪，这是守山人的慰藉。

长白山自然保护管理中心的专业扑火队在2007年8月成立了。主要承担长白山自然保护区火灾现场的扑救和处置工作，也负责森林防火的预防和宣传教育工作，还负责辖区突发事件的应急处置工作。

这支专业的扑火队，具备随时扑救森林火灾的能力，也是一支半军事化的队伍，他们没有军装，却以军人的标准来要求自己，他们按照军事化管理模式开展队列、体能、技能及扑火业务知识的培训和高强度训练。他们训练有素，他们业务精良，他们政治觉悟坚定，他们纪律管理严明，他们扑火本领过硬。

学习就是生产力，养兵练将正当时，这里的“养”便是专业训练。

这支专业的扑火队，日常训练中，刮风下雨坚持，冰雪严寒坚持，全体队员们每日坚持进行各项专业的训练，一点点加大训练的强度，队员们都能够认真学习训练的每一个动作，且一步步地体会要领。每天常规训练中，烈日当头没有逃兵，无数次地反复练习各种扑火本领。每一次练习后，身上的衣服都会被汗水浸透。在每次的训练中，不仅手里要拿着三十多斤重的灭火机具，更要熟练地做到步伐统一、动作一致。在春秋两防进入防火关键时期前，全体队员更要加大训练强度，对各项科目，包括队列训练、体能训练、扑火战术训练、灭火工具的使用和各项业务技能的熟练应用。只有靠平时不断刻苦训练，在紧急时刻，才能拉出一支作风过硬的专业队伍。

养兵千日用兵一时。早些年的一次火灾，七名扑火队队员一路小跑奔往

长白山保护中心扑火队在演习地点进行实地扑火演习

火场。火灾现场植被茂密，风力较强，他们经过六小时的扑救，火情在深夜十点左右全线控制。正准备席地休息片刻，电台又传来火情新消息，距火场约两公里处又发生火灾。那时，没有 GPS 巡护设备，只能依靠眼睛看，用鼻子闻。虽然夜晚是灭火最佳时期，但深夜眼睛无法发现和辨别烟雾，只能依靠嗅觉寻找火情方位。火情就是命令，他们心中只有一个信念，一定要打胜仗。小分队摸索着找到第二处火场，这场火的火势更加凶猛。扑火队用了三天时间才控制住火情。随后，秋雨才来光顾这里。

长白山自然保护管理中心规定，火情扑灭后，必须守候火灾现场四十八小时，万无一失后才能离开。10 月的长白山，夜晚温度达到零摄氏度以下，寒风加冷雨裹挟而来，扑火队队员们都已被火苗炙烤得口干舌燥，瞬间的降温，谁都无法抵御，每一人都冻得瑟瑟发抖。扑火后的疲惫也一度袭来，那时，他们还都穿着单衣，躺在烧焦的草地上，在暴雨的深山里，裹着一块塑料布睡了一天一夜。雨停了，他们也睡醒了。气温一旦骤变，扑火队队员没有避寒的衣物和屏障，只能依靠运动驱寒。

那时，森林扑救火灾大多依靠人力扑救，扑火队队员相当辛苦。救火任务紧急，接到派遣马上出发，都来不及告知家人。规定的时间，他们还没有到家，他们的家人都提心吊胆。一场扑火如同战斗，从火场撤下来后，每一个人都扒了一层皮，那份滋味，每每提及他们都不敢回味，每次谈及时，他们都是泪眼汪汪。

一位从管护员退下来的老兵，没有参加过扑火队训练，靠近白河保护管理站区域发生了火情，他随头道保护管理站扑火队背着水袋入山。那时，水袋质量欠佳，水从水袋缝隙处一点点渗出，扑火队队员的后背裤子都被濡湿，人在跑，水在流，分不清衣裤被水袋浸湿，还是被汗水溻湿。进入火场，不能休息，马上投入灭火战斗。当火情控制后，守火场时，潮湿的衣服裹贴身体，如同一层薄冰冻成的外壳。就这样熬过两天后才能离开火场。每次回忆起扑火的场景，他们都低下头，因为这时他们眼中有无奈，有心酸，他们不想把苦楚倾诉。

人经历艰苦不是财富，战胜艰苦才是富足。而这笔无价的收获，却只有他们独有。

随着扑火队的一点点壮大，训练强度也在加强，目的是练就扑火队队员强健的体魄，不仅仅扑火时可以发挥其强项，同时，遇到大火危及人身安全时，可以逃生自救。王洁看着队员们汗流浃背地训练，也很心疼，可是，想到火场的严峻，便狠下心来。他对队员说："扑火队队员既要扑火保护森林，更要有强健的体力保护自己。如果火势严峻扑来时，体质好就能逃生。平日锻炼不仅是技能训练，也是体能训练，真要逃生时，体质差，怎么跑出来？"

这番话如此质朴，又道出多少酸楚和无奈。

如今，扑火队队员的生活和装备都改善了，守火场宿营都有了鸭绒被，一次扑火后，由于疲惫，扑火队队员便钻进鸭绒被睡了。其中一名年龄略小的扑火队队员，患有咽炎，被烟味呛醒咳嗽，睁开眼睛一看，周围都是火苗，喊醒沉睡的人们。如若发现不及时，后果不堪设想。原来是死灰复燃，大家急忙爬起来，继续扑火。

在火场，每一个生命与灾难的距离就在咫尺间。每一次经历扑火后，都不堪回首。森林火情危险无处不在，这些扑火队队员在用生命去灭火，用生命保护森林。

扑火队队长李忠磊，倔强的男孩，却很爱学习，在工作之余，他认真学习了森林防火扑救和资源保护工作的相关知识，还定期组织新老队员在每年春秋两防期间系统地学习 GPS 运用和灭火机具的使用方法，对于森林火灾扑救等一系列专业知识，他都要定期加强培训。他家距单位有四十多公里的路程，平时却很少回家，年幼的儿子见到他都有些陌生。单位体检时，他被发现患有甲状腺癌，当时正值秋防紧张期，他没有向大家公开病情，一直坚持到秋防结

长白山保护中心扑火队在演习地点进行实地扑火演习

束，才向领导请假看病。术后不久，他又奔跑在火场。

这些可敬的扑火队队员，都有催人泪下的故事。而他们内心的宁静让他们都变得沉默。为了撰写这篇文章，我在努力收集与扑火队队员有关的故事和图片。一张张躺在火场灰烬中熟睡的图片，还有一张图片中被泡得发白的脚，却成了催泪弹。一时间，我哭成了泪人。他们有的与我的兄弟同龄，有的与我的孩子相仿，都是父母的孩子，都是家中的脊梁，可是，为了保护森林，一切艰苦都成了林海的甘露，在悄然无声地滋润着林海。

因为灭火都是过去时，我无法亲临火场获取第一手材料，所写的故事都是听来的，图片是看到的，所有的素材都不是亲历。尽管这样，依然能攻破我的泪腺。如若亲眼看见，岂不是更催人泪下。

为了更好地了解扑火队，我百度了火灾对人类的危害，屏幕上密麻麻的案例，让我瞠目结舌，危害之大，似乎看到了潜藏的毁灭。自从人类诞生以来，火既是人类的朋友，也是人类的敌人，森林火也是如此。我们只了解森林火灾破坏了自然资源，损害了人类的经济利益，而它对生态的破坏程度，我们却了解得太少。

森林一旦遭受火灾，最直观的危害是烧死或烧伤林木。森林是生长周期较长的可再生资源，遭受火灾后，其恢复时间很漫长。特别高强度大面积森林火灾之后，森林很难恢复原貌，常常被低价林或灌丛取而代之。如果反复遭到火灾危害，还会成为荒草地，甚至变成裸地。长白山森林林下还蕴藏着丰富的野生植物资源，如人参、灵芝、刺五加等珍贵药材。森林火灾会烧毁这些珍贵的野生植物，使其数量显著减少，甚至使某些种类灭绝。森林是各种珍禽异兽的家园，森林火灾后，会破坏野生动物赖以生存的环境。有时甚至直接烧死或烧伤野生动物。如果不加以保护，不杜绝火灾，不少珍稀的野生动物就有灭绝的危险。

森林具有涵养水源和保持水土的作用。据测算，每公顷林地比无林地能多蓄水三十立方米。三千公顷森林的蓄水量相当于一座一百万立方米的小型水库。因此，森林有“绿色水库”之美称。森林火灾过后，森林的这种功能会显著减弱，严重时甚至会消失。森林燃烧会产生大量的烟雾，其主要成分为二氧化碳和水蒸气，另外，森林燃烧还会产生一氧化碳、碳氢化合物、碳化物、氮氧化物及微粒物质，除了水蒸气以外，所有其他物质的含量超过某一限度时都会造成空气污染，危害人类身体健康及野生动物的生存。1871 年发生在美国威斯康星州和密歇根州的一场森林大火烧死一千五百余人；1987 年大兴安岭的一场大火烧死二百一十二人，还有林场、贮木场，桥梁、铁路、输电线路、房屋和粮食等，损失十分惨重。1997 年发生在印度尼西亚的森林大火，燃烧了近一年，森林燃烧所产生的烟雾不仅给其本国造成严重的空气污染，而且还影响了新加坡、马来西亚、文莱等邻国。

这时，我又想起 2019 年澳大利亚丛林的大火，新南威尔士州的火灾警报数量大约是过去二十年的四倍。导致数百万英亩土地被烧毁，超过 70% 的火灾发生在森林覆盖地区；近九万人流离失所；火灾导致动物脱水无法逃脱，导致十亿只动物死亡，许多幸存的动物没有安全的栖息地；火灾还严重污染了空气。

行笔至此，我被长白山扑火队队员的奉献精神所感动，心疼这些年轻人无怨无悔的付出。就是这么一支队伍，让我以敬畏之心郑重地向他们敬礼，他们不是军人，却如军人一般可爱可敬。

面对火情，他们都是一个卑微的个体，但在火场，他们都具有使命感。世界很大，但属于他们的只有那么一点点。平日训练看似枯燥却是一种美好，而进入火场扑起火来，却是另一番苦辣心酸。

如今，掀起工匠精神之风，就是追求极致的精神，并且专业和专注。

他们是一群迎风战火的“扑火人”。他们用过硬的专业素质和对绿色林海的热爱，以精益求精的“工匠精神”在平凡的岗位上书写着平常人难以想象的坚守。

五

守山人历经岁月的风霜，在深山住过戗子，在崖边住过帐篷，屋里屋外没有温差，床上床下都是冰碴儿，喝过雪水，吃过野菜，没有睡过舒服的觉，没有吃过像样的饭，在茂密的林海中，寂寞相伴，孤独相随。防火戒严期，一住百日，回家成奢望。他们吃过了那些不被人知的辛苦，化作一丝甘甜滋润山林；他们经历了那些惊险，化作一股清风吹拂植被。

宿营，蛮流行的词语。尤其野外宿营，很浪漫，支起帐篷，听着音乐，看着蓝天，瞅着白云，蛮惬意。

好多驴友在闲暇时，三五成群，自驾找一处山林来宿营，这是当下一种流行的生活方式。

还有一些人想象在长白山的山林宿营，那该是多么美妙的驻足。偷偷穿越有之，只为寻求一份刺激。

其实，寻求刺激的穿越者哪里知道，长白山林海中真有这么一批人，住帐篷过着与“野人”差不多的生活。尤其在山林的深处，有些是无人区，都有这样的宿营地。他们不是旅游，也不是穿越，他们是长白山自然保护区驻扎在这里守护山林的人。在山林巡护的关键节点，都会设置野外宿营点，为了给巡护工作在时间和体力上带来便利，可以中途休息，可以临时停留，还有季节性的守护。在守山人心里，自然保护至高无上；在他们面前，再大的诱惑也不动心，再小的生态也不破坏。但凡住在深山宿营地的守山人，都是在咬牙来坚持。

长白山自然保护区成立以来，已经更替三代管护员，同时，也更换几次宿营点的居住条件。最初是马架房，后来是塑料帐篷，现在是用移动板房，作为野外宿营点。管护员们的工作和生活条件正在日益改善。

提及宿营地，横山保护管理站站长徐晓东总会泪流满面。他常说，吃住的艰苦都可以忍受，唯有那份孤独和寂寞，让人揪心地疼痛。

野外宿营地艰苦的工作环境

横山苔原带和杨百万河边各建有管护宿营点，每处都有四名管护员常驻。其目的就是保护苔原带野生植被不遭受破坏。宿营点每半月交接一次班。上岗之前，都要备足半个月的食物、蔬菜和饮用水，这些需从保护管理站背上苔原带。饮用水只用于做饭，而洗漱用水必须依靠雨水，或者河水，抑或融化雪水。前些年，还没有液化气，做饭用倒木作为燃料，每次做饭都是老大难，由于气压低，点燃的火苗不顺风势飘走，而在锅台周围盘绕，一顿饭，烟气混杂，“厨师”鼻涕一把泪一把。

白天巡护劳累，还算充实。夜晚没有照明电灯，最难熬。深夜时，高山缺氧，呼吸困难，睡眠不踏实，他们每隔一小时，都要打开窗户，换换空气，只有这样，才能缓解压抑，才能顺畅呼吸。年岁稍长的管护员，几乎夜夜无眠，他们在用心血熬着时光守护。多少个夜晚，他们就这样悄无声息地度过。生活的艰苦与寂寞，他们没有一丝怨言，把这座山当作了家，把这片林海当作了“御花园”。

长白山保护中心野外宿营地

早些年，林区周围的百姓把采摘薇菜当作致富的手段。虽然保护区管理条例明文规定，采挖薇菜违法，依然还有忽视法律铤而走险的百姓。头道保护管理站辖区的核心区，多年前的一场自然火灾后，这里长出茂密的薇菜。每年五月份，这里成了护薇战役的中心点，战役宗旨就是死看死守，严防盗采薇菜的百姓留下火灾隐患，从而杜绝森林火灾的发生。这时，管护员需要在塑料布搭起的临时戗子宿营。

白天，巡护组成员分头巡护，人人都疲惫不堪。另外，山中潮湿，他们的双腿几乎都是浮肿的状态，外加蚊虫叮咬，他们的身体也随之红肿。没有灯光的寂寞夜晚。他们坐在树下聊天，如同夜场故事会，属于他们的寂寞，属于他们的故事，如同林海中的树叶，无法一一数得清楚。这时，每一个人都变得真实，似乎秘密是共同的。真实是他们一颗心最本质的展现。虚伪和浮躁，早已从这些守山人的词典中删除。

春防和秋防期间，深山里巡护必须驻扎戗子。其实，在巡护的里程碑中，戗子功不可没，居住虽然艰苦，但可以挡风雨，起码可以给管护员一个家的样子。

长白山自然保护管理中心头西保护管理站1509巡护组组长张景冲，常年带领组员在山里巡护。他们简易的戗子里，没有舒适的床，没有水，没有电，唯一拥有的便是保护这片山林的一份责任心。每天行走十五公里是管护员们的底线。在普通的路面行走十五公里，也是不轻松的，而在深山里，倒木横七竖八，如拦路虎般时常挡在他们的前面，时不时还要清理。这时，十五公里的行程异常艰苦。山林中的手机信号时有时无，根本无法经常与家人联系，走在山里，就与世隔绝。

很多人惊讶，如今信息时代，没有手机如何生活？而这些人却乐呵呵地说："我们两耳不闻山外事，一心一意保山林。"

最难的是入秋后，管护员还要定期去重点区域巡护，白天林中巡护，傍晚在野外支起帐篷宿营，餐食是方便面。最苦的是在夜深时，山里的气温降到零摄氏度以下，当"团长"数着星辰，盼着黎明。他们用辛苦体会大自然的原色，难以言喻的艰苦中，深藏着他们对大自然的爱。

白山站西土线上的野外宿营点，如今，已不是电视中见到的马架房了。站房由彩钢板搭建而成，居住和饮食条件都有所改观。没有水，站里送；没有电，太阳能发电。可是，寂寞依然驱之不散。2019年国庆节中午，我来到了这个宿营点。周围林海中一片空旷，似世外桃源一般。好奇心使然，我这边看看，那边瞅瞅，在一条小溪里，我看见一个方便袋挂在一个树枝上，透过清澈的溪水，看清袋子里装着豆腐。终于明白，这条小溪是他们的冰箱。

艰苦的环境可以激发人的智慧，这里的守山人在适应这片山林，也在适应这里的生活。

午饭时间，副站长薛俊森带领的巡护组巡护归来，秋季松毛虫在林区泛滥，顺着他们的脖颈钻入衣服内，所到之处都是红色的疙瘩，密密麻麻。他们已在宿营点驻扎一个多月了，没有回家，没有洗澡，还要忍受松毛虫的折磨，他们无一人有牢骚和不满。

他们想家，不说。他们疲惫，不言。就连他们疼痛，也是沉默。

宇宙只有一个地球，人类共有一个家园。地球是人类唯一赖以生存的家园，珍爱和呵护地球是人类唯一的选择。而这些人却要付出常人的无数倍辛劳。

随着时间的推移，近些年来，长白山自然保护区各项管理在升级，守护大山的管护员们的工作和生活条件也今非昔比，宿营点的居住环境有所改观，生活标准也有了提高，有些宿营点陆续由房车替代了。居住条件的改善是进步，可深山老林中的水源电源，依然还是难题。与山外的常人比起来，他们的生活质量还有差距。

有一种寂寞，茫茫天地之间，无边无际。宿营地的守山人，熬着生活的苦，忍着工作的累，可是孤独，还有寂寞，也在煎熬着他们。宿营点，有山，有林，有蓝天，还有白云，唯独没有可以拥抱的人。

《百年孤独》中有句名言："生命中曾经有过的所有灿烂，原来终究，都需要用寂寞来偿还。"这些守山的人想想肩负的使命，想想长白山的祥和与安宁，孤独也释然了，寂寞也光荣了。

六

一位哲人说：人与山相逢产生缘分，也产生奇迹。

有些缘分可遇而不可求，来得突然，来得惊喜。撰写守山人的故事，是奇迹更算是机缘巧合。我不是管护员，也不是瞭望员，悄然间，融入长白山自然保护区的大家庭，是我与大山的缘分，也是我与守山人的缘分。

这份缘分当属天意。

我在长白山下的小村庄出生，但长白山自然保护区于我却是陌生的，二道白河镇与我曾是擦肩而过的小镇。因为喜欢中华秋沙鸭，我走入了长白山自然保护区，结识了动物专家朴龙国老师，他是中华秋沙鸭科研组中的权威专家。2019 年 3 月，我在头道白河大桥观察中华秋沙鸭时，朴老师跟我说：“长白山自然保护区的守山人工作非常辛苦，你写写他们吧。”

先是诧异，虽然我写过很多纪实文学及报告文学，大多都是自己熟悉的领域，守山人，新名词，不仅陌生，而且感觉遥远。中华秋沙鸭在长白山繁殖成长，长白山自然保护区功不可没，守山人更是保护者中的主角。我内心盈满感激，欣然应允。随后，我踏查长白山自然保护管理中心下属的保护管理站，登上了一座座瞭望塔，开始了收集写作素材的征程。

大自然是一本书，人生也是一本书，只要认真阅读，总是开卷有益的。

我与这本书的缘就这样徐徐拉开，我人生的脚步中，也与长白山，与守山人这样紧紧相连。此后，我的梦境中多出一抹色彩，我的心里多出一份惦念，我的履历多出一排足痕。

足迹叠印在各保护管理站中，文字也跟随“长白山梦想号”启程。

并以此文字作为导引，陪着您去长白山自然保护区福地畅游一番，去领略行程的艰险，去阅读守山人的艰辛，去感受长白山自然保护区成立六十年的丰硕成果

第一章　双目峰的风采

大自然是善良的慈母，同时也是冷酷的屠夫。

——雨果

中朝1206公里边境线，双目峰边境线仅有17.7公里，却是中朝边境线上唯一没有江水隔绝的陆接通道。这里有一座山峰，叫双目峰，海拔1532.1米，辖区边界呈东西走向，被长白山自然保护区的森林环绕。这里降雪期长达八个月，每年9月份就降雪了，年平均气温零下7℃左右，气温最低时，可达零下47℃。

长白山自然保护管理中心双目峰保护管理站就建在这里，在九座保护管理站中，管护员人数最少。双目峰保护管理站建于2008年，面积450平方米，2009年投入使用。位于天池的东北部，与朝鲜毗邻。海拔1364米，管辖面积8005公顷，其中，核心区4681公顷，实验区3324公顷。位于针叶林景观带，地跨针叶林带、岳桦林带和高山苔原带，主要植物有长白落叶松、红皮云杉、偃松、西伯利亚刺柏、白桦、高山越橘、薇菜等；主要动物有马鹿、黑熊、紫貂、狍子、野猪、猞猁等。

脚步在这里驻足，也在这里启程。

首先映入眼帘的双目峰保护站是一道美丽的风景，最后呈现心底的故事则是一种催泪的感动。在这里，我捕捉到了一个职业——管护员，且鲜为人知。这也是一个名词，也不被众人所知。而汇集在他们身上的一种精神，叫作坚守；体现在他们身上的一种风采，叫作守护；承载在他们身上的一种道义，叫作责任；闪烁在他们身上至新至美的光环，叫作情怀；呈现在他们身上的社会发展最需要的强音，叫作坚强。在巍峨的长白山中，每一名管护员如一只小鸟，也如一片树叶，还如一缕清风，他们在小我中用坚守书写着人世间的大情怀。

一

守山的人工作在深山老林里，与野生动物一样，不仅要感受大自然的风云莫测，还要经历大自然的风霜雨雪。守护大山的人，白天巡护，夜晚拥入满怀的是寂寞，月亮与他们做伴。久之，每一位守山人都会死心塌地地爱上月亮。

2009 年 9 月秋防开始，双目峰保护管理站投入使用了。

九月是秋季，而双目峰却是雪花飘飘，温度已经降到零下。保护管理站周围的青松在雪花中耸立，如一个个士兵在傲雪中伫立，为这座保护管理站的成立而喝彩。这座保护管理站距长白山北景区山门二十公里，它的周围是广袤的无人区，周围松林环绕。特殊的地理环境，让人感叹大自然的神奇之时，又让人望而却步。

成立之初，只有八名管护员在山里巡护。张立军是第一任站长，也是如今的站长。那时，他领着管护员在渺无人烟又缺水无电的保护管理站度过近似于野人般的生活。站里没有饮用水，需要下山去拉水，既费时间又很危险，可他们默默地坚持着。吃不上新鲜的蔬菜，萝卜、土豆和咸菜主宰一日三餐。艰苦的生活，对于有志者不算困难，对于有情怀的人不是难题。

本以为缺水无电很艰苦，随着冬天到来，寒冷的环境才真正令人体会到艰难。

寒风在森林中疯狂游荡，穿梭林海时，似乎畅行无阻。它钻进鸟类缩紧的羽毛深处，也穿透兽类厚厚的皮毛。无论在地上，还是在枝头，已经没有鸟兽们的立足之地了。山里处处是厚厚的雪覆盖着，管护员在林中巡护都快被冻僵了，必须不停地跑，不停地跳，只有这样，他们才能微微暖和一点点。

那时，管护员中流传一句话：白天跑着走，晚上数星星。抬头看树梢，低头踩荆棘。

最冷的夜晚最难熬，每天晚上寒风刺骨，没有照明电就没有“夜生活”。天黑了，他们都钻进冰冷的被窝，耳边的风声不停地呼呼吹着口哨，只能依靠聊天打发漫漫长夜。这里海拔高，气压低，烧火取暖也只能烘热炕头的位置，炕的尾端依然冰凉。这八名管护员躺在炕上，带着棉帽，手脚蜷曲在一起，冻得哆哆嗦嗦，都没忘记调侃：“我们都提干了，都当‘团长’了。”

这时，高大的张立军自己也冻得缩成一团，他很无奈，自己是站长，却不能给兄弟们温暖。

管护员们只是调侃，却没有因为这里的条件艰苦而退缩，也没有因为这里的寒冷而逃避。白天，他们在山林中蹚着厚厚的积雪巡山，饿了就啃着冰凉的馒头，渴了就抓把白雪塞到嘴里解渴；夜晚，继续在冰冷的炕上互相讲述着白天的所见所闻。某某见到野生动物，某某摔个大跟头……与此同时，他们还会转换频道，开始说起家人，说着说着，便鸦雀无声。他们都在想家，却没有一人说出这份思念。

男子汉的思念深藏心间，越发沉默，就越发凝重。

那时，通信和网络还没有覆盖到山中，只要来到山中，便与家里切断联系，似乎也与世隔绝，所有的思念和惦记也只能埋在心里。

如今，双目峰保护管理站已有三十名员工，站里的生活条件也得到了改善。2016 年又接通了电网和通信网络，夜晚可以看电视，让眼界与外界接轨；

双目峰保护管理站的管护员在森林巡护

闲时可以与家人聊聊天，减少担忧和寂寞。2017 年长白山自然保护管理中心又在这里挖掘一口水井，彻底改变了宿营地以往只能饮用重金属超标的地表水的状况。

双目峰保护管理站虽是长白山自然保护管理中心最小的保护站，但是，所承载的使命与其他保护站一样，都是在保护人类自然生态的天堂。

二

春暖花开，万物复苏，所有美好的景色都慢慢浮现在人们的眼前，山林慢慢变绿，野花渐渐绽放。与此同时，一些小小的生命也逐渐地苏醒，有些小生命非常跋扈，毒性能置人于死地，这些林海中头号小杀手——草爬子，仅仅名字都会令人闻风丧胆，到底有多厉害，一起去看看吧。

草爬子，学名叫硬蜱，草爬子还有几个马甲，壁虱、扁虱……属于节肢动物，身体椭圆形，头胸部和腹部合在一起，林区春季多见，平时喜欢居住在树上或者草丛中，一旦人或动物途经树下，借助风的力量，它便吸附在人或动物的身体上，而双目峰保护管理站辖区以树木居多，成为草爬子最好的隐蔽处。

草爬子不吸血时，如芝麻粒般大小，也有极小的如小米粒；吸饱血液后，犹如饱满的黄豆粒一样浑圆。草爬子叮咬人后会散发一种麻醉素，将头埋在皮肤内吸血，同时它分泌出一种对人体有害的物质。草爬子钻入人体需及时取出。若不及时取出，轻者，数年后遇阴雨天气，患者便瘙痒难忍。重者，高烧不退、深度昏迷、抽搐，引发森林脑炎。有些硬蜱在叮刺吸血过程中唾液分泌的神经毒素可导致宿主运动性纤维的传导障碍，引起上行性肌肉麻痹现象，可导致呼吸衰竭而死亡，称为蜱瘫痪。如果被草爬子侵袭过，被偷袭的部位红肿，只要被它“骚扰”，就要去看医生打针吃药。

长白山自然保护管理中心的管护员们被草爬子“骚扰”都司空见惯了。如若没有遭受草爬子偷袭，反倒觉得没有更好地融入森林，似乎显得格格不入。双目峰保护管理站的管护员也不例外，人人都遭受过草爬子的“青睐”，每每提及它，都对草爬子恨得咬牙切齿，恨之入骨。通常在巡山时，草爬子悄悄寄宿到他们身上，尤其前面带路者被偷袭的概率最大，蛰伏身上的草爬子也最多。

由于森林危险系数大，每次巡山时，对于管护员而言，既是站长又是兄弟的张立军告诉他们：“生命是第一要务，不管在林子里，还是在打火场，我上哪，你们上哪，没有我的指令，任何人都不能单独行动。”

所以，魁梧的站长每次巡山都走在最前面，自然带回的草爬子也最多。

为了预防被草爬子叮咬而中毒，自然保护区每年都给管护员注射森林脑炎疫苗预防草爬子叮咬中毒。

早些年，站长张立军周末回家，潜伏在他身上的草爬子居然不动声色地爬到幼小的孩子身上，孩子柔嫩的皮肤被咬得红肿。随后，孩子因发烧而哭闹，而身为孩子父亲的张立军在家中逗留两日又返回保护站，哭闹的孩子只能由外婆和母亲陪着去医院静点消炎。

张立军每次想到此事都很内疚，自己常年在山林巡护，已经把家当作旅馆，家务事不管不问，对妻儿照顾又少，因自己的疏忽，把草爬子带回家，让孩子无辜受到伤害。可是，自己肩负着保护者的责任，尽管对家不舍，尽管对妻儿牵挂，还是把家里的重担留给了妻子。

发生了带草爬子回家事件以后，张立军再回到家时，主动在门口换下站里巡护穿的服装。之后，扔到洗衣机里漂洗，自己则站在淋浴下，彻彻底底洗去藏在头发里的草爬子，不给草爬子这个坏蛋留下一丝一毫偷袭家人的机会。

那时，双目峰保护管理站还没有水源，饮用水都是从山下拉上来的，洗澡是奢望，所有的管护员都要回家洗澡。春秋防期，期盼休息，可以去镇里浴池洗去疲惫；期待下雨，可以在雨中洗去尘埃。

2017 年长白山管委会投资二百万元在浮石林处挖掘一口机井，建造两个水窖，又铺设了长度为四米的输水线，将井水引到保护管理站，通过电机控

双目峰保护管理站夏季森林物种监测

制，双目峰保护管理站终于实现了自动供水。2019 年 9 月，保护中心又给这里配备了发动机，从此以后，即使停电这里也不会停水。草爬子在管护员们回家之前就洗得无影无踪了，对于草爬子带给家人的恐慌已经成为历史。草爬子只能在树林中横行霸道，进城偷袭管护员家人的途径，已被彻底地切断。

三

人类与动物在友好相处，可野生动物毕竟是兽类，与生俱来的野性对人类有潜在的威胁。而管护员却常年在山中巡护，不会忽视野生动物的聪明，尽管与野生动物做了邻居后，但还要时时警惕，毕竟危险同在。

2015 年 4 月的一天，看似阳光明媚，山里的春风依然寒凉刺骨，可是树木却早已吐绿，柔柔嫩嫩，虽不茂密，但也令人满心欢喜。张立军带领管护员又进山了。

“狍子，狍子，站长快看。”一名管护员兴奋地喊着。

这时，他们已经走到白河林业局 09 号瞭望台附近，张立军也看到了一群狍子在前面不远处的道路上慢悠悠地通过，他急忙摆摆手，示意大家别动。就这样，他们静静站在那里，都掏出手机纷纷在拍照，在录像，张立军也拿出了手机，录下了这个壮观的场面。

长颈的狍子有着一双大眼睛，还有一对大耳朵。没有獠牙显得很温和，尾巴短，后肢略长于前肢，呈现出很呆萌的可爱，雄狍有角，雌狍无角，雄性的长角只分三个叉。狍身的颜色草黄色近似枯草色，尾根下还有白毛，如果不走动，很难发现它的存在。狍子喜欢成双结对地活动，而过冬时，雄狍与两三只雌狍还有幼狍在一起。雄狍的角冬天脱落，新角最迟三月开始生长，六七月份进入发情期，才长成新的狍角。在森林里，雄狍用角剥开树皮，并留下前额臭腺的分泌物，这样作为自己地盘的标志。

自从1996年吉林省第八届人大常委会通过了《关于吉林省五年禁止猎捕陆生野生动物的决定》，在全省全面禁止猎捕陆生野生动物后，长白山地区的野生动物数量与日俱增，所以在山上巡护常常会见到成群的狍子在觅食。眼前，二十多只狍子居然又在此经过，似乎这些精灵们在聚会，在游行，很壮观。它们有规律、有节奏、不慌不忙地穿行。张立军与管护员巡山已经不是第一次碰上狍子了，途经此处的车与人都为狍子们让路。

在老保护局时代，每到年节，森林的枪声如放鞭炮。长白山管委会成立后，枪声、套子、夹子，几乎不见了，盗猎者越来越少。法律的健全，保护力度的加大，野猪、狍子，过去少见，如今，管护员在巡护中，经常遇见，而平常罕见的紫貂都繁殖起来了。其实，在山里巡护，看到野生动物不足为奇，野生动物与人类已经在友好地相处了。

双目峰保护管理站管理辖区远离村庄，不见人迹，自然成为动物的领域，马鹿资源也极其丰富，管护员在巡护中也常见到马鹿。马鹿体形似骏马而得名，东北马鹿栖息于海拔不高且范围较大的针阔叶混交林和林间草地或溪谷沿岸林地。灌丛和草地有利于隐蔽，食物条件好，隐蔽条件好，双目峰周边正适合马鹿生活。在森林里，管护员都成了野生动物的客人，野生动物也成了保护管理站的邻居，串门是互通有无，也是情感在无声地交流。动物似乎明白管护员的职责，是来保护它们的，常常串门来也是友好的沟通和问候。

2015年冬天，厚厚的积雪覆盖山林。一日中午，管护员们正在吃午餐，食堂师傅去给后院的狗“送午饭”，刚回到站房门前，透过大门玻璃看见身后一大一小两只黑熊如人类一样站立行走来到保护站，猜测应该是娘俩。它们见到狗食，俯身急促地与狗抢食吃。保护站里的大狗平日很强势，此时，见到黑熊的到来只是一阵阵地狂叫，却不敢靠近已经很狼狈的黑熊娘俩。管护员们纷纷出来，用手机录下这个场面。

北方黑熊冬天有冬眠的习性，它在大树的树洞、岩洞和地洞、圆木或石头下、河堤边、暗沟和浅洼地搭建巢穴。整个冬季都蛰伏洞中，不吃不动，处于半睡眠状态，冬眠后会自动降低体温和心率，以节省身体的新陈代谢，熟睡到翌年三四月份才出洞。眼下数九寒天，正是黑熊熟睡时，想必是饥饿干扰了它们的冬眠。

当张立军从管护员手机中看到这个场景后，七尺男子汉却落泪了。动物也是生命，冬眠的黑熊只有饿到极限才会与狗抢食。

同时，张立军又很恐慌。大雪覆盖，黑熊找不到食物才与狗抢吃，笨拙的大熊此时显得很卑微。眼下，动物可以与人和平相处，一旦饥饿的黑熊遇见人时，是否带来伤害虽然是未知，但也令人担忧和恐慌。

从录像里看到黑熊抢吃狗食，应该是故事，一旦有伤害，那便是事故。

他想：敬畏自然，敬畏动物，更要敬畏每一个人的生命。必须解决黑熊的冬季食物，杜绝一切伤害人的可能性。

那时，保护中心每到冬季都要定期在山林中投食，却很少往山上投食。每年落雪后，管护员都能见到三三两两的野生动物四处觅食。平日里，这些动物都在深山里活动，只在落雪觅食困难时，才到薄雪处找寻食物。其实，这是保护者的杰作。山林本是野生动物的家园，禁猎后，野生动物在渐渐地繁衍生息而壮大了它们的队伍。

张立军及时把黑熊下山抢食的事情上报给长白山自然保护管理中心，申请往山上投食，这样，黑熊有了食物，就不会再下山，就可以减少黑熊伤人的隐患。

同时，双目峰保护管理站又饲养了几只看家狗，充实站里的“力量”。

四

人生不是享乐，还肩负着十分沉重的责任。人类在从事的每一份工作中，都会获得精神的成长。守山人天天巡护，日日“湿身”，把无奈缝合在内心的深处，也一层层缝合成有爱的情怀。

双目峰保护管理站地跨针叶林带、岳桦林带和高山苔原带，而管护员们常年在针叶林带、岳桦林带巡护。这些地带灌木相当丰富，代表性灌木有毛榛、五加及刺五加、卫茅、忍科、接骨木、悬钩子、蔷薇等。行走其中，深一脚，浅一脚。在荆棘重生的林间穿梭，要时刻小心警惕。

每天六点管护员背着给养准时出发，林海高耸的枝叶中透过晨曦，不管温度如何，这缕光芒足以焕发一份热情、一份力量、一份希望。然而，踏入林海的第一步，露水便濡湿脚下的胶鞋，也湿透膝盖，双足及小腿如同泡在冷水中。太阳一点点升起，中午时分，灌木丛中的水珠也慢慢蒸发，裤脚渐渐被身体的体温焙干，而双脚就在湿漉漉的胶鞋里泡着，泡得发白，泡得发软，泡得发臭。回到宿营点后，不管如何饥饿，都要先脱去鞋子，随后再换上干爽的衣裤。

就这样，天天“湿身”都不足为怪了。似乎“湿身”就是每日工作的前奏，胶鞋和裤脚要是不被濡湿似乎就显得与森林缺少默契一样。管护员们并没有把“湿身”当作困难、当作难题，可是，久之，他们的双腿都被泡出风湿病痛，日复一日，年复一年，老寒腿毫不客气标注在他们的双腿上，阴天下雨，酸痛难忍。

这里的灌木丛中生长着一种植物叫作刺五加，刺五加别名坎拐棒子、老虎潦和一百针，喜欢生于海拔数百米至 2000 米的森林或灌丛中，它的叶柄生有细刺，粗糙的小叶片边缘有锐利锯齿。此种植物植株的刺如同潜伏在灌木丛中的坏蛋，但凡有人途经这里，它们都在悄悄偷袭，毫不客气，也不留情面。管护员们的裤脚先被植被上的露水濡湿，随后又被刺五加的刺如一把剪刀将裤腿划破。随着巡护距离的延展，一把把“小剪刀”穿透裤子，再划破皮肤。双目峰保护管理站管护员们的双腿伤痕累累，一道道伤口细密交错着，且又一层层覆盖，这道伤口还没痊愈，下道伤口又来光顾。划破双腿与“湿身”一样，都是工作的痕迹，都是工作必不可少的过程。一条完好的裤子，穿梭几次林海后，裤脚都成门帘一般，一条条随风飘着。为了避免划伤皮肤，他们不停地缝补裤脚，针脚虽然粗糙，但一针压着一针，酷似老太太用针纳出的鞋底。

有时，他们一边缝裤脚一边开玩笑说：“刚破裤子多可惜，还不如在腿上多刮几个口呢，几天就长好了。”

五

“结庐在人境，而无车马喧。问君何能尔？心远地自偏。”这是隐的境界，也是闭门、深山的境界。大隐隐于闹市，小隐隐于深山。一名优秀的瞭望员，就是甘愿忍受着这份孤独与寂寞。与他们倾心交谈后，更能体会到他们的感受和心境。

“你看这边是长白山……你看那边是边境……你再看左边，森林多美……”

站在瞭望塔之上，一望无垠的林海就在脚下。我好似一只大鸟儿，在森林和大山的上空飞翔。我顺着瞭望员李长河的手势，望见氤氲雾气中若隐若现的长白山主峰。长白山脉的旖旎也一览无余尽收眼底。在我登上这座塔瞭望之时，正值瑰丽多彩的金秋时节，林海周围的针阔叶混交林金澄澄一片，远山近林，颜色深浅皆不同，一枚枚秋叶悠闲自在地在冷风中摇曳。

我乘车从双目峰保护管理站营地出发，奔向瞭望塔的途中，红色的、黄色的、绿色的树叶，在渐变中交错，把林海装扮成缤纷的世界。一路前行，真切地感受到“一山有四季，十里不同天”的特色。长白山自然保护管理中心双目峰保护管理站06号瞭望塔就在群山环绕下的林海深处，在中朝边境线上，而我驻足的山峰叫作双目峰山，06号瞭望塔兀立于这座山巅之上。这座瞭望塔2009年建成，是自然保护区中最年轻的瞭望塔，这里海拔1525.42米，塔高34米，东面是双目峰，西面是白云峰，且与白河林业局09号瞭望塔遥遥相望。

建塔伊始，06号瞭望塔无水无电，吃水依靠肩背，照明全靠蜡烛。瞭望员按一周一轮换的方式坚守在这里，每日必须有一人去背25公斤的河水，需要攀爬600米的山路。背水的辛苦让瞭望员对水格外珍惜，塔上工作一周，脸不洗尚可，临下山前，简单濡湿一下，算是洗脸的仪式。洗脚更奢侈，天热脚臭，夜宿的小屋如同烤过了咸鱼，但也只能默默忍受。如若雨季，他们多盼望下场倾盆大雨，这时，可以痛痛快快洗个天然“淋浴”。

这座瞭望塔是边境线瞭望的火眼金睛，为了防止边境火情蔓延，06号瞭望塔的瞭望区域有一多半在边境之外，只有这样才能更安全更及时地监测火情，在最快的时间应急处理。所以，06号瞭望塔在每年4月初，瞭望员就开始登塔工作了。12月末，大雪封山，盖住上山的道路时，才不得已离开瞭望塔。四季领略的风景不同，四季经历的艰苦也不同，炎热的夏天，本该是轻松的季节，由于边境之因，在很多瞭望塔都休息之时，这里继续进行能见度瞭望。这是白天高空炎热，钢架的瞭望塔就是一座滚烫的“火炉”，而铁皮围成的瞭望台如同桑拿浴室，站在瞭望台内的瞭望员如同在洗桑拿浴。进入9月份，长白山便开始飘雪了，双目峰上格外的寒冷，1500多米高的山顶却已经冷风习习，瞭望员穿着大衣站在瞭望台中，瞭望台四周的铁板虽然都已做了保温防寒，但是在高海拔中依然四面透风。早些年，瞭望台里没有床铺，只有一把椅子一张桌子，下雪之后，椅子成了摆设，必须依靠不停地踱步取暖，似乎在与摇晃的瞭望台在空中起舞。

每一位瞭望员，都会把经历的艰苦当作人生的片段，从不挂齿，也从不埋怨。偶尔心情烦躁时，便对着大山呐喊，远处连绵的山峰，在倾听着他们的孤独。在大山辽远的回音中，稀释他们内心的寂寞。一座房子，一座高塔，两双千里眼，却承担着8005公顷山林的防火安全。他们如大山之魂守护着长白山的一草一木。

如今的瞭望塔已从边防部队处连接上国家电网，这是长白山瞭望塔中第一座接通国家电网的瞭望塔。国电照明，国电做饭和取暖，彻底告别了烟熏火燎的时代。这以后，他们的夜生活多出了娱乐活动，不再依靠收音机打发时光，可以看电视，可以摆扑克。网络信号的铺设，使他们可以与家人聊聊家常，一根网线缓解孤独和寂寞。早些年，没有网络信号上网，没有电视新闻播放，在台上工作一周，似乎与世隔绝，下山后，很多都不是新闻的故事却成了他们的新闻，经常遭到邻居和家人的笑话："这人，看山看的，都看傻了。"

这些看山把自己看傻的人就是瞭望员，他们是大山的眼睛。在平常百姓眼里，他们就是看山人，住在山顶的看山人。可是，很少有人知晓他们的重要性，他们肩负的使命感。

此次登上瞭望塔，我遇见了两名瞭望员，他俩年轻时都是管护员，天天巡山蹚河导致关节疼痛，才调到瞭望塔来担当千里眼。我满怀疑惑地问询："面对寂静的山林，山顶就两人常在，工作和生活又很孤单，喜欢这份工作吗？"

李长河告诉我："如今生活条件改善了，吃水站里派车送，就连上下班都不用爬山了。通上了国家电网，添置了小冰箱，不用再吃腌制的肉类，与家里的生活没二样了。工作在这里比在家还有优势，山里空气好，负氧离子高，这便是我们格外的收获。"

朴实的话语中诠释了质朴的心声，这些最可爱的瞭望员以乐达之心瞭望，甘当大山明亮的眼睛。

当我问及他们工作在瞭望塔最大的愿望时，李长河说："一想到我们这个瞭望塔的特殊性和重要性，我的精神头儿就上来了。我们一时一刻都马虎不得。我们瞭望员，就是森防前线的一双眼睛。所以一想到这些，所有的寂寞和烦恼与我们守护这片绿水青山的职责相比就显得微不足道了。有时也很寂寞，寂寞时也希望有人上塔来，这样便可以聊天说说话……"

多么简单的愿望啊，听罢，我的内心涌动着酸楚。

站在铁塔之上，与松桦合唱风吟；站在铁塔之上，与高山对望相依；站在铁塔之上，与地面遥遥呼应。瞭望员，绝非只是瞭望，他们在默默践行着坚忍与奉献。绿水青山就是金山银山，雄伟的长白山，有许多双千里眼在时刻保护着，他们以守望的情怀，在演奏着祥和安康的绿水青山的赞歌。他们生活艰苦，收入不多，然而，作为“大山的眼睛”，他们甘愿忍受孤独寂寞，甘愿坚守在护林防火第一线。

六

连绵群山，无垠林海，自然的美景，带给游客大美的享受，也是打造长白山旅游资源的依托。不负绿水青山，方得金山银山。如此深远而又现实的重任交给了长白山自然保护者，交付给守山人。

竹　石

［清］郑燮

咬定青山不放松，
立根原在破岩中。
千磨万击还坚劲，
任尔东西南北风。

双月峰保护管理站 06 号瞭望塔

读到这首古诗，我情不自禁地想起了长白山深处的管护员。不知为何，油西强成为眼前画面的主角。些许是他憨厚的笑容，些许是他高大的背影，些许是他荣誉光环的笼罩，正如长白山管委会和长白山自然保护管理中心授予他的“巡护能手”和“先进个人”一样，他如一面旗帜，鲜艳，醒目，在林海中随风飘扬。

油西强，20 世纪 70 年代生人，从部队复员后被分配到长白山自然保护区。主观能动性强是他在工作上最大的特点，先后当过管护员、瞭望员和稽查员。他在每一个岗位都对森林饱含深情，都对大山充满热爱，且爱入骨髓。

2011 年他被任命为双目峰保护管理站副站长。

他，走过的山路无以计数，清理的不法分子也无从细数，而有许多次见到野生动物的场景让他无法忘怀。那年的秋天，他接受命令带领双目峰保护站管护员配合白山保护管理站进行清区行动。完成任务准备撤离时已经筋疲力尽，却发现一位兄弟失踪了。已近傍晚，林海中的夜色来得早，油西强很焦急。他领着队友顺来时的路寻找。走到白山保护管理站管辖的三区时，油西强发现有大片松子落地，急忙捡起被遗落的松塔放在手里掂量，凭借多年巡护的经验，他断定这是黑熊所为。在野生动物中，黑熊力气大，松塔扒开吃。平时，黑熊喜欢在海拔 1000 多米以上的山林活动。立秋后，山中的野果、菌类和松塔逐渐成熟，黑熊便开始不安分起来，开始越过千米线，来到低矮处的山林中觅食，无论山果还是庄稼，乃至蘑菇，都是黑熊的美味大餐，所以黑熊特别喜欢在秋天下山。见到掰开松塔的瞬间，他心理恐慌，忙拾起一根倒木敲打周围的树干，队友们也拾起木棍与他一起敲打。黑熊的嗅觉和听觉很灵敏，顺风可闻到半公里以外的气味，能听到三百步以外的脚步声。在倒木密集的前方，只见一只黑熊嗖地站起来，近乎两米高，与油西强大约十五米之遥。平日常听老护林员谈及遇见黑熊的场面，那时，他还充满好奇，权当故事来听，而眼下，自己也成了人与熊故事的主人公，且面对面地对望。瞬间，他的大脑一片空白，本能使然，他居然闭上眼睛，拼命地用木棍使尽浑身的气力猛劲敲击大树，错乱的梆梆梆声在林海中蔓延，带着恐慌，带着凄冷，他似乎感觉到世界末日的到来。

其实，敲打身边的树干，让梆梆梆的声音传出很远。这都是敲树震山，驱赶野兽的老办法，是山里人一代代传下来的。山中的野兽听到梆梆梆地敲树，会立刻闻声逃遁。山中的狼虫虎豹虽然凶猛，但一般情况下还是怕人，因而会主动躲避人。动物的嗅觉和听觉都灵敏，一旦听到人类的呼喊和其他人为的声音，就会根据声源而远远躲开。黑熊也很谨慎，其实它很少攻击人，它也害怕油西强敲打树干的声音，居然慌张地逃跑了。通常情况下，黑熊遇到人类，它们的第一反应还是赶紧溜掉。但少数情况，比如带崽的母熊或者这个区域附近有很多它的食物，黑熊也会选择留下警戒。这个时候，人类一定要保持镇定，避免与熊对视，慢慢后退，离开熊的视野。如果后退让熊表现得更加暴躁，但无进攻行为，可以轻轻蹲下，等熊稍微冷静一些后再慢慢后退。如果过程中过分紧张，可以低声自言自语，让自己保持镇静。其实，在任何野生动物

双目峰保护管理站副站长油西强在巡护中向保护中心汇报

面前都不要过分害怕，当人类面对它时，就会发现它们更害怕人。

黑熊走远了，油西强才放下木棍，不知是惊吓，还是敲打树干透支体力，他全身的衣服都湿透了，站在倒木中间喘息着。本该坐下休息，可是，暮色缓缓在林中铺开，还有兄弟没有找到。油西强对伙伴们招招手，带着兄弟们奔往白山保护站西主线的宿营点。他想，天黑了，走出林子还需要时间，就近到戗子休息，再商讨如何寻找失踪的队友。当他们来到白山保护管理站宿营点时，见到了失踪的队友。这一刻，如同见到了久别的亲人，紧紧拥抱兄弟，不言不语，静静的林海只有风儿刮过，而他的泪水却湿润了眼眸，也浸染了夜空。这时，他们才发现，一场秋雨成了背景。

黑熊伤人的故事都是早些年从猎人那里听到，而管护员见到黑熊者也司空见惯，而从未伤及保护站的人。听老一代人说，黑熊伤人有四种可能：突然遇见，黑熊预感到威胁才攻击，母熊为了保护幼熊会主动攻击，受伤了本能的防护或者饥肠辘辘时才会出击，还有就是频频受到人类的袭击而正当防卫。似乎长白山的黑熊有灵性，知道管护员是保护这片山林，也是在保护它们。

行走在茫茫林海，遇见动物并不奇怪，森林是它们的家园，遇见动物的故事中，更多是人类内心的惶恐。如果遇见人，尤其违法的人，那才是惊险，那是斗智斗勇的情景剧。早些年盗猎者有枪，管护员与他们交涉，时刻处在危险中。禁猎后，再遇见人，大多是盗采珍稀资源者，森林中遇见便要斗智斗勇。油西强见多了，一眼便能揭穿他们的恶行。管护员肩担正义，自然会战胜他们。

森林巡护，管护员与野生动物一样，也在感受大自然的风云变幻，还有风霜雨雪，也会遇见没有预感的沟壑和陷阱。常年林中巡护，管护员走出了属于他们的地图和道路。油西强每天清晨给各巡护组按不同区域安排任务，而他所在的巡护组选择一条比较难走的路。双目峰保护管理站辖区灌木植被刺五加居多，尽管油西强对地形了如指掌，穿梭其中也很艰难。但是，为了巡山，为了保护，也无法逃避。2013 年春季，要进行松毛虫调查，样线在十二道沟边。

漫山遍野的刺五加已经限制了他们的脚步，还有连成片的杜香交错其中，杜香耐阴喜湿，大面积群落生长于落叶松林、樟子松林、云杉林或针阔叶混交林下。他无法辨析前行的路是否有陷阱，带着四名队友深一脚浅一脚小心地行进。此次巡护队员中，小王是新成员，他第一次巡山，尚未适应低洼的山路，况且小腿因被刺五加刺破流血而疼痛，小王有些惶恐。突然，迈出的脚步踏在藏在杜香下的碎石上，碎石滚落，小王踩空，只听见他“哎哟”地叫了一声说:“脚踝崴了？”

前面的油西强手疾眼快，扭身扯住了小王胳膊，避免他滑倒。他忙扶着小王到平坦处时。只是几分钟时间，小王的左脚踝肿得与小腿一样粗。这时，GPS 显示回到宿营地的距离为七公里，可是，山中无路，需要转转绕绕，无形中拉长了距离。小王扭伤了脚踝，脚已经不敢落地了。怎么办？油西强沉思片刻，蹲下身来，他背起小王继续前行。小王身高一米七五左右，体重一百二十斤。对于男同志而言并不超重，可是，坑洼的山路上，深一脚浅一脚，还要爬过一个个山坡，跨过一条条沟壑，油西强累得喘着粗气。无奈，剩下的三名管护员轮班背着小王。油西强的身体与其他几人对比，高大，健壮，他又抢着背小王。回到宿营地时，油西强已经累得说不出话来，放下小王，自己瘫坐在水泥地上。

这件事，油西强感触颇深，再带着新人巡山时，他一定跟在新人的身后，关注着，看护着，他不想让新人初入山林便有惶恐而选择逃避。一路上，还要耐心地给新人讲解在荆棘和野草诸多的情况下如何判断沟壑及危险，走在沟壑边缘时的注意事项。油西强见路说路，见花讲花，多年的巡护经验毫不保留地都讲给新人。新生的巡护力量在不断地注入，油西强的经验也在一遍遍地被复述。讲得多了，似乎都成了课件，时间地点都清清楚楚。一批批带，一人人教，从不厌烦。

穿过林海，翻过群山，他熟悉的记忆中，便是山林追寻的脚印。睡过潮湿的戗子，饮过冰雪化开的水，加上疾走透支的体力，内心的一度煎熬踩出一个个足痕，他在不停地与内心、与大山妥协。历经的岁月，有艰难，有苦涩，有酸楚，最终都融入茂密的草木深情中。他穿梭在森林中，守护着保护区的一草一木，耳畔回荡着青春的故事，随之吟唱出林海的歌谣。

油西强的大多时间都在巡林，大多精力都放在了保护站，他的心思都给了山林，而对他的小家，却很少问津。孩子的成长中，都由妻子来教育。有一年春防期，工作在林业部门的妻子打完森林脑炎疫苗后，晚饭的菜蔬中有少许辣椒。她忘记了打完疫苗后禁食辣椒。午夜时分，上吐下泻，折腾得几乎脱水。妻子本想联系油西强，因为浑身的不适多么希望有一个可以依靠的肩膀。妻子转念又想，油西强的保护管理站在山中，回来还需一段时间，最主要的是春防不能空岗，哪怕是夜半时分。后半夜一点半，浑身无力的妻子叫醒女儿陪着，通过出租车打车平台叫车前往医院。经诊断方知过敏引起胃肠不适。静点完药水已经天亮。这时，妻子才告诉油西强自己生病的事情。接通妻子的电话后，知悉昨夜妻子生病的无助，油西强很愧疚，悄悄地抹起了眼泪。

夫妻是伴侣，是陪伴。而妻子生病，油西强却没有陪伴身边。这件事对油西强打击很大。为了践行保护大山的誓言，青春在林海，脚步在山间，却没有闲暇也没有精力去陪伴亲人。

时光流逝，曾经巡山的喜怒哀乐在时光里弥漫。汗水，泪水，苦水，汇集而来；喜悦，荣誉，收获，交织再现。如今借助我的拙笔将他昔日的故事书写。他虽是一个个体，却从他身上能体现所有管护员的经历。往昔随故事走来，未来在等待中清晰，油西强的脚步徜徉在保护站四季婉转的梦里。梦里，还有油西强那抹不去散不掉的愧疚和喜悦。

油西强深知任重而道远，咬定青山不放松，他在践行，也在传承。

第二章　白山站的情怀

大自然从来不欺骗我们，欺骗我们的永远是我们自己。

——卢梭

雪还在飘 / 风还在吼 / 金红色的朝霞还没露头 /
整好了行装列好了队 / 正是巡护的好时候 /
胸中有一句朴实的话 / 祖先留下原始的美 别毁在咱的手；
鸟回了窝 花睡歪了头 / 橘红色的月牙是亲人的问候 /
湿漉漉的疲惫沾满松花 / 爽朗地笑着在林海里走 /
口渴有清甜的山泉水 / 腰酸背疼咱烫一壶那热辣辣的酒；
别说我寂寞 别问我累 / 林涛伴山歌乐悠悠 /
别说我苦 别问我愁 / 过日子大事小情谁没有；
走走走走 / 坚定地走 / 好风景和好日子就在前头 /
能做长白山的守护者 / 再苦再累也风流。

这是我采访白山保护管理站站长于长宝时，他现场唱出刘万中老师的《保护者之歌》，听过他们的故事后，再回放这首歌，千言万语都化作感动，化作敬佩。管护员的形象在我眼前放大，与巍峨的长白山一样，神圣而伟岸。刘老师这首歌唱出长白山管护员的欢喜和梦想，也唱出他们的辛苦和疲惫。一首用心写就的歌曲，一首用心鸣唱的歌谣，把管护员的形象唱得淋漓尽致。

随着这首歌，让我们一起来到白山保护管理站的故事中。

白山保护管理站位于长白山国家级自然保护区东南部，面积 28167 公顷，辖区东南部与朝鲜民主主义人民共和国接壤，边境线 16.35 公里。东北部与白河林业局接壤，边界线 23 公里。区内海拔高度 1000 米至 2500 米之间，自下而上依次为针叶林带、暗针叶林带、岳桦林带和高山苔原带，以针叶林、高山岳桦林、草甸和高山苔原植被为主，植物有落叶松、云冷杉和岳桦等，主要河流有二道白河和三道白河；主要野生动物有金雕、紫貂、猞猁、棕熊、黑熊、梅花鹿和马鹿等。著名的长白山北景区坐落在该站辖区的实验区内，主要景点有长白山天池、瀑布、温泉、小天池、绿渊潭和地下森林等。

大山是管护员最贴心的朋友，欢喜时，他们唱着山歌给大山听；悲伤时，他们对着大山呐喊。大山的那份包容，渐渐融入管护员的胸怀。他们收入微薄，却没有怨言；他们工作辛苦，也没有抱怨；他们有一份责任，一份坚守，还有就是对长白山无限的热恋和真情。默默无闻的管护员，在无私奉献青春，一路足迹，一路歌声，日复一日，年复一年，在深山中唱响生命的主旋律。

一

莽莽丛林中，有这么一群人，每天跋山涉水、风餐露宿，巡护和保护着大自然的飞禽走兽，还有一草一木。只为绿水青山常驻，只为生态环境常新。顾不上欣赏美景，他们的眼中全是大自然的生态安宁，他们就是管护员。然而，自然生态保护是一条艰辛之路，而他们却用铁一样的脚板走出了经验。

于长宝第一个工作单位是原吉林长白山国家级自然保护区管理局白山保

白山保护管理站原办公楼

护管理站。

启蒙老师葛恩贵当时是站长。1981年，于长宝十八岁，他勤学善问，又有灵性，尤其是辨别植物的灵性。葛站长就这样开始带上乳臭未干的小管护员于长宝巡山。每次巡山见到特殊物种，葛恩贵都要把与植物有关的知识讲给他。他从老站长的悉心讲解和举手投足中，学到许多书本上没有的知识。

葛老师告诉于长宝："黄花松的树头都朝着东南方向……"

"青苔喜欢阴暗潮湿的环境，石头上的青苔往往生长在北面。"

葛站长耐心讲解，于长宝认真记在脑子里。

葛站长还重点强调进山巡护要带上手表，因为当时没有辨别方向的设备，很多方法都是一代一代的传承和多年巡护经验的积累。譬如，手表时针折半朝太阳，十二所指是北方。最初，于长宝并不理解，听罢半知半解。随着对森林的了解，随着每日巡护中的应用和所见所闻，于长宝茅塞顿开，原来大自然如此神奇，老祖宗如此智慧，葛站长说出的经验，在森林中就是导航仪。那时，没有 GPS 设备，管护员巡护的“导航仪”就是植物生长的规律。

经过半年多的工作，于长宝对森林不再陌生，他牢牢记住老站长的每一句教诲。这时，葛站长又对他说：“光会巡山辨别方向还不行，还要学习自然保护区有关管理条例和法律法规，抓获非法入区人员时，知道违反了哪条哪款。只有这样，才能独立当组长带队伍，做到进得去拉得出。”

提及巡护，便想到行走，随后自然又想到鞋子，管护员每年穿坏六双胶鞋，还有更甚者，居然穿坏八双。双脚从最初磨出的血泡形成硬茧，尔后，锻造出铁脚板，成了活地图。都说管护员有一双铁脚板，瞭望台有一双千里眼。而于长宝却与众不同，不仅用双足巡护，也用眼睛观察，还配合了耳朵，他能从树叶的声音中听出方向。久之，换来与葫芦娃一样的绰号：顺风耳。

随着经验的累积，他工作越来越出色，1984 年于长宝被提拔为组长。

有一年春季，他带领队员巡护时，突然发现河对岸有两人背着枪进入保护区内，职业经验判断，他们就是非法偷猎者。当时正是汛期，他带头蹚过齐腰深的河水追赶他们，当追到他们时，偷猎者端着枪对准浑身湿漉漉的他们说：“别过来，再过来我就开枪了。”

于长宝郑重地对偷猎者说：“打死我，你也跑不了。后边还有很多我们的人，放下武器才是你明智的选择。”

偷猎者一看这招儿不灵转身就逃，于长宝起身冲上去，追赶五百多米，在一根倒木前，他将偷猎者按倒在倒木上。偷猎者意图反抗，几番挣扎。这时，后面追赶而来的管护员与于长宝一起将偷猎者抓获。缴获枪支后，拿到手中一看，所有的人都吓出一身冷汗。因为当时枪支扳机已打开，如果偷猎者情急之下扣动扳机，于长宝凶多吉少。

2013 年，驴友们纷纷瞄准山高路险的长白山完成穿越的挑战，白山站又承担了反穿越清理工作。每次遇见穿越的驴友，管护员们总是耐心讲解穿越的危险性，告知他们穿越给长白山自然保护带来的危害。由于穿越风起，湖北武汉两名大学生擅自穿越长白山国家级自然保护区，在山中迷失，长白山管委会组织近百人搜救队，历经十六小时的艰苦搜寻，二人安全获救。这次事件之后，长白山自然保护管理中心根据《中华人民共和国保护区管理条例》等相关法律法规，规定进入长白山国家级自然保护区从事科学研究、教学实习、参观考察、拍摄影视、登山、探险等活动的单位和个人，必须由省林业主管部门批准，到保护局办理入区手续；旅游等人员在保护区内不得超越规定的旅游范围。

长白山自然保护区有近20万公顷的原始森林，林内可见度不超过200米，即便是专业的巡护队员也需要依靠GPS等定位系统才能辨清方向。加上长白山属于典型的火山地貌，沟谷密布，并且有部分区域并无通信网络信号覆盖，一旦发生意外，救援难度很大。

就在那一年，在东大坡西落坡处，于长宝带领四名管护员劝走一批驴友后，在返回的路上，他听见与往日不一样的声音，随后他告诉队员们："返回去，有新情况。"

刚翻过东大坡来到苔原带，就在不远处，有一群驴友在这个区域采摘高山红景天，严重破坏了苔原带。

长白山苔原带是一个独特的存在，除了火山地貌和天池，长白山还有一种独特的自然景观，那就是环绕天池的无林地带称之为"山地苔原"。位于火山锥体的中部，气候属于寒温带，年平均气温零下7.4℃，无霜期六十天至七十天。土壤是在石块、石砾层上形成的山地苔原土；大型乔木无法生长，连大型灌木都没有，植物种类稀少，植株低矮、根系肥大，花期集中。长白山山地苔原植物与北极地区的亲缘物种保持着极大的相似性。苔原主要分布在环北冰洋的大陆沿岸及岛屿上，距离北冰洋遥远的长白山苔原带拥有这类极地风光。每逢7月，长白山的山地苔原上盛开鲜艳而独具特色的花朵，游人赞叹花海绚丽时，却很少有人了解，这片空中花园竟与北极植被有着千丝万缕的联系。苔原带生长的植物都很稀有，其中濒危植物高山红景天生长在恶劣环境和气候多变的苔原带，生命力极强。它具有快速补能、抗寒冷、抗疲劳、抗辐射、抗缺氧等功效，具有“扶正固本”的作用，在某些方面功效胜于人参。在清朝时期作为宫廷供品，被康熙皇帝钦封为“仙赐草”，又称“龙头凤尾草”。

于长宝用眼一瞄，对方穿越而来的盗采者有七人，而自己的小分队算他才有五人，其中还有两名女同志，且已筋疲力尽，一旦发生冲突，对自己的队员非常不利。这时，对方抬头看见有人来，在违法者面前，正义者的形象极具震撼力，对方抛下盗采的一堆堆一袋袋红景天，撒腿落荒逃跑。为了及时处理已经出土的植物，他们没有继续追赶盗采者。

随后，于长宝指挥几名管护员，将红景天摊在地表面。因为他知道，红景天根系强大，这附近有水源地，植物可以吸收水源地的气息，慢慢根系都能穿透地表向下生长。

管护员小张崇拜地看着于长宝说：“站长，你真厉害！啥都懂。”

于长宝居然脸红了，他说：“这些经验都是走出来的。”

白山保护管理站站长于长宝（右四）在秋季防火期带领管护员入住宿营点后，布置工作任务和强调防火重要性

二

作为一名自然保护区的工作者，巡护是他们义不容辞的责任。每一位管护员必须对自己巡护的区域了如指掌，地形地貌地势都得耳熟能详，只有具备这些起码的常识，才能走进去，也能走出来，才能做到巡山万里不迷航。况且长白山的植被变化很快，必须加强巡护，知识要不断更新，脚步要与时俱进。

20 世纪 80 年代，没有禁止狩猎的法律条款，长白山周围林场的百姓几十年来养成靠山吃山的习惯还无法改变，春天挖野菜，夏天采中药，秋天打松子，冬天套动物。尽管百姓明知进入保护区是违规的，为了利益，依然铤而走险。为此，吉林省林业厅开展了 8911 行动，与森警公安联合防盗猎防盗伐全省统一清区行动，其行动宗旨是清除盗猎盗伐分子。

行动在三九天，这次行动，于长宝是行动组的组长和向导，他带领小组成员从光明岔路口进山，然后穿插到头岔河附近野外宿营。第二天带领队员沿头岔河上下采取撒网式搜查非法狩猎分子，夜晚继续野外宿营。第三天再继续穿插到头西保护站辖区阳岔河附近野外宿营。之后，再用一天的时间进行撒网式搜查。那时，没有 GPS，无从记录公里数，全靠双足徒步巡护，走上一圈都需要几天时间。

清区行动时，随着温度骤降，他们只能在固定的戗子里居住。那日，他们到达小西岔河源头的山坡上，这里猎人留下的地窨子变成了他们临时的宿营地。地窨子是在地下挖出长方形土坑，再立起柱脚，架上高出地面的尖顶支架，覆盖兽皮、土或草而成的穴式房屋。北方地区，冬天寒冷挖个地窖储存蔬菜，可以不被冻坏。建造地窨子来居住一般选在背风向阳且离水源较近的山坡。早些年东北山里的猎人，就有了“夏则剿居，冬则穴处”的居住习俗。“剿居”是在林中树木之彰距地一定高度搭设住处；而“穴处”则是住在“穿地为穴”的屋子里。这种地穴或半地穴式的房子被称为“地窨子”。这个地窨子，也叫戗子，大雪覆盖之上，出入需要从小洞口钻出钻进。相比之下，要暖和许多，毕竟这里可以躲避风雪。

盗猎者也因管护员在清区行动而有所收敛，三九寒天，大雪纷飞，山林中已经不见猎人出现。这时，于长宝决定："我们下山吧，所带粮食不足，我们每天要减少一顿饭。"

按常理，下山的路需要五天时间，所剩粮食，一天两顿，便可以维系到家。事与愿违，大雪齐腰，每走一步都异常艰难，况且他们身上的棉袄棉裤很沉重，与其说行走，不如说在爬行。不管饥渴，都用雪水充饥。待到第五天时，离家还有一段路程，可是，背囊空空，却没有了粮食。肚子咕噜噜鸣叫，寒冷随之袭来。虽然对回家的路非常熟悉，可是，厚厚的积雪成了障碍。好几名管护员有些悲伤，担心会饿死或者冻死。

休息时，于长宝为组员们加油："下定决心，不怕困难，排除万难，争取到家。"

随后，他讲杨靖宇抗联的故事，为组员们加油助力！

管护组从西边往东边行进，已经饿了两天后，到二道白河石龙岗时，他们在这里遇见其他保护站的兄弟们，他们抓起麻花躺在雪地上狼吞虎咽吃起来。那一刻，麻花成为他们人生中最美的食物；那一刻，饱腹成为他们人生中最幸福的感受。

三

"在灿烂的群星里，他们是哪一颗？"

一次穿山越岭是挑战刺激，千万次穿越便非同凡响。在时间的辽阔故事里，熟悉山里的路，了解森林里的树，和大山做朋友，与动物成亲戚，他们尽心尽责，他们坚守初心，他们耐得住寂寞。把自己练成一张"活地图"，写下许多感人的"山林叙事诗"。

护薇战役，对于保护管理站已经司空见惯了。提及战役似乎就是真枪实弹的交火，而这次战役，却是倾心倾力去保护一种名贵的山野菜。这种植物叫薇菜，学名为桂皮紫箕、紫箕、野豌豆、巢菜、薇菜、元修菜，俗称牛毛广、猫儿蕨、兰茎苔。薇菜全株布满白色柔毛，根茎粗壮，它的营养丰富，可安神，可降压，可抗癌，还可清热和减肥，对流感、乙型脑炎等病毒有明显的抑制作用。薇菜在日本宴席上被视为野味佳肴，享有“中国山珍”的美称，药食同源在国外市场备受欢迎。为此，林区周围的百姓便把采摘薇菜当作致富的渠道。虽然保护区有关条例明文规定，采挖违法，但是在金钱的利诱下，依然还有忽视法律法规的人铤而走险。

长白山自然保护区的薇菜通常长在核心区，这次战役的地点就在这里。这是多年前一场自然火灾后生长形成的。老百姓及管护员都称这块区域为八里甸子，以此处为圆心，周围八公里，薇菜非常茂密。每年 5 月份，八里甸子成了护薇战役的中心点，战役宗旨就是死看死守，严防和杜绝森林火灾的发生。

这次战役于长宝带头，每人背着五六十斤的食物从和平处岔路口起程入区，行走四小时到达八里甸子。白天，小组成员分头巡护，一天下来，每人都疲惫不堪。另外，山中潮湿，他们双腿几乎都处在浮肿的状态，还有蚊虫叮咬，整个身体也随之红肿。尽管如此，管护员们都没有一句牢骚话。

最难熬便是夜晚，没有灯光，没有娱乐，管护员们坐在戗子外面，仰头眺望黑幕上闪烁的星星，那微微的亮光就是他们心中的灯塔。他们一边看着星星，一边聊天，聊明天路线如何走，聊什么方位薇菜长势好。寂寞的夜晚如同故事会，似乎所有聊天的故事都在讲给星星听。日夜交替，他们的话题却没有改变。因为属于他们的寂寞时光实在太多太多，多得如同林海中的松针，无法一一数得清楚。

有时，他们多么希望遇见陌生的人，这样日子会多出一点新奇，话题会多出一点新意。可是，他们的内心又很矛盾，又怕遇见人，但凡这里遇见的人，基本是盗采者。他们每次遇见盗采者，都要对盗采者进行教育，现场一番记笔录，也是给寂寞的生活涂上了颜色。他们虽然非常寂寞，但是，寂寞也是一种光荣，一种责任，最起码保护了资源没有遭受破坏。

随着管护组进驻，以及对被清除人员的宣传，盗采薇菜的人员与日俱减，以至于八里甸子的区域连续几日都遇不见人。可是，他们开心着呢，因为薇菜资源得到了保护。

四

两个人，一座塔，一部手持机，一台望远镜，筑成长白山自然保护管理中心的第一道“森林防火墙”。对于常年观察长白林海的瞭望员而言，对长白山地理概况了如指掌，在防火期寻找火场的过程中，无论距离多么远，条件多么艰苦，他们都能找到最短的距离，选择最近的道路，让扑火队以最快的速度和最短的时间到达火场。如此精准的判断，依靠的便是一份把大山当作家园的信念。爱大山，爱家园，便是他们最真的情感。

通往天池的那条路上，途经险桥处时，远远可见一座瞭望塔，那就是长白山自然保护管理中心白山保护管理站辖区的08号瞭望塔。这座瞭望塔始建于1988年，原本的模样由木杆搭起，高度有限，瞭望面积自然受到局限。2010年重建后，瞭望塔高度达到四十二米，迄今为止，它是长白山自然保护管理中心中最高的瞭望塔。北面与05号瞭望塔遥相呼应，东南方向对应白河09号瞭望塔，东面临界三道白河边，南面对应白云峰。

指尖敲出“瞭望塔”三个字的同时，脑海中一座高耸入云的铁塔在眼前浮现，随之而来的便是瞭望员生活的场景在眼前绽开，一幕幕如同电影片段。这些片段早已定格在记忆的深处，成为一种符号，成为瞭望员生活的写照。08号瞭望塔改建后在瞭望塔中鹤立鸡群，早些年这里生活的艰苦可想而知，依靠倒木取暖，依靠蜡烛照明，而水必须去附近的小溪流取。最初用扁担挑水，山

白山保护管理站管护员在苔原带巡护休息，站长于长宝（右一）给管护员科普森林知识

路崎岖，遇到雨后路滑，常常连人带水一并滑倒，辛苦挑来的水洒在坡路上，而挑水的人也摔得一身泥浆，很狼狈，原本生活缺水已经很尴尬，一个跟斗又多出一身衣裤需要漂洗。无奈，再次下山取水。为了生存的水源，瞭望员付出的辛苦不比工作少。遇到干旱，取水的小河也干涸，只有依靠困山水或者存放的雨水维系生活。每当下雨时，不管白天还是深夜，雨滴似乎成了闹钟，瞭望员便开始大盆小盆地接水备用。他们盼着下雨还另有隐衷，因为下雨了，可以在雨水中痛快地洗个澡。瞭望塔附近的水源杂质和细菌颇多，闹肚子经常发生，所以止泻药在这里从来没有受到冷落，每年都能派上用场。冬天到来，开始飘雪后，工作较为轻松时，可以融化积雪来做饭和饮用。

如今，站房改造了，生活条件大大改善，太阳能板发电可以照明，道路也畅通了，取水由交通工具取代肩背。以前深山老林中，瞭望塔孤立存在，生活艰难，瞭望员每周下山时，蓬头垢面的样子如同“野人”，而如今，各种“鸟枪换炮”让瞭望员的工作踏实而又温暖。

08 号瞭望塔海拔 1396 米，周围森林里的动物主要有黑熊、野猪、狍子、马鹿、松鼠等，植物有美人松、红豆杉、冷杉、云杉、红松、落叶松等名贵树种。每一座瞭望塔都是自然保护区的千里眼，承载着整片森林的防火重任，而 08 号瞭望塔还肩负着保护森林珍贵野生动植物资源的责任。

这座瞭望塔的高度充满神秘和诱惑。尽管我恐高，还是一步步地登上了瞭望塔顶。此处与长白山的风口比邻，狂风是常年的节奏，每登一节塔梯，似乎在增加风力的系数，风如刀刮过脸颊，皮肤掠过痛感的凉意，伴随着寒战继续攀爬，越往上攀登，摇晃的频率越高，裸露的脸颊，都是冰凉的刺痛感，还有断断续续的战栗。为了避开狂风“割刮”的痛感，我深埋下额头，用头顶与风妥协，来减少阻力。当我颤颤巍巍登到瞭望台时，双腿已经情不自禁地哆嗦起来，整个身体都在打晃，幸亏右手一直紧紧握着围栏，才免去难堪。瞭望塔摇晃的频率随着高度在增加，如乘坐快艇，在随着冷风颠簸起伏。我慢慢平复心情，渐渐适应摇晃的频率。随后，扶着栏杆眺望近在咫尺的长白山，山林的壮美尽收心底，山峰的大气磅礴直入眼球。这一刻，狂风的“非礼”也烟消云散。想到瞭望员工作的艰辛，生活的艰难，当他们面对大美的高山，一切都能化作动力而流淌在心间。天地浩大，个体渺小，成为一种能量激发斗志，沉淀后便升腾为责任感。

眼前这座山是神山圣山，也是这片土地的母亲山，保护它就是保护自己的家园。

长白山特殊的地理位置，形成了区域性气候，春秋防火期，风无一日停，天无一日晴，给森林防火带来严峻的挑战。瞭望员在四十二米高的瞭望塔上，监测这片森林是否有起火点。一旦发现火情，相对应的几座瞭望塔便综合各自所监测的位置，在地图相互交叉处打点，而作为定位点，迅速确定发生火情的坐标后，立刻上报长白山自然保护管理中心，给扑火队队员进山寻找着火点进行扑救争取时间。因地势和周围环境所定，08 号瞭望塔通常是可见度瞭望，早上六七点钟登塔，开启一天的工作，而工作的结束时间却不固定，春秋

白山保护管理站 08 号瞭望塔瞭望员工作中

防火严峻期，晚上接近十点才能离开瞭望塔，吃饭的时候相互交替，空岗的情况绝对不能发生。如果长白山自然保护管理中心进入五级火险等级时，就要保证二十四小时全天候值守，不足三平方米简陋的高空瞭望台，就成了他们的寝室。只有这样，才能做到第一时间发现火情，及时报告。

本以为只有春秋防期工作紧张，其实，夏季也从未曾轻松过。08 号瞭望塔地处长白山旅游北景区内，防火没有空档期，防火任务格外繁重。瞭望塔上烈日炎炎，瞭望员便顶着烈日，站在四十多米高的瞭望塔台上瞭望，汗水是烈日的附属品，从瞭望员额头渗出，随着高温而又蒸发。为了防止中暑事件发生，站长为他们准备藿香正气水，以备不时之需。其所有的汗水和辛苦都是为了防止火灾的发生，确保长白林海的安全。季节就是命令，火情就是号声。为了保护山林里的动植物资源，森林防火和环境资源保护的责任相当重大，这里的一草一木都可谓是不可多得的宝贵财富。瞭望员默默地践行着自己的责任，且这一切都鲜为人知。

志合者，不以山高为远。这群可敬的守山人以大山为家，将信念化作情怀，汇聚成生生不息的精神传承。

五

采访长白山自然保护管理中心白山保护管理站站长于长宝的方式很特别，不在保护管理站办公室，也不在瞭望塔之上，而是与他一起苔原带巡护，又一起翻山越岭后，坐在水岸边的砂石上开启了采访的话题。

1981 年，于长宝十八岁了。走出校园便来到原吉林长白山国家级自然保护区管理局白山保护管理站工作。他从管护员走起，走出了一双铁脚板，走成管护组组长；走出了一幅活地图，走成副站长，又一步步地走入站长的队伍。如今，他担任白山保护管理站站长兼党支部书记。

这次采访与他的巡护组一同巡护，我成为他们小分队的负担和累赘。当我从一个我叫不出名字的山峰俯视时，视觉距离并不遥远，眼前只有清冷碎石，瞬间缓解了我的胆怯和恐慌，只见于站长脚步如风“飘”到山下，几乎眨眼工夫，便不见他的背影，为此，我信心更足了。一时间，我高估了自己。这是一条由山顶滚落的碎石堆砌成的坡路，所谓路也只是当下我这样认为，根本看不到有人踏过的痕迹。这条看不到足迹的山路坡陡都在六十度以上，每一次落脚都有碎石滑落，都有踩空的危险，都有滚下去的可能。我几次停歇，历经近两小时的胆战心惊才安全挪移到谷底，汗水湿透衣裳，双腿一直在颤抖中。静坐水边许久，才平复了恐慌和畏惧。之后，才与铁脚板于站长聊起他的巡护故事。

于长宝是巡护队伍中的前辈，早些年的巡护故事，他已经熟记于心。对于那些林海巡护的经验，更是如数家珍。这些经验都是启蒙老师原长白山国家级自然保护管理局白山管理站站长葛恩贵传授的。那时，他年纪虽小，但勤学善问，尤其在辨别植物上颇有灵性。每次巡山见到特殊物种，葛恩贵都要给他讲这些植物知识，他学到了许多书本上学不到的经验。

譬如：黄花松的树头都朝着东南方向，有绿色苔藓的活立木的背影处是西北方向，向阳坡是东南方向……手表时针折半朝太阳，十二所指是北方。最初，于长宝并不理解，听罢一知半解。随着对森林的了解，随着每日巡护中的应用和所见所闻，于长宝茅塞顿开，在没有 GPS 的年代，葛站长说出的经验，在森林中就是导航仪。

1984 年，于长宝当了组长。作为一个自然保护工作者，巡护是他们义不容辞的责任。每一位管护员必须对自己巡护的区域了如指掌，地形地貌地势都得熟悉，只有具备这些起码的常识，才能做到走得进，拉得出，才能做到巡山万里不迷航。况且长白山的植被变化很快，必须不断地巡护，了解掌握山形、地势、林相，脚步必须与变化俱进。

2006 年，他被任命为白山保护管理站站长。

年复一年，日复一日，他头顶蔚蓝的天空，脚踏长白山沃土，冰雪不怕，狂风不惧，有苦也有乐，而他权当这是绿色的祝福。每天走在山林中，风儿是他的赞歌，蓝天是他的胸怀，所有的喜怒哀乐都变成他的情怀。

于长宝的经验不仅靠走，还靠学。《中华人民共和国自然保护区条例》《中华人民共和国森林法》《中华人民共和国野生动物保护法》……但凡与动植物保护有关的书籍，他都要一遍遍地翻阅，记于心，见于行，在林海中遇到违法的人，都会准确地告知对方违反哪条法律或者哪条法规，让违法违规者心服口服地接受处罚。

他还一直敦促管护员去学习，也利用雨天给管护员培训业务知识，告诉他们在山里如何辨别方向，学习法律法规的重要性，他想把自己多年的巡护经验都传授给年轻人。同时，他还担任管护员的思想导师。定期疏导管护员内心的困惑和迷茫。早些年，有一位新上岗的管护员，一直无法融入巡护工作，工作两个月后，这个年轻人坚持不住了，找站长辞职。理由是：待遇低，工作苦。

于站长对年轻人说：“每一份工作都有利弊，你离开这里，会找到收入高的工作，但新工作没有森林，看不到高山。你感觉累了，我先给你放假一个月，你回去找工作，干得好我就同意你辞职，干不好就回来，我等你。”

年轻人很坚决地说：“我不回来了。”

于站长笑着摇摇头。因为于站长深知眼前这个孩子还没有融入林海。融入林海的管护员，从不会把累当作辞职的理由。

站长给年轻人一个月的时间休假，而这个年轻人二十天就回到了保护站。回来的理由更简单：“当保安不累，可是顶着太阳也挺辛苦，想想在林子里巡护挺好的。这些日子，我很想念同吃同住同巡护的兄弟们。”

艰苦的付出，对于人生来说犹如一笔财富，如果读懂其深意，付出便有了价值。

于站长借机给年轻人讲自己巡山的体会，给他讲巡护的常识，还给他讲自然保护的意义和自然保护者工作的神圣，年轻人听罢很受益。此后，再巡山很投入，他渐渐地爱上了大山。尽管春防和秋防住在戗子里，几十天都回不了家，尤其在夏季巡林时，蚊虫围着，累了都不敢休息，脚步一旦放慢，便成了蚊虫攻击的对象，如此狼狈的境遇年轻人都没有再退缩。时光更迭，这位年轻人也已人到中年，常常把于长宝对他的教诲讲给新的管护员，也经常讲述自己当逃兵的故事，自己甘当反面教材去教育当下年轻的管护员。每次讲故事时都会重复一句话：“想想每日在山里巡护，虽然苦点累点，但是呼吸了负氧离子，这些都是多少城里人梦寐以求的空气。多亏站长给我机会，要不我就彻底失去了林海。”

这些年的站长工作中，于长宝将心比心，用情感去交流，用情感去教育，自然换得了亲情。他常常说：“要想留住管护员，首先要爱他，了解他，在待遇上作为站长不能给予照顾，但在生活上一定给他们关怀和关爱，尽可能让年轻人多回家与家人团圆。”

男子汉一诺千金。不善言辞的于长宝，把对管护员的爱都融入了自己的行动中。春节除夕团圆饭，老人、爱人，还有孩子，都已习惯他的缺席，因为他与管护员团圆，与山林共度。每次深山住戗子时，于长宝都带头背着给养一起进山，与管护员一起吃，一起住，一起感受着寒风冷雨。

保护自然，首先要保护好自己，于长宝的巡护经验都是走出来的，都是艰难中历练而来。正因为这些书本上没有的经验，让他的巡护工作多出了温暖，多出了幸福感。

我静静地倾听于长宝的故事，很简单，细细品味，却是很温暖。

山里，水岸，有风儿来，也有凉意袭来。于站长说："起风了，要下雨了，我们离开吧。"

我跟随于长宝带领的巡护队返回。行到景区附近的小路上，路旁有一矿泉水瓶，想必是哪位不讲公德的游客所为。这时，于站长弯下腰捡起空瓶继续前行。

一个弯腰，一个捡拾，很自如，这该是巡护中最美的弧线，也是令人感动的瞬间。

白山保护管理站站长于长宝雪后巡护归来

来到山下后，于长宝对我说："我讲的这些事，每一位站长都会这样做。在林中巡护，每一位管护员都如此。这些年来，也没做啥惊天动地的事。长白山自然保护管理中心有很多默默无闻的管护员，他们有很多故事，你采访他们吧。"

我没有应答。长白山自然保护区中有很多默默付出的人，于长宝只是其中之一。我暗暗对自己说："我会尽己所能用拙笔去记录守山人的生活和故事。"

于长宝四十年的林海风雨，用足迹感知成长的坎坷与艰辛；四十年的巡山足迹，用双眸感受到长白山自然保护区的更迭和巨变；四十年的巡护之路，他以奋斗者的初心一直在坚守。回望曾经走过的每一步，有过心酸，有过泪水，但是，更多的是惊叹，因为，每一个足迹都是历史的见证，在一步步跨入新时代。

六

在苍茫的长白山林海中，吸引我目光的是高耸入云的松柏，还有铁脚板的管护员。因为对这片山林的挚爱，对默默无闻管护员的热爱，我如探秘一般，虔诚地阅读这片林海，悉心观察这片山林中遇见的每一位守山人。

薛俊森现任长白山自然保护管理中心白山保护管理站副站长。

他是我所遇到的管护员中很有故事的人。他只是个体，却浓缩着所有管护员的影子。

他，20 世纪 70 年代生人，延续父辈老保护区人走过的山路，也成为一名管护员，用双足与长白山林海相伴三十几载。如今，他的儿子也成为一名管护员。而他已成为长白山自然保护区的前辈，依然领着年轻人在一线巡山护林，铁脚掌没有停歇。

薛俊森的父亲薛瑞喜是头道保护管理站的老职工。在薛俊森的记忆里，听父亲讲的故事都与长白山有关。父亲从山里巡护回来，带回了疲惫，也带回了故事。父亲每次巡山都要几天或是十几天，幼小的薛俊森趴在窗前，望着远处的山峰，盼着爸爸快些回来，好给他讲森林的故事、动物的故事。在长白山故事中长大的他，默默地许下了一个愿望：等我长大后，也要去山里巡护，顺着爸爸走过的山路去寻找故事中的起点。

1986 年，他如愿地接过爸爸的工作，成为一名管护员。

刚刚工作时，他从巡山开始学习。原以为巡山就是在山里走走看看而已。可是，当他成为一名管护员后，方知想象与现实的差距。山路坑洼不平，每天都要在荆棘中穿梭，鞋子裤子都划破了，严重时，双腿都是细密的刮痕。一次安营在深山的戗子里，躺在冰凉的土炕上难以入睡，他想退缩，他想逃避。森林的艰苦，父亲从没有提起。父亲的故事中都是林海的美丽、动物的可爱，从来没有提过工作的难处。

就在他想当逃兵的时候，父亲提醒他："每一份工作都是辛苦的。在林海中行走所遇到的困难却是其他行业没有的，你经历了就是你的收获啊。老百姓有句话，吃亏就是赚便宜。我们穿山走林看似很吃亏，你咋没想到这是赚了呢。"

父亲的教诲，薛俊森记在心里。此后不管如何艰苦，都再没有当逃兵的念头。

不逃避只能适应。薛俊森渐渐地适应了管护员的工作强度，春天护蛙，到护薇，随之护人参和灵芝等名贵药材，秋天到来后参加保护红松子战役，就连冬天也没有休息，反盗猎形势更严峻，工作也更加辛苦。可是，他并没有抱怨。反之，他觉得很光荣。因为这一切辛苦都是在保护长白山的一草一木不遭受破坏。

巡护就是命令，护山就是责任。在 20 世纪 90 年代中期，一个春寒料峭的初春夜晚，尽管已经开河，偏偏这夜雨雪交加，长白山的温度依然如冬天一样寒冷。这次活动为护蛙行动。

林蛙别名哈什蟆、田鸡、雪蛤，林蛙皮肤粗糙，雄性比雌性小。每年4月至9月在离河流和水池较近的山林生活，喜欢栖息在阳光较弱而又潮湿的山林阴坡，是东北长白山特有的珍稀野生动物。林蛙不仅能捕食森林害虫，还可以入药，特别雌蛙输卵管，又名蛤蟆油。《药典》记载，蛤蟆油味甘、咸，性平，归肺、肾经，具有补肾益精、养阴润肺的功效。因此，秋季天气转凉，此油可用来养生保健，是年老体弱、病后失调、神疲乏力、心悸、失眠、盗汗、抵抗力低下及痨嗽咯血的滋补佳品。

因蛤蟆油是传统名贵的药材，具有经济价值，导致许多人捕杀林蛙牟取暴利。就在长白山第一场春雨到来之际，林蛙纷纷涌出河道上岸产卵。为了确保上岸林蛙的安全，春季必须开展护蛙行动，一方面清理河道下的网，一方面清理捕捉林蛙的人，还要对林蛙集中上岸的时间段封闭道路，防止大量林蛙被车辆碾死。为了不被下网盗蛙的不法分子察觉，他随着巡护组天黑出发去清理河道。他们握着手电也不敢开启，只能摸着黑前行，深一脚，浅一脚，蹚过一条条沟壑，清理一个个渔网。那次，他一条腿落入了冰凉的河水中，他没有喊叫，而是扯着河沟边上的树干悄悄地爬上岸。任务还在继续，他只能穿着灌满冰水的裤子前行。每行一步，伴随寒风，感觉整个身体都在水中，棉裤中浸水如同灌了铅水，行走沉重。可是，他没有退缩，一直坚持完成任务。回来后，不仅双腿冻得没了痛感，还发现自己的脸上都被柳条刮破，裸露出血淋淋的伤口。

管护员们的工作内容没有固定模板，走进山林后，碰河清河，碰山清山，因为保护山林河流就是管护员的职责。山林里有他们的足迹，有他们的身影，还有他们的青春。

2014年秋防期间，薛俊森在头道保护管理站担任副站长。

头道站的辖区有50%是核心区，是长白山自然保护区的关键地带。春防秋防期间，总有不法分子来山里盗采，所以这里的保护强度相对而言更加严峻。生物多样性是人类赖以生存和发展的基础，保护生物多样性，保证生物资源的永续利用是一项全球性任务，也是全球环境保护行动计划的重要组成部分。被列为国家二级保护植物红松如化石一样珍贵而古老，它要经过几亿年的更替演化才能形成，它的生长需要上面遮阴，侧方有树木，这样红松发育才会良好。长白山上最古老的一棵红松已经有四百年的历史。红松种源又称红松子，红松子具有很高的药用价值和营养价值，很多人冒着生命危险，进山采摘红松子。采松子过程中，红松树高，最高可达 40 米，采摘者借助一种名为“脚叉子”的工具进行采摘。脚叉子的铁片插入松树的树干中，松树便流出一种液体，因而这样的红松被称为“流泪的红松”。杜绝盗采者破坏红松，对红松种源必须死看死守进行保护。

有一天，薛俊森带领四名管护员午后三点出发，步行到达山河水电站坝头时，突然听到啪嗒啪嗒的声音，凭借经验，已经判断出这就是松塔掉落地面

白山保护管理站副站长薛俊森（前一）巡护中

的声音，他想：有人正在打松塔。于是他顺着声音悄悄走过去，果然看到一棵约30多米的松树上，有一个人正在树上打松塔，还有一些人在树下鬼鬼祟祟地拾拣松塔，仔细数数有七人，同时，盗采者也发现薛俊森的小分队，树上的盗采者慢悠悠地退下大树。常年在森林里巡护，遇见不法分子形形色色，自然练就了察言观色能力。这时，薛俊森并没有马上制止，而是前去搭话，嘘寒问暖。眼前的七个人最初很嚣张，根本没有把薛俊森放在眼里。当他们察觉眼前的这个人无法笼络时，居然斜眼瞧着薛俊森，他们想以人多占据优势。

其实这时，薛俊森的内心也不平静，恐慌是必然的。但是，他却尽力稳定心情。他与盗采人开始了语言的交流。他一字一句向盗采者宣传森林防火条例，以及盗采森林资源的后果。薛俊森一边稳住盗采者，一边与同伴哄着盗采人离开。子时，把这些人哄到了安全地带后，才采取行动，捕获了六人，同时对盗采的六个人进行批评教育，并按规定没收他们盗采的红松子。

秋防结束后，逃跑的那名盗采者居然堵到薛俊森的家门口，威胁他说："把没收的松子还给我，如果不还，我天天来你家。你看着办吧，知趣点，少麻烦……"

盗采者连续来到薛家恐吓，如同来他家工作一样准时，每次都是威胁的口气，且恐吓的内容变本加厉。无奈，薛俊森只好领着家人到别处暂住。可是，内心并不安稳。他深知盗采者的残暴，都是亡命之徒。而自己身为一名管护员，敬畏生命，敬畏职责，敬畏规章。必须用国家赋予的权力去捍卫长白山的一草一木，薛俊森不惧恐吓，依然坚守着信念，采取躲避的方式让自己及家人尽可能减少伤害。

上门恐吓的，电话威胁的，如阴影不定期地出现。长白山自然保护管理中心的领导知道此事后，协同公安部门捕获了这个逃跑的盗采分子。经过侦查，此人因盗采数额巨大，给社会带来的危害极大而受到了法律的制裁。

此后，薛俊森的心情得以平复，过上了正常的生活。

正义者有正义者的前方，只要坚守本心，最后的喝彩声都属于正义者。

2016年秋防，因工作需要薛俊森调回白山保护管理站任前勤副站长。

白山保护管理站的辖区，常有黑熊出没。早些年薛俊森也常常看到黑熊的足迹，也听到过远处黑熊的嚎叫声。他深知，动物在与人类和平相处，它们似乎也知道林子里走来走去的管护员是在保护它们的领地，巡山多年，也没有发生过与动物的冲突。

同年农历八月十五，这是一个团圆的日子，因为秋防期间开展红松种源保护战，不能与家人团聚，所以他们牢牢地记住了这个特殊而难忘的日子。

那天午餐后，他领着两名年轻的管护员进山巡护。当他们走到三十六公里二道白河附近，远远看见树木的空隙中一个高大的黑影在晃动。这时，他们立刻警惕起来，三人排成一队向黑影包抄，在距离黑影二百米时，同行的年轻人俯身助跑，想以最快速度按倒黑影。这时，薛俊森看清了黑影毛茸茸的头部，原来是一只黑熊。此时此刻，如果发出声音自会带来危险。他一边倒退一边打手势给年轻人，示意撤退。

还好，薛俊森在平日训练组员时一遍遍强调："行动之前看组长，组长用手势指挥行动，组长没命令，任何人不能蛮动。"就在这千钧一发之际，年轻人看到了薛俊森撤退的手势而收起了脚步。随后，薛俊森退到一棵大树的后面，多年的巡山经验告诉他，此处安全。顺手从倒木中拾起一根木棒，朝着大树敲打。这时，年轻人的双手还在颤抖。就在不远处，听到两只大黑熊嗷嗷的叫声。原来黑影是小熊，熊爸和熊妈就在不远处。

每次想起这件事，薛俊森都瑟瑟发抖。

早些年曾有组员巡护时与黑熊碰面，听同事的描述感觉就像是动画片里发生的故事一样。而自己亲历却是头一次。

薛俊森巡山三十几载，遇到了许多危险，也吃了好多辛苦，可他却一直默默承受着。常常挂在嘴边的一句话："穿林海保长白，我苦我累我愿挨。"这句话是他的口头语，却扎根在他儿子薛怀宇的心中。2019年8月份，薛怀宇加入了管护员的队伍，工作在白河保护管理站。很多亲属不理解小薛的选择而责怪薛俊森:“你整天在山里，啥苦都吃过，咋还让孩子也去吃苦呢？”

薛俊森说:“如今的工作条件比以前好上百倍，当下没有容易的工作，年轻人应该吃点苦，我赞同孩子当管护员。”

一句话，简简单单，却是一个父亲对孩子的寄托，也是一名管护员对大山的挚爱。

在2019年的金秋，我在白山站的宿营点见到薛俊森时，他带领组员去清除松毛虫而归，松毛虫从他们的领口钻入，眼前管护员的脖颈、前胸、后背，松毛虫所到的皮肤红肿一片。此情此景更让我由衷敬佩工作在大山的管护员。

三十几载，于历史，不过白驹过隙；于林海，也只是弹指一挥间；于薛俊森，青春芳华流逝。绿水青山在薛俊森一样的管护员们的守护下，才有如今的祥和和安定。

第三章　白河站的苦乐

对我来说，大自然一直是万书之本，知识的源泉。

——罗曼·罗兰

在长白山自然保护区的地形图上，每一座保护管理站都是地图上的一个点。而每一个点都充满神秘，也带来向往。

我的脚步与“长白山梦想号”已经抵达白河保护管理站。停泊间，我的目光已经注视到这里管护员工作生活中的点滴，同时，眼前又浮现出莽莽的林海、巍峨的山峦，心中涌出的感动和感慨，让我难以自禁。因为有这些可爱的管护员在默默地坚守，辛勤地巡护，才有了如此美丽、如此祥瑞、如此磅礴、如此辽远的绿水青山。

生态的珍贵，岂容肆意破坏。长白山中这群管护员如同保护眼睛一样，保护这里的生态资源；像对待生命一样，对待这里的自然环境。长白山美丽富饶，他们是保护者，他们是践行者，“森林的卫士”之称当之无愧，为了绿水青山就是金山银山，他们默默付出，其中的苦与乐鲜为人知，他们用一双双“铁脚板”演奏出一曲曲森林卫士的美丽赞歌。

白河保护管理站地处长白山自然保护管理中心东部，海拔 804 米，管理

白河保护管理站原办公楼

面积14487公顷，其中核心区4762公顷，试验区9725公顷，东部与白河林业局接壤，区内以红松针阔叶混交林为主，区内野生资源丰富，是科学研究和教学首选基地。区内东侧还与池北区长白山北景区旅游公路接壤，管理压力较大。

一

长白山国家级自然保护区是典型的火山地貌景观，以保护复杂的森林生态系统为对象，从而保护野生动植物种质资源。其目的是保护全人类珍贵的自然遗产和野生动植物资源，集保护、拯救和扩繁珍稀濒危生物物种的自然演替过程于一体，林海中的管护员们默默肩负保护自然的使命。

春秋两季的防火期占据一年的半壁江山。这段日子，自然保护区的工作人员和管护员要全天候待命，二十四小时不离岗。小家都在不远处，回家却成了奢求。这种工作情况，守山人都习以为常了。春防和秋防成了惯性的符号，他们的家属也都无言地进入了各自的态势，生活和工作都在固定的模式上行进。

白河站副站长孙加利是一位幸福的爸爸，大女儿小学毕业那年，小女儿出生，“两件小棉袄”成为他生命的全部牵挂。家是温馨的港湾，他珍惜在家与女儿们相处的分分秒秒，就在小女儿两周岁生日刚过的春天，他还沉浸在女儿奶声奶气的“爸爸抱，爸爸抱……”的快乐中，春防到来。春防就是命令，他看着妻子是歉疚，看着女儿是不舍。可是，山要巡护，火要预防，保护区的人不能儿女情长，他恋恋不舍地离开了家。

守山防火是第一要务。白河保护站地处红松针阔叶混交林带，针阔叶混交林以红松为主，这是长白山具有代表性的植被类型。树干笔直的红松是东北的珍贵树种，树高位居第一层。红松针阔叶林因其资源珍贵而成为一座天然博物馆和物种基因库。这里为生物工作者研究红松为主的针阔叶混交林的生态、群落的变化、发展和演替规律，提供了良好的基础条件。长白山原始针阔叶混交林，群落外貌雄伟壮丽，种类繁多，有乔木，有灌木，还有草本。针叶树除具有代表性植物红松之外，有长白落叶松、红皮臭、鱼鳞松，以及为数不多的紫杉等；阔叶树有春榆、水曲柳、胡桃楸、山杨、白桦、大青杨等；在混交林内的灌木种类也相当丰富，具有代表性的灌木有毛榛、刺五加、忍冬、接骨木、悬钩子、刺玫、蔷薇等；在混交林下的草本植物更为繁多，常见有山茄子、木贼、蕨、掌叶铁线蕨等；混交林中的藤本植物也非常茂密，有山葡萄、狗枣子、软枣子、木通、五味子等；藤藤紧密缠绕在乔木和灌木之间，亲密间似乎无法拆开，给穿越和行走带来不便。针阔叶混交林还有兽类、鸟类、爬虫类和两栖类。

红松针阔叶混交林带是火灾多发地带，所有的监测必须依靠步行完成。

局外之人充满好奇，这样穿山越岭地行走，他们腿和脚能吃得消吗？

其实，管护员们的双足早在一层层老茧中“脱胎换骨”成了铁脚板了。

守山人就是这样一步步地丈量森林，一寸寸杜绝火源，仅用脚掌就能覆盖95%的管护辖区。孙加利是副站长，又是管护组的组长，每日在林区踏查对于他来说必不可少。他的妻子从他每天微信运动排行榜上两万步以上的运动量阅读出他的疲惫。她知道，林区行走的艰难，每一步无法与平地行走论短长。

妻子把对丈夫的心疼转化成关爱，转化成支持。休息之余，她与丈夫通话时常说："家里没事，女儿听话，你注意身体，别太疲惫。"

有妻子的理解和支持，孙加利工作干劲十足，用双足穿起百日的春防战役图。

春防工作结束，他兴高采烈地回家，小女儿看到孙加利委屈地说："爸爸是不是不要我们了？"

他紧紧抱住女儿哽咽了，一边擦拭女儿的眼泪一边说："爸爸爱你们的，爸爸怎么舍得不要你们呢？"

都说男儿有泪不轻弹，可孙加利抱着女儿的那一刻，倔强的双眼似乎决堤。

白河保护管理站森林巡护中站长杨言辉（左一）给管护员讲解森林物种变化

二

绿色版图上的这座长白山，巍峨神圣，在高山之巅，白云生处，守山人在守望着神圣的山峦。大山没有给他们金银财宝，却在日积月累的巡护中标配上了职业病。如今，职业病在折磨他们，谁见都会泪水涟涟。

很多年前，长白山的管护员野外宿营时，用三根倒木搭成马架子，上面盖上一块塑料布成窝棚，他们就在临时搭建的窝棚里过夜。有些窝棚是在地面挖出一个洞穴，之后在洞穴上面铺上倒木做成炕，可以燃火取暖，山里人把这样的窝棚都叫戗子。

林区夜晚气温低，尤其春秋之季，温度都在零下。尽管搭起了戗子，也只能是避雨雪而已，随着暮色降临，寒冷毫不留情地光临这里。白河保护管理站站长杨言辉是从当管护员开启了工作之旅，住戗子是他工作的第一夜，他所住的戗子是在白河林业局黄松蒲林场附近。戗子周围没有水源，夏天接雨水食用，冬天化雪水做饭，或者绕过黄松蒲去找冰窟窿取水。他所住的戗子与当时其他戗子比较条件算是尚好，因为有火源取暖，躺在倒木铺成的床铺上略有热度。前胸虽是冰冷，但后背是温暖的，漆黑的夜晚，他如烙饼一样翻来覆去，只为让微弱的暖去稀释强势的寒。仅工作几个月，因戗子潮湿，他得了湿疹。寒夜里，暖意的背部如猫挠一样的痒痛，只能换个姿势趴着睡觉，痒痛因冷暖落差不停地折磨他。

春防秋防需要半年之久，一年间杨言辉就在戗子里度过了二百多天的时光。

染病只在瞬间，祛病却是一辈子的工程。杨言辉染上湿疹是在春天，如果当时有药物治疗，可以将湿疹的萌芽遏制。可是，春防的百日里，二十四小时不离岗，尽管浑身红肿也不能下火线，也不能去看医生。

忍耐，忍耐，再忍耐。

当春防结束后回家，再去医院治疗时，病灶无法根除，只能依靠药物缓解和止痒了。

待到秋防时，随着温度的下降，住在戗子里更是艰难。可是，他心中有捍卫自然的信念在支撑着他，他把每一天过得很充实。就这样，他住戗子有两年光景。两年时间并不长，在他的心灵留下的痛却是一生。湿疹无法治愈，遍布全身，夏日都不敢轻易穿短袖。

病情不能及时根治，结果就是恶化。十几年过去了，杨言辉湿疹变成了湿毒，已成了顽疾。而他却很平静地说："管护员的湿疹和湿毒见怪不怪了，很多工种都有职业病，只是，我们的职业病没有写在医保统筹里。"

通常湿毒是自身的生活饮食习惯不佳和生活环境恶劣所致，患上此病严重伤害身体，容易引起很多疾病。而管护员因生活环境不佳患上湿疹并不让人觉得奇怪，似乎湿疹湿毒成了管护员的"标配"。

白河保护管理站巡护组进行森林防护检查

三

巡护在山林中，每个人遇见野生动物都会惶恐，可是，山林中最危险最可怕的却是人。守山人在山林里巡护遇见人，尤其盗猎人或者盗采野生植物者才是最恐怖的。在守山人保护自然的足迹中，自然会遇见违法违纪者，他们却把打破发财梦的原因归结给守山人，报复，恐吓，而守山人面对恐吓自从容。

长白山有丰富的动植物资源，可是，总有贪得无厌的盗采者瞄准这些资源。白河站比邻黄松蒲林场，许多不法分子可以通过这里进入深山。这一带不仅盛产红松种源，还有薇菜，老百姓唤它牛毛广。白河站不仅时刻要防火，还要不间断打击和处理盗采者。这时，管护员要分成四个巡护组，每组四人，每天在组长的带领下巡护十五公里左右。在一个巡护组中，组长最辛苦，既要带领组员，又要负责选定路线。每天都要安全带组员进山，安全带组员回来，遇到任何事情，都得随机应变，因为山里没有信号，联络请示都来不及。

他们巡护时，常见到不法分子进山，管护员就要制止并清除不法分子，使其离开山林。不法分子却把这笔仇恨全都归结于这些“森林卫士”，认为是管护员们挡住了他们的财路。之后，他们变戏法一般与管护员打“游击”。

有一年秋天，外地一团伙集体进山盗采山货，在黄松蒲林场成立聚集点。这些不法分子从黄松蒲进山后，被管护员遇见，管护员再一次把他们押出林区。这群人不可救药，没多久又钻进林区，说教对他们而言起不到任何作用，只能把他们交给执法部门。

那日傍晚，杨言辉刚刚回到宿营地，就接到一个陌生电话。对方很神秘地说：“你不要问我是谁，我只想告诉你，少管闲事，你家住在哪里，我清楚，你孩子在哪上学，我也知道，你给我留一条路，我给你留千条路。”

一身正气的杨言辉不惧怕坏人，可是，对方却用家人作为要挟，让他倒吸一口凉气。难怪老保护区人说：林子里遇见动物不可怕，遇见人才是很恐怖

白河保护管理站管护员进行森林病虫害防护

的事情。

次日，再去巡山时，杨言辉又遇见了盗采者，对方说：“给我一条路，我让你路路都顺……”

杨言辉顿时明白恐吓电话的源头。

杨言辉深知自然保护区的一草一木是绝不能被破坏，绝不能被侵犯的。捍卫国家财产天经地义。努力去保护好生态，就是留给下一代的财富。不能因为自己的胆怯而让资源流失，不能让下一代只能从照片上认识长白山的动物和植物。

不管对方如何张狂，杨言辉同巡护组队员一起将对方带出森林，交给了执法部门。触碰法律者自会有相关部门处理他们。虽然在制止盗采的过程中，杨言辉被对方反击得遍体鳞伤，可他却很欣慰，保护山林是他神圣的职责。

一次，管护员徐贵华途经黄松蒲林场，一位曾被赶出林区的盗猎者拦住他说：“你们只是看山的，还真把自己当盘菜了，我说你们是不是弱智啊，守着金碗要饭吃……”

其实，守护大山的人都遇到过这样的威胁和讽刺。可是，他们并没有因此而退缩，而躲避，保护自然生态是他们一生的追求。

随着有关环境保护法规的颁布，不法分子逐渐减少，林区捕猎的套子几乎不见。同时，保护区在冬季，每十公里放置一个投食点，定期投放玉米等食物，仅白河站辖区就有十七个投食点，现已有近二十头野猪在此区域活动。

野生动物是大山的灵魂。如今，动物成群出现，还原了长白山本真的面目。这其中，不知流淌守山人多少辛勤的汗水。

四

每一个自然保护管理中心的保护管理站中，保障森林安全是首要任务，防火更是保护工作中的重中之重。

白河保护管理站辖区周边防火任务极其严峻。2012 年 5 月 29 日，在长白山池西区梯子河与锦江之间、长白山西景区换乘中心东南方向 1000 米左右的风灾区发生火情。虽然这场火灾是雷击所致，但火场地形复杂，地表可燃物存积量极大，加之气温高、风力大，火势短时间内迅速蔓延，火场形势极为严峻。长白山自然保护管理中心立即启动森林火灾扑救二级响应，迅速组织救火队伍分期分批投入到一线扑火战斗中。傍晚时分，森林火灾得到控制，并且对主要火线形成了合围态势，火场明火被扑灭。

为了防止死灰复燃，火灾扑灭后，长白山自然保护管理中心派出千人奔赴火灾现场，白河站也出动二十名管护员连夜出发，每人都背着五六十斤的给养和灭火设备赶赴火场。次日清晨抵达火灾现场后，拉网式排查地表火情，一寸寸检查，一点点排查，十二小时没有休息。傍晚时分，他们又饿又累，火灾后的余灰尚有余热，为了抵御寒冷，他们便蜷曲在余灰上睡着了。5 月末的深山依然寒冷，况且夜晚寒风习习。为了均匀受热，他们不停地翻身用余热取暖。

清晨，年轻的管护员孙洋最先醒来，坐在火灰上瞅瞅周围，火灾的狼藉中横七竖八地躺着自己的兄弟们，身上沾满黑灰，整张脸如涂了锅底灰，他惊悚地摸摸头，扯扯耳朵，证明这不是梦。这时，熟睡的人被他“吵醒”，醒来都如孙洋一样，感到非常奇怪。

老管护员何树清见多识广，看出孙洋的疑惑，对他说：“咱们就是为了那一点点余热，都是黑脸包公了。”

扑火的是扑火队，火灾后的善后事宜通常都由管护员负责。就这样，他们在这里守护四十八小时，死看死守，轮换休息，确认万无一失后，才集体离开。

下山后第一件事就是洗澡，浴池老板见到一行“黑人”都不想接待这批客人。但见他们二十人，洗澡费用也是笔可观的收入。只好硬着头皮放他们进入浴池。当喷头的水淋到他们身上后，洗浴室的地面上如同打翻了墨汁。

老管护员魏长海捶着酸痛的腰，调侃说：“今个澡洗得够本，脏水都可当墨汁卖了。”

管护员们把所有的心酸伴随“墨汁”渗入了笑声中。其实，他们的幸福很简单，洗洗热水澡便能洗去所有的无奈和疲倦。之后，这几个火场的“黑旋风”继续用铁脚板去丈量大山的长度。

五

瞭望台的生活是单调的，单调得可以听见心跳的声音，单调中把艰苦变成幽默，把艰辛当作调料。这也是瞭望员的格局和情怀使然，足可见，沉默的瞭望员与大山一样，不用词汇去渲染，不用语言去传颂，不用赞歌去讴歌，只要有一颗热爱大山的赤诚之心就是最美的人生。

白河保护管理站05号瞭望塔，地处光明林场对面，伫立于长满桦树的奶头小山上。05号瞭望塔1998年建成，位于区9林班6小班内的桦木小山最高的位置处。

前往05号瞭望塔，需要在通往长白山北景区途中的一个岔路口停车。之后，再步行三公里的山路。三公里并不遥远，然而山林的三公里却不是直线距离。山路在树与树的间隙间曲曲折折延伸，时而有倒木，时而有溪流，行走深一脚浅一脚，严重影响行走的速度。途中可见野猪出没的痕迹，山路如同犁耙翻过一样，露出黑黑的山皮土，这是野猪在寻觅落入泥土中树木的果实。

谈及野猪，借此与读者科普一下。

野猪冬季穿着鬃毛外套，保暖性好，进入夏季为了降温而脱掉鬃毛外套。喜欢在熟知的地段活动，会在领地中央固定地点排泄，粪便高度可达一米左右。野猪喜爱在泥水中洗浴，雄性野猪还要花很多时间在树桩、岩石和坚硬的河岸上，摩擦它的身体两侧，久之皮肤磨成坚硬的保护层，这样，可有效避免在发情期的搏斗中受到重伤。野猪喜欢哼哼叫，这是它们交流的方式，偏爱栖息在幽静的山林，而河溪边的潮湿丛林对它们来说则是世外桃源，它们会随着食物与气候的变化而搬迁。野猪具有昼伏夜行的习性，但在寒冷的冬季，也会在白天出来活动，它们对于饮食并不挑剔，树枝、果实、野菜、草根和腐肉等都可以饱腹。觅食喜爱在早晨和黄昏，别看它们黑，却也不喜欢暴晒，中午时则藏在密林中躲避阳光。它们怕孤单，喜欢集群活动，每群的领地大约占十平方公里。在与其他群体发生冲突的时候，公猪会负责守卫群体，发挥出雄性的善战和勇敢去突袭，胜利者打磨牙齿来庆祝，且排出尿液来划分领地，而失败者则会翘起尾巴逃走，也有的头骨骨折或战死。

在野猪奔跑过的山路上行走，我的内心也惶恐忐忑，想来瞭望员每次登山也在警惕野猪的偷袭。近些年来，随着自然保护力度加大，野生动物成了大山的宠物，成为大山的王者。因为有长白山自然保护者倾注了爱心去呵护、去保护，野生动物才可随性随意在山林里“散步”。反之，我的到来似乎在惊扰野生动物的宁静。在山林中见到野生动物的踪影，对自然保护者来说应该算是慰藉，大山本该就是野生动物的家园，能够看到它们的踪迹，足可以证明保护工作的成绩。

沿途有一条小溪，水流如玉带盘蜒而下，又如丝巾披在山林中。溪水清澈见底，水花自由飞溅，在没有观众的山林里，肆无忌惮地欢舞。这条小溪水是05号瞭望塔的水源地，瞭望员从瞭望塔处下山，仅仅十分钟的山路便可以到达小溪，取水后用双肩背到山顶，轻装下山，负重爬山，上山却需要半小时。这是一项不可或缺的工作。水也是生活的必备品，不管刮风还是下雨，都要坚持取水。尤其雨后泥泞，行一步，滑落半步，这时，瞭望员依靠树枝拐杖助力前行。负重上山的时间自然也会增加。这处溪水是从山顶石岩流下的泉水，虽然含氟很高（水中氟超标，对牙齿对骨骼都有潜在危害），但与其他瞭望塔相比，水是流动的，是洁净的。

大约攀爬五十分钟的山路，抬头仰望天空，见袅袅炊烟飘过，心底瞬间升腾一片暖意，在茂密的林海中，这缕炊烟极其亲切，在登山的疲惫之后，让人感觉似乎抵达了家园。转过一道弯路，在曲径通幽的小山顶，见到了小山的主人，很可亲，又可爱，他就是瞭望台长刘海仁。刘台长正在劈柴，见到有人到来，直起腰，笑得亲切而真诚。当同行的朴龙国老师介绍我们登山是来采访时，他似乎自言自语，边搓着手边说："山上炕不好烧，只能早上开始烧，下午，气压低，倒烟，干烧不热，还呛人……"

瞭望塔的生活区在山顶的一片平坦处，而瞭望塔却在百米处山峰的顶端，这座突兀的小山高只有百米，却是挺拔高耸，想必形如女人的乳峰而得其名吧。登山坡度在五十度至七十度间交替而成，山并不高，攀爬却很吃力，虽无九曲十八弯，但也错落曲折，攀登到达瞭望塔底时，我已气喘如牛。登上瞭望塔后用手机GPS测定这座山海拔为1012米。05号瞭望塔高30米，有九层塔梯错落递进，瞭望可见范围东面至两江镇，西面至07号瞭望塔，南面至长白瀑布，北面至松江镇高架桥。离北坡景区距离较近，离公路也很近，山林中常有游客误入，还有盗采者造访，防火压力因这些人的到来而加大。

树林一层层都染上了秋天的色彩，重重山岭都披上秋阳的暖意。站在瞭望台远眺，似乎人与天地相融，周围一座座山峦如同一位位好朋友，都在彼此彬彬有礼的问候着。而人又如山，无声无息，却内心气壮山河，气象万千。瞭望员是寂寞的、孤独的，可是，面对大山，并不需要语言，所有词汇都化成了树叶在林海中飘飞，所有的情感都飘成云朵在半空中俯视。瞭望员的工作没有技术职称证来约束上岗，因为这份技能并非能在书本中定义，而是需要依靠眼力观察，依靠内心凝集，依靠责任夯实。因为他们对大山的爱，汇聚成情怀，而成为大山的天眼。

当我战战兢兢走下瞭望塔，站在柴火堆边，与刘海仁聊天之后，便是久久的沉思。

刘海仁，2005 年招来的森管工。工作之初，他是管护员，清山清网中在山里吃住，因环境潮湿阴冷，时间久了便患上了严重的肾病，如今依靠药物缓解病情。2014 年调到 05 号瞭望塔，成为一名瞭望员。最初，他对这项工作并不熟悉，在瞭望时，对周边的林区常见的云雾和水汽分辨不清，为了判断准确，成为合格的瞭望员，他对照地图，一座座山头，用心去记，一本薄薄的《瞭望员守则》被他翻得长了厚度。平时没事，他一遍遍打着罗盘，丈量山与山的距离。业精于勤，荒于嬉；行成于思，毁于随。行业没有高低贵贱之分，凡事用心、用情、用勤，去经营、去努力，行行业业都可出状元。刘海仁并不知晓励志的名言警句，可是，内心的善良和能量在敦促他，并且付诸行动。

当我问起他们生活和工作的感受时，他轻描淡写地说："管护员得皮肤病、肾病、关节炎，都很平常，工作性质就这样。如今，瞭望台上工作和生活的条件改善了，以前没有床，就是一个冷板凳，遇到阴天，就得在塔上来回踱步，来回转悠，哪敢静止站着啊，站一会儿脚都冻木了……"

这里没有水源，也没有电源，工作在这里如同野人的生活。白天瞭望远方，视野开阔，心情自然也开阔。可是，没有灯光的夜晚只能依靠数星星消耗漫漫长夜。随着手机和网络的普及，这里偶尔可以接收到手机微弱的网络信号。虽然信号时有时无，但工作之余，可以在微弱的信号中与家人视频或者聊天。

长白山自然保护区大多数的瞭望台一年三百六十五天不离人。这里的管护员每半月才能换岗一次，节假日也无特殊。而中国最隆重的节日当属春节，这是全家团圆的日子。对于每一个人，不管身在何方，都想在这个日子阖家欢乐。于守山人而言，能够在除夕与家人团圆该是多么的幸福。然而，只要当班就没有任何理由离岗逃岗。

2017 年除夕，瞭望员刘海仁值班。除夕团圆饭，他被站长接到露营点，与几位当班的同事一起度过。对常年工作在瞭望台的人，很珍惜餐桌的时光。这时，他们可以见到聊天的人。他们常年面对青山，面对森林，偶尔望见的动物都如同看到了电影，都是一份意外收获。餐桌边见到同事自然无比亲切，如同获得奖赏一般欢喜。况且一起吃团圆饭，这该是多么奢侈的会面，不管吃

白河保护管理站 05 号瞭望塔上瞭望员在进行春秋防火期瞭望工作

啥，有人陪伴就是最大的富有。

饭后，他又被送回瞭望台。点燃一根蜡烛作为除夕的点缀，让微弱的烛光陪伴自己。

瞭望塔深夜九时以后，气压低，烛光因气压低而熄灭。为了在短促的微光中祝福家人，他们的新年祝福基本在晚上九点前完成。刘海仁连线家人，见到家里灯火通明，手机屏幕的亮度居然比眼前的烛光还要生辉。可家人的手机屏幕上却是漆黑中如星星般闪着微弱的亮点，刘海仁的脸如同蒙上了黑纱，家人根本看不清他的五官。

他却调侃地说："现在大山我为王，大王的脸是不能轻易让你们看到的。"

"大王春节快乐……"一阵的欢笑稀释了他对家人的歉疚。

除夕夜视频对于家人而言是幸福的。有种幸福就是知道你好就好。守山人常年在深山工作，惦记家人都是无言的，这种爱一点点积淀，撑起了男子汉的胸怀，大山一样宽阔的胸怀。

六

守山人长年累月在山林巡防，工作极其单调，环境非常恶劣，除了要忍受严寒酷暑，有时还会面临危险，似乎徘徊在天堂和地狱之间。在巡护过程中，经常会遇到非法入侵的不法分子，很多时候都是以寡敌众，斗智斗勇，随时都有可能受到伤害。有时还会碰上野生动物，也会与黑熊"正面交锋"。作为守山人的亲人，一句安慰，可稀释所有的无助，一句赞许，便是最美的情话。

徐贵华连续多年被长白山管委会评为"先进个人"，以及被长白山自然保护管理中心评为"工作标兵""十佳好员工""巡护能手"。这些都是他脚踏实地走出来而收获的精彩。每次徐贵华捧着奖状回家后，爱人都会竖起拇指给予赞赏，之后温柔地说："好样的，继续努力。"

对于徐贵华而言，这是他们夫妻之间最美的情话。

徐贵华，1980年出生，安图县大兴川农民。2005年离开农村，加入长白山自然保护管理中心管护员行列，成为白河保护管理站一名森林卫士。有了这份工作，他很开心，也很认真，况且在林子里天天呼吸新鲜空气，整个身心都很舒服，悄然间，他爱上了这份工作。两年后，妻儿举家乔迁二道白河镇，看似团圆，又近在咫尺，可惜，因巡山不能回家依然过着分居的生活。

他最初的巡护工作从黄松蒲住戗子开始。黄松蒲附近的林子红松种源极其丰富，为防止非法入侵人员盗取红松资源，这个戗子常年不撤。尤其防火期间，全员参加红松种源保护战。那时的戗子就是用倒木搭起的一铺炕，周围用塑料薄膜罩上。夜晚身下是滚热的炕，烫得如烙饼一样，不停地翻腾。而空气却是冰冷的，鼻子冻得通红，只能蒙头睡觉。晨起做饭时，装水的缸冻得严严实实，如一个大冰块。这时，斧子发挥了特长，凿开一处冰窟窿便可以取水了。秋天准备的白菜萝卜冻得如一块玉石，切菜的程序都略过了，基本依靠砍将菜蔬分开剁碎。尤其饮用水更是艰苦，必须去黄松蒲老乡家拉水。深秋的山谷中已经冰天雪地了，每拉一次水不知要摔多少跟头，装着水桶的车在身后，而拉水的人如同一头牛，在冰面艰难滑行，道路崎岖，常常在拐弯处，连人带车倒翻，水浇在冰面上瞬间结成冰，水浇在拉水人的衣裤上，拉水人瞬间穿上"冰服"，吃水的困难，让守山的人对水格外地敬畏。

白天巡护时冷得彻骨，在白雪皑皑的山谷里，行走一步极其艰难，可是却不敢休息，更不敢停歇，脚步稍缓，手脚就冻得冰凉，只能不停地走，用足迹发热取暖。尽管生活和工作如此艰苦，徐贵华并没有后悔，心想：我没有文化，有的就是体力，这份工作正适合我，苦点累点都能熬过去。

对艰苦没有怨言，经历的辛苦中便多出了诗意。他辛勤工作的付出，领导和同事样样皆知；他努力工作的成绩，领导和同事也有目共睹。他用足迹装帧成荣誉，2012年他被长白山自然保护管理中心评为"工作标兵"。荣誉是肯

白河保护管理站巡护组组长徐贵华（左一）在培训新人

定，也是激励。此后，他更加喜欢这份工作，巡护更加认真，更加投入，他把林子当作了家，天天在自家的领域里巡护，开心着，快乐着，无怨无悔。

戗子一住就是几十天。最初，妻子也有怨言，毕竟孩子小，头疼脑热都得独自陪着看医生。见到徐贵华时，发发牢骚缓解压力。这时，徐贵华只是笑，从不反驳，偶尔说上一句：“这是工作，想想农村不出来还当农民呢，整天守着老婆孩儿，哪有大林子逛啊，哪有先进当啊。保护站那么多人，先进没几人，不是我干得好，而是老婆支持得好，我的军功章都是你的功劳啊！”

看似笨拙的男子，哄起媳妇还蛮有办法。媳妇被逗得开心地笑了，不再抱怨了。

在徐贵华心里，工作就是走啊走，记忆的画面也是在林海中穿梭。唯有2017年春防期间打覆盖率时，不能有盲区，每一个角落都不能漏下。组长孙加利带着徐贵华，还有五名管护员去风灾三区巡护。一路穿梭已经很疲惫了，这时，他发现前方十米左右卧着一只黑熊，庞然大物，目测黑熊约四百斤，同行队友也见到了，徐贵华不由自主地喊："熊……"

声音颤抖，双腿哆嗦，本能想逃离，脚步都不听从自己掌控了，更别说调遣了。毛发瞬间竖起来，浑身冰冷，大脑瞬间短路。然而，这只大黑熊却没有伤及任何人，瞅瞅几名管护员，似乎知道眼前的人是朋友，是保护它的使者。嚎叫了一声算是招呼，也可想成是问候，随后，慢慢扭身，摆动厚厚的熊掌离开了。

黑熊已经离开，而徐贵华却还僵硬地站在那里好久。其实，森林中的黑熊没有遇到过人类的攻击时，它不会伤害人类。尤其禁猎后，野生动物的生活没有人类的干扰，它对人类的攻击几乎为零。但是在徐贵华的心里，藏着好多人熊大战的故事，不管真假都让他很恐慌。

那一夜，他特别想家，想老人，想妻儿。这时，他理解妻子对他的惦念和担心。他有些自怨自艾，可又转念一想，既然选择了这条路，就要适应森林卫士单调的生活，还要适应林子中突发的惊险。

徐贵华在前行与退缩的抉择后，更加爱着森林。心中有爱，一切艰难都无法将他击败。年复一年，荣誉的积累，经验的丰富，2012 年他由巡护副组长成为组长，此后，领着七名管护员守护黄松蒲宿营点。身为组长就要有表率的作用，逢年过节他自己留在宿营点，把回家的机会让给了弟兄们。连续几年的春节，他让组里的成员都回家团圆，他与妻子商量，又与孩子沟通，他把妻儿接到了宿营地过年。妻子最初并不同意，宿营点在林子中，没有网络，电视只有几个频道，且时有时无，哪有家里的春节热闹。徐贵华装作失望地说："假想我让弟兄们在宿营点过年，我回家过年，你一定都瞧不起我。你会说，哪有组长不做表率啊！"

妻子又被他逗笑了，满脸无奈，叹口气说："摊上你这个不喜欢回家的人，我只能认命了。"

除夕夜，徐贵华一家三口在漆黑的林海中过着寂静而清冷的春节。

这些年来，妻子对徐贵华有抱怨，更多的是担心。工作不能常回家，在森林里走来走去，时时刻刻都潜藏危险。妻子与徐贵华商量说："你每天不回家，忙着巡山也很累，不打电话没关系，但是，每天给我发一个信息，哪怕一个'好'字，我就放心了。"妻子的奢求很简单，妻子的要求又很奢侈，这其中有担忧，有惦念，更多的是爱。

而巡护山林的徐贵华对妻儿也在默默地牵挂，住在山中，再多的惦念也无能为力，他全部心思都被森林占有。一次在护蛙行动中，必须夜晚去清河，回到宿营点都已深夜，又很疲劳。他担心这么晚了再发短信会影响妻子休息，犹豫再三放下了发短信的念头。

徐贵华哪里知道，妻子看不到丈夫的短信，岂能踏实入眠。不管丈夫清网何时归，她都要静候，静等手机嘀嗒的短信声，夜深人静时，手机的嘀嗒嘀嗒便是妻子最好的催眠曲。

此后，徐贵华每天傍晚必须发短信给妻子："放心吧，一切平安。"

徐贵华与妻子婚姻二十载，如今每天却依靠手机来交流情感，虽然寥寥几语，看似平实简单，却蕴藏着森林卫士全部的爱。这样的短信"情书"是他们爱的表白，爱的内涵。

家有妻贤无祸事。徐贵华能够踏实地工作，都源于妻子默默关爱。他们的爱情没有海誓山盟，没有豪宅名车，他们彼此信任，彼此牵挂，彼此的奢求就是平安。

多少次他在独自凝视山林时，他悟到大山的空灵，感知到一种力量在推动他。就这样，他心甘情愿做了山林的俘虏，死心塌地地服役于森林。这时，他感恩引领他巡山的老管护员张广川。这位张老师一步步点拨指导他使用GPS，一点点地讲述巡护中的注意事项，一块块山坡地介绍林海的布局。经年累月过后，徐贵华由新兵成老师。他没有系统的教案，没有数据库作为支撑，有的就是经验，上行下效，他学着自己老师教他的过程来培养新兵。当组长的年头并不多，可他手把手培训的管护员已有三十多人。

细细想来，三十多人一个班级，分布在山林中，也是一个庞大的保护网。

他喜欢森林，他喜欢巡护，也在尽全力去保护林海。如今，他捧起自己努力巡护而得来的荣誉时，他要感谢老师张广川的引领，他要感谢妻子的支持，还要感谢大自然的认可。想到母亲时，他很愧疚，很遗憾，母亲病故自己却没有在身边。母亲患有严重的心脏病，在春防的休息期间，他陪着母亲去大兴山看病。他本想多陪陪母亲，可松毛虫调查开始了，他虽然不是军人，却工作在半军事化的保护站里，必须听从命令，况且他还是组长，于是他回到了保护站。次日便传来母亲去世的噩耗，他连母亲的最后一面都没有见到。每每眼前浮现出母亲期待的眼神时，他都在自责。再想到妻儿，他走成了林海中的参天大树，却没有给妻儿遮风挡雨，作为一名森林卫士，他没有多余的财产让妻儿过上殷实的生活。

可是，他却无愧于森林，无愧于森林卫士的称号。

第四章　头道站的坚守

大自然的每一个领域都是美妙绝伦的。

——亚里士多德

节选沈晓辉老师《雪山追梦》中一段章节：

有一天我到头道保护管理站检查工作，站长于长荣告诉我说，他们在林子里巡护时，发现了一片野生的“参园”——在一片两三千平方米面积的原始红松针阔叶混交林中，生长着数十大小不等、五世同堂的野人参。

我们平时在药铺里所见的多是人工种植的家参。在长白山区，有一阵子种家参就像种萝卜一样，漫山遍野，比比皆是，所以家参的价格降到几块钱一斤，也还是卖不出去，老百姓只好把它腌成咸菜吃。可是野人参则不同了，它已经濒临灭绝。“物以稀为贵”，在香港市场上，一棵野人参可卖几万至几十万港币。那么这几十棵野人参组成的参园，其价值就是一个天文数字了！

可是，当时谁也没有去估计它的经济价值，我们想到的只是如何保住这片稀世珍宝。请想一想，这是一块多么难得的人参基因库和科研基地呀！即便是从旅游角度考虑，其观赏价值也是不可估量的。因为它毕竟是举世无双的，是我们这颗日益人工化的星球上，大自然仅存的最后瑰宝之一！

所以，我再三地要求于长荣，一定要千方百计地保住这片参园，任何人不准采挖。事实上，当年头道站的巡护员们都十分忠于职守，尽管家里都穷得叮当响，但是在前后七八年的时间里，没有一个人去动一下野人参，一直完好无损地保存着。到了20世纪80年代后期，在我调回北京的三四年后再回去打听时，什么都不存在了！保护区的老同事告诉我：甭说“野参园”了，就连保护区里的大树都被人明目张胆地砍伐，黑熊马鹿也都在光天化日之下被猎杀！

大自然的净土守不住了，当然是有着深刻的社会因素，可是，在另一方面，也是因为守护者们自己失却了心灵的净土！

这座保护管理站是长白山自然保护区建区后设立的第一座保护管理站，且在森林保护和防火中立下汗马功劳，为实现长白山自然保护区建区六十年无重大森林火灾做出了重大贡献。平凡的守山人用双足巡护，用双眼探查，积蓄了眼下绿色银行留给子孙。可是，这些平凡的守山人的工作却是不平凡的坚守，他们在用生命去工作，也在用生命去保护自然生态。他们做人，他们做事，朴实无华的点点滴滴，都会让阅读者怦然心动，与此同时，也让阅读者感受到大自然的清新气息，让你重新理解他们的追求和价值。

头道保护管理站位于长白山的北部，海拔700米至1100米之间，与白河保护管理站和头西保护管理站毗邻，主要植被是红松针叶林，还有人参、刺五加等珍贵本草，而动物资源更是极其丰富，有紫貂、中华秋沙鸭、黑熊、马鹿等。

随着电子监测、管控技术的普及，管护员们巡护效率提升，工作强度减

头道保护管理站原办公楼

少。尽管如此，他们肩上的担子依然沉重。保护管理站的员工们作为“森林卫士”，在坚守在奉献，那是每一个管护员对自然的热爱和敬畏，更是对美好生态的向往和追求。他们在捍卫自然，也是给自然递交一份满意的答卷。

为了了解和体悟守山人巡护的辛苦，我与头道保护管理站的巡护小组一起走进林海巡护。平日擅长以行走作为运动项目的我，从没有把行走当作难题，这次却被落在了后面，尽管我连走带跑努力地追赶，依然无法同步。午后一点，领队的小兄弟说：“我们把你送出山吧，带着你巡山，我们累，你更累。走一夜也走不到目的地，你第一次进山，晚上在山里过夜会吃不消。”

无奈，初入山林巡护的我就这样被淘汰了，被几位年轻的管护员送出了林海。尽管内心尚有不甘，可事实已经证实自己足力欠佳。

二

一个人在极其艰苦的环境下生存，本身就具有美感和诗意，这其中饱含着生存的智慧。四季轮转，人与动物都在顺应自然而生息繁衍。在艰苦的工作环境下，听不到守山人的怨言，尽管他们一次次被噩梦惊扰，但他们依然守护着山林，守护着飞翔。

在老一代管护员的记忆里，提及头道保护管理站，都会情不自禁地想起一个令人心酸的故事。故事的主人公叫李春花，朝鲜族人，现在已经退休回家了。

李春花的父亲是保护区的第一代管护员，女承父业，她毕业后也选择了保护区，心甘情愿做了一名管护员。她刚参加工作时就在头道保护管理站。那时，头道站办公和居住条件简陋，且工作强度大。虽然她是女性，但在保护站里，没有性别之分，夜晚住过戗子，困顿睡过溪边，久之，因着凉落下了好多病根。况且，那时保护站洗漱用水都是冰冷的山泉水。对于女性而言，特别在生理期，也无特殊的呵护，依然与男同事干着一样的工作。日久天长，宫寒血虚折磨着李春花。

工作几年后，李春花到了成婚的年龄，头道站成了她的新房。虽然生活极其艰苦，可是，有爱的地方就是天堂。她与爱人在这块土地建设小家庭，保护大家园。不久，他们孕育了爱情的结晶。在孕期，她的工作强度虽然减少，可是，工作环境却无法改变，依然用凉水洗漱。怀孕七个月的时候，她感觉肚子隐隐疼痛，那时，头道站与二道白河镇还有一段距离，且道路也不是如今宽宽的柏油路，而是黄泥的林间小路，一去一回也要小半天。孕妇需要定期孕检，需要定期休息，这些对于李春花而言，都无法做到。肚子突然疼痛，也没有在意。疼痛一点点地加重，以至于直不起腰来。同事见到她痛苦不堪，急忙找车，准备送李春花去医院时，婴儿已经临盆，李春花还没有走出保护站的房门，婴儿自己来到这个世界。

同事们措手不及，从没有遇见过这样的事，一下都慌了神。慌张中有老同志明白生产的过程，将李春花扶到床上，焦急地等待二道白河镇里的医生到来。早产的婴儿不哭泣，紧紧闭着眼睛，似乎睡着了。保护站男性偏多，对于护理婴儿的常识少之又少。当医生来到保护站后，发现婴儿已经停止了呼吸。

怀胎之累，因为有希望而成为美丽的过程。婴儿夭折，希望瞬间破灭成了无言的殇。同事们都为婴儿惋惜，李春花虚弱地坐起来，眼里的泪水还在不停地奔涌。她一遍遍地埋怨自己："咋不小心，小心一点，孩子就没事了。"

一颗美丽的星星就这样在这黄金一般的森林里飞走了，留下了遗憾和辛酸。

在场的同事们都为之悲戚，为失去一个新生的生命而伤心。

老一代管护工每次谈到头道站，都在惋惜中一遍遍地说起这段催人泪下的故事。

二

守山人选择守护大山这条路，便义无反顾，坚定不移地走下去，困难和危险相伴，而他们却乐观地把危险当作了背景。林海巡护，火场扑救，病虫害防治……每一次出发都将自己交付给大山。来到山林里，任何生存的需要都要靠自己解决，而他们从来没有退缩过。

1999 年的秋天，头道保护管理站半截河附近发生了火情，火情就是命令，站里派出二十名管护员前往火场增援。

经过一番紧张扑救，在深夜时分火情控制了，为确保死灰不能复燃，管护员必须留守四十八小时才能撤离。这时，管护员们都已筋疲力尽。与此同时，他们被火苗熏烤得口干舌燥，可惜，周围并没有水源。无奈之下，吴玉晨带领两名管护员出去寻找水源，其他管护员在火场守候。渐渐地，天黑下来，找水的三个人才扛着水袋，借助昏暗的月光气喘吁吁地回到火场。几十人见到水后，如同黑暗中见到星辰，都迫不及待地喝起来。不知为何，书记车学仁吧嗒吧嗒嘴后喊着："水有味？"

大家随之也吧嗒吧嗒嘴细细品着，随后皱起眉头说："啥味呢，有点儿臭。"

没过多久，好几名同事开始呕吐。尽管如此，一桶水也所剩无几。

次日，天刚蒙蒙亮，管护员继续寻找水源。当他们找到昨夜取水的低洼处时，发现这里竟然是野猪用脚蹬出的大坑，坑中积满雨水，坑里面还有野猪的粪便和尿液。当管护员们知道自己喝到的臭水竟然是野猪的"杰作"。顿时，每一个人的胃里都翻江倒海，但也只能干呕了。

还好，这次饮用臭水，尚没有造成中毒。只是很多时候，回想起这件事，这几名管护员的胃里便情不自禁地翻腾。随着时间的推移，本是一件无奈的囧事，却成了生命难忘的片段，每每回想时，嘴角都会挤出一丝苦笑，权当是一个自娱自乐的段子。

头道保护管理站站长王伟（左一）和管护员在临时戗子内研究工作

管护员们常年生活在山林里，对于食品的卫生要求并不严格，大多只为填饱肚子，只为暖胃热身。通常劳累一天后，大多在深夜中借助星光，借助火光烹饪他们可以饱腹的食物，不奢求美味，只求饱腹。

那是1999年的秋天，开展反盗猎行动，原长白山自然保护局保护处处长杨晓明（现国家林草局驻吉林省专员办工会主席）带领六名管护员进山巡护，去堵截常年在山里盗猎的杜某。杜某有一支长猎枪，枪法被神化了，传说百发百中，常年躲在长白山中靠打猎为生，影响极坏，对野生动物破坏很大，成为远近闻名的公害人物。

杨晓明一行人经过几天的堵截，如同游击战，终于捕获了杜某。此时，他们身上的给养所剩无几，本想连夜走出森林，杜某因腿瘸行动缓慢，已经深夜才完成一半行程，只好停留在一低洼处休息。那时的深山中，常有被冻死的野鸡野兔，捡来刚好可以作为管护员们的晚餐。

三

家是温暖的港湾，家人是最惦记自己的人。只有经历了艰辛和苦难，才更珍惜生活中的美好，家便成了最真的想念。同时，长白山也是他们的家，队友是他们的兄弟。因为，在最艰苦的火场，是兄弟们在共同战斗，合力灭火，一起保护美丽的家园。

2009年的秋天，长白山自然保护区罕见的干燥，居然连续一个月都没有下雨。

就在那年的10月4日上午十点，举国上下都在欢度“十一”假日时，长白山自然保护区头岔河边发生了火灾。那时，头道保护管理站站长王洁派副站长李金鑫带领七名扑火队队员前往火场。当他们一路小跑来到火场已是午后四点，植被茂密，风力较强，烟雾弥漫，火势不减。扑火队经过六小时的奋力扑救，火情在深夜十点左右全线控制。

这时，电台又传来新的火情消息，距头道站约两公里处又发生了火灾，第二火场离头道站最近，头道站扑火队必须前去扑火。当时巡护条件艰苦，没有巡护设备GPS，唯一的经验就是眼睛看和鼻子闻。深夜，眼睛失去辨别烟雾的功能，只能发挥鼻子的强项，依靠嗅觉寻找火情方位，小分队摸索着奔往第二处火场。各路扑火队也准时到达，第二场火情用了三天时间才得以控制。

大火被扑灭了，久别的秋雨才光顾这里。可是，火情控制后，还要守候四十八小时，才能离开火灾现场。队员已在火场被炙烤得口干舌燥，还未能饮水稀释燥热时，暴雨降临，看似及时雨，却不是在最好的季节，不是最佳的时间降临。长白山进入10月似乎就进入了冬季，夜晚温度骤降至零下，寒风加冷雨，扑火队队员冻得瑟瑟颤抖。同时，扑火后的疲惫一并袭来，他们不管风雨的气势如何嚣张，穿着单衣的扑火队队员，裹着一块塑料布在烧焦的草地上睡了一天一夜。

头道保护管理站管护员在巡护路上

暴雨也陪着下了一天一夜。雨停了，山里的温度骤降，雨水凝结成冰，他们冻得不知如何是好。寒风如巴掌呼在后背，呼在四肢，扑火队队员却没有可抵挡寒冷的衣物和屏障。在雨停的夜晚，队员们都无法入睡。当时，队长殷明军被冻得鼻涕眼泪都分不清了，哆哆嗦嗦几乎哭腔说："我都三十多岁了，咋这么没出息，还想家了呢。"

说着说着低下了头，有思念，有心酸，还有无奈。

那时，扑救森林火灾大多依靠的就是人力，扑火队队员相当的辛苦。救火任务紧急，接到中心派遣后，来不及与家人打招呼，必须马上出发。如果常规下班时间，他们还没有准时到家，他们的家人都在提心吊胆。家人知道，水火无情，况且浩瀚的林海都是可燃物。殷明军哪里知道，他的亲人也在想他，也在担心他。

一场火灾人人担忧，一次扑救两地思念。

在凄凉的森林里，辛苦，饥饿，寒冷，都无足轻重，安全才是他们生命的底线。

四

在愈加有些功利和浮躁的社会风气下，平凡的管护员在用生命书写着不平凡的坚守，他们的每一个足迹，他们的每一次惊险，他们每一次经历的苦辣酸甜，都是解读他们最好的教材，都是他们递交给大自然最好的答卷。

长白山的松林浩瀚无边，每年的收获季，便是红松种源的丰收季。一些无视保护区法规的人，依然铤而走险，并且他们极易引发森林火灾。为了保护红松种源并杜绝森林火灾发生，这期间，管护员格外辛苦。2013 年深秋，大雪如期而至，在管护员的眼里和足下，风霜雨雪无所畏惧。一日，组长肖雷带着四名管护员午后三点出发进山巡护，依据常规经验，午夜时分应该回到营地。可是，已过一个多钟头依然不见身影。走进山里林区，手机没有信号，更深的林海里受磁场干扰，无人机进入都无法飞回来。夜深了，无法联系上他们，怎么办？所有管护员都没有睡意，都在焦急中等待。

为了安全，每日派出多少人员进山，按时回来多少，保护站都有专人统计。可是，当日派出三个组进山，其他两组都已归队，而肖雷的小分队却被困在山里。站长王伟非常着急，马上召集队员进山寻找。与此一同进山的还有这里特殊训练的“警犬”，根据以往行走时间和路程的难易程度，按每小时五公里和每小时三公里的行走速度分析，对他们可能的前往地点进行判断，猜测这支小分队大约迷失的位置。恰巧这是一个月圆的夜晚，他们以月亮为参照物，通过月影的方位作为方向的辨识，还有警犬的“协助”。在天明时分，终于找到了肖雷小分队。

肖雷小分队只带了傍晚一顿餐食，因为迷失方向又消耗了更多体力，此时，见到大部队寻他们而来，一股温暖袭来，驱散饥肠辘辘，一群男子汉都抱在一起哭了起来。万无一失地会合后，所有的人都拖着疲惫的脚步返回营地，刚想好好补上一觉，却听见“警犬”狂叫不止。透过玻璃窗，发现几只黑熊，全身披着又密又黑的皮毛，一摇一摆慢悠悠走来，毛和肉不停地颤动，看着挺滑稽，可在保护管理站附近见到熊却是很可怕的事。大绒毛球的脑袋上，竖着那对尖尖的耳朵，紧张地倾听远处的声音，小水晶球似的眼睛略有些胆怯地望着保护管理站营房。

头道保护管理站离二道白河镇较近，且站房前面是公路，这条路是进入二道白河小镇的必经之路。所以，很少有动物前来“串门”，黑熊的到来一定有其缘故。

老管护员经验丰富，告诉大家：“这叫熊引。说明我们刚才进入黑熊的领地，肖雷他们刚才进入黑熊的地盘，幸亏我们去得及时，找到了他们，想想都后怕。”

事后，大家才明白，肖雷小分队进山后迷路，不知不觉走到黑熊活动区域，是警犬寻找他们的叫声引来黑熊的“造访”。森林是动物的天堂，对于动物而言，这片山林就是黑熊的地盘、黑熊的家园。人类的造访也是在骚扰它们的生活，尽管管护员巡山是为了保护这片山林，而在黑熊的眼里，也许是干扰。

管护员们在日复一日地保护大自然的生态不遭受破坏，也在年复一年地保护野生动植物资源繁衍生息。这些年来，随着保护力度不断加强，盗猎现象几乎杜绝，野生动物才这样“嚣张”地在山林中自由自在地生活，才如此“跋扈”地追到门前来给予“警告”。

五

常言说，多年的媳妇熬成婆。此话，用于 01 号瞭望塔看似是笑谈，但是，细细琢磨，所言甚是。

01 号瞭望塔是长白山自然保护管理中心最外围的一座瞭望塔，也是长白山自然保护管理中心瞭望塔中的元老，是瞭望塔的前辈。就在 20 世纪 80 年代初，这座塔由吉林省森警总队建成，90 年代末，森警总队转制后，才交付给吉林长白山国家级自然保护区管理局（长白山自然保护管理中心前身）管理。这座瞭望塔南面与保护区 02 号和 05 号瞭望塔遥遥相望，西侧瞭望至白河林业局红土山和泉阳林业局的马鞍山，北面瞭望至白河林业局和池北区家属区，东部瞭望至白河林业局光明林场，这座瞭望塔肩负着整个头道保护管理站，以及池北区森林防火的重任。

这座瞭望塔离二道白河镇只有两公里，在长白山自行车比赛的赛道旁，这条赛道只有比赛才可开放，平日道路都有栏杆挡住。这条赛道环山，可以零距离感受长白山外延林海的清新秀丽。若沿着赛道骑行，便可体验穿越森林和山野的运动乐趣。如若举办自行车比赛，在这里还可一睹冠军的风采。这座瞭望塔与其他瞭望塔不同之处，不仅可以体会到自行车赛的风采，主要它还有自来水，也接上了国家电网。横向与兄弟站比较，生活条件比较优越，属于幸福感爆棚的瞭望塔。

20 世纪 80 年代头道保护管理站 01 号瞭望塔和长白山自然保护区管理局摩托车巡护队

可是，这座瞭望塔从前也是木架子搭建而成。作为前身的木架子只能在电影中见到。对于年轻人想了解曾经的历史，也只能从档案室里查找资料图片还原木架子在头脑中的影像。早些年，这里也无水无电，也曾历经了艰苦的岁月。这座瞭望塔是元老塔，登塔的阶梯便可见证岁月的斑驳。登塔扶手单薄，表面如老树的外皮一般粗粝。我哆哆嗦嗦地一步步攀登而上时，整个身体都随着风儿摇摆。这座瞭望塔高 37 米，攀登到瞭望台时，眼前天旋地转。我紧紧握住瞭望台外围的铁栅栏，慢慢地，缓缓地，一点点挺直腰板，眼前豁然开阔，我看到了二道白河镇的全景，极其壮观的航母造型的长白天地酒店也映入眼帘。登高所见的惊艳，击败了登塔的惊恐。没有登上这座瞭望塔时，我面对这座“大船”都是仰望的姿态，我似乎在岸边，总也看不到它的全貌。可眼下，俯视便可看到整艘“大船”在绿色的林海中遨游一般。与此同时，小镇错落有致的欧式建筑，小镇葱茏茂密的绿化，尽收眼底。足可见，这座瞭望塔承载着这座小镇防火的安全重任。如果不登此塔，无法想到它所承载的责任，更无法想象二道白河镇规划的别致和建筑的典雅。顺着瞭望台四周旋转瞭望，长白山全貌和长白瀑布，全部收纳于眼眸之中。这座瞭望塔，在每时每刻守护着长白山的幸福安宁。

这座塔的瞭望员都是退役的管护员，年龄都在五十岁左右，自从他们来到这座大山工作后，用脚步与山川林海切磋了三十几度春秋，他们不仅都是巡护中的铁脚板，还是活地图。以前，在没有先进导航设备时，他们都是用双足丈量保护区的广袤，依靠经验，万里寻山不迷路。在清除林中违法人员时，他们默默践行保护者的使命。这些人，走出了浩瀚森林的安全，走出了大美长白山的雄伟，同时他们也走出了驱之不散的关节炎，走出了一双老寒腿。他们四十五岁左右时，依然是壮年，但是各式各样的腿疾却浮出水面，开始折磨他们，疼痛让他们彻夜难眠。然而，他们并没有怨言，依然还在林中巡护，依然每日在“刷”步数。不管如何努力，不管如何加油，也撵不上巡护的队伍。这一切，保护管理站的领导全都看在眼里，也疼在心间，知道他们已经不适合巡山了。这些人在巡护中都是业务能手，因为他们有责任心，有对长白山的大爱。保护站便将这些患有老寒腿的管护员交换了岗位，派他们到防火的一线，做森林的天眼。

01 号瞭望塔相对其他瞭望塔而言，交通、生活、登台时间等等，都占有优势。可是，这些人并没有因为这些优势而傲娇。相反，对于瞭望更用心，更严格，更苛刻。在他们的身后就是近 20 万公顷的原始森林，在他们的面前就是二道白河百姓的幸福家园。然而，在防火期，近在咫尺却不能归家。春防期间，瞭望员不能坐在瞭望台里，要不停地在瞭望台外的缓台上巡看。春天太阳的光芒似乎储存了一个冬天的能量，热度火辣辣蔓延，而瞭望员需要全天在风中观望，在炙热中观望，站在塔顶又犹如摇篮一样在摇晃中观望。金灿灿的太阳慷慨地把光芒洒满瞭望员的双肩和脸颊，炙烤的感觉也是一种折磨。他们知道，这里离小镇近，这里离长白山近，不能有一丝一毫的疏忽。正如一位塔上的瞭望员所说：“这里离天空近，离太阳近，我们站在上面，近水楼台先得月，把阳光都给截留了。”

头道保护管理站瞭望员工作中

离天空近，望得远，便把心胸放大，把情怀放大，把格局放大。

这几位年近半百的守山人，在保护工作中承担着多重角色，巡护，瞭望，归根结底都是为了保护长白山的安宁和祥和，他们默默地干好每一份工作，不管何种工种，都当神圣的事业来做。

他们在林中巡护几十度春秋，经历了无数次惊险，遇到了不计其数的艰难，可他们从不言说苦难和艰辛，他们一直觉得这就是工作的一部分，一份不可侵犯和亵渎的工作。每一位瞭望员的心中都深藏着很多心酸的故事，可是，他们却从不去诉说，他们不想让艰苦蔓延，只有埋在心里，才有美好不断绽放。

01 号瞭望塔上的四位“老保人”当属第二代保护人，如今在保护区中肩负着承上启下的作用，他们知悉第一代保护人开拓的艰辛，他们目睹第三代保护人在工作环境改善后的状态，他们起到传帮带的作用，是桥梁，又是纽带，而这些，却从没有当作资本来炫耀。每年的春秋防火两季，他们要在这里全天候地坚守。也正是因为有了瞭望员们和更多守山人日复一日地付出与守望，才有了长白山自然保护区内日渐丰富的动物种群和无边无垠的林海松涛。

如今的瞭望塔更换了先进的望远镜、罗盘和电视接收设备，瞭望员们如虎添翼，幸福感撞击着心房。他们深知，眼下的幸福生活是他们奋斗出来的，也是铁脚板走出来的。

从前他们用双足勘察山林的长度和宽度，如今他们用双眼丈量山峰的厚度和高度。对于他们，站在瞭望塔之上，便是人生最踏实的光阴，更是生命中最神圣的使命。

六

古语有云："国将兴，必贵师而重傅。"师带徒，传帮带，是岗位能力得以衔接和传承的重要手段。巡护和瞭望并非七十二行中的行当，而其工作的重要性也非人人知悉。工欲善其事，必先利其器，培养和造就一支业务素质强、技术水平高的队伍，一直是大班长王伟努力的目标。

王伟与保护站的缘分从学生时代就开始了。

王伟的父亲是老保护人，1985 年当王伟还是学生的时候，他便利用假期来保护管理站实习，根深蒂固的山林情结就从那时开始植入心底。此后，成为自然保护人的愿望在心里扎根发芽。1988 年毕业后，他如愿以偿圆了梦想，真正成为保护人，成为大山的守护者。

自然保护工作，铁脚板是基本功，王伟也从巡护中开启与自然的私语，也在巡护中积累了经验，而这所有的经验都来自苦难和艰辛。他喜欢行走在山林中的感觉，融入了林海，看似孤独，却一点点被足迹淹没。每每巡护时，他多想让自己留下足痕的地方，长出一棵棵青松，如保护者一样也在守候长白林海。这是他的梦，并为之前行，也为之努力。

1992年开始，他巡护时一直背着一件小棉袄，几乎形影不离，冬天可以御寒，伙伴们都可以理解，夏天背着却让很多人疑惑。其实这里面就藏着经验，在只有塑料布搭建戗子的时代，一件棉袄在冬天可以御寒，平日里可以当作垫子阻隔潮湿。不起眼的棉袄陪伴王伟二十年，披着，坐着，铺着，在林海中立下汗马功劳，直到露出棉絮，棉袄的表面已经千疮百孔，他才忍痛丢掉。可是，这段记忆却终生难忘。如今，这件棉袄成了教材，王伟在新员工培训时经常提及，其目的是告诉新员工，在森林中工作，要注意保暖，要注意保护自己。只有自身安全，才能胜任保护自然的工作。

脚步积累了经验，也拓展了阅历，2007年他来到了头道保护管理站担任站长一职。

头道保护管理站在九个保护管理站中当属鱼米之乡，城乡接合缓解了上班路程的艰辛，周围海拔低可以种植一些生活必需的菜蔬。可是，流动人口多在防火上存在更大的隐患，无形中增加了头道保护管理站的压力。也是同年，长白山自然保护区在头道站组建扑火队，要保护，要管理，要防火，他的压力翻了一番，他的工作也翻倍增加。既然选择这份工作，苦累也只能默默忍受。

走过无以计数的林海后，他发现最美的风景是人，不管工作如何忙碌，都不忘以人为本的理念。为了调动管护员和扑火队队员工作的主观能动性，王伟绞尽脑汁从温暖人心入手。温暖了胃也就温暖了心，王伟定期征求员工意见，保护站的菜谱集思广益，大家讨论而出，荤素搭配合理，营养分布均衡。仅仅这一点似乎很平常，但王伟又高薪聘请一名大厨前来保护站食堂掌勺，此后，餐桌色香味俱全，员工们不出保护站便能吃到饭店的美味。

留住人心便留住脚步。头道保护管理站地理位置虽然胜过其他保护站，可生活环境也有不尽如人意处。随着网络的普及，头道站的网络铺设仍然有难度，为了让员工从网络中了解外界，与时代接轨，2017年王伟与中国移动沟通，让网线铺满头道保护管理站。如今，头道站处处有网络，闲暇时，员工们可以在网络中畅游，了解世界，了解国情，可以随时与家人沟通，少去惦念，多份温暖。

只有温暖人心才能拉近距离。每年的除夕夜，王伟都要与管护员们一起守候在保护管理站。团圆的日子，谁都想与家人团聚，王伟将自己的妻儿接到保护管理站，还把值班员工的父母和妻儿也接来。一家人在一起就是年，家人在哪，哪便是家。头道保护站的除夕夜，十几家几十口人一同度过，没有小家温馨，却比小家热闹，欢聚着畅叙着人与人之间的浓浓爱意，拉近了人与人之间的距离。每一个管护员的家人都以保护管理站这个大家庭为载体，不是亲人胜似亲人。

思想田野里的每一寸躬耕，总能在实践中寻得收获。学习的航道愈加宽阔，未来就会有更多精彩。王伟想：管护员的学历结构参差不齐，他们不被社会淘汰，必须拥有一技之长，必须与时俱进，他们不能只停留在巡护的层面。

如何做到技不压身，让王伟煞费苦心。

要因地制宜，要符合站情，要契合身份，王伟苦思冥想后，大胆地做出决定，在头道保护管理站建立一所技校，起名为“头道保护管理站技工学校”，王伟自封为大班长，他要与员工们一起学习，一起进步。技校分为机械类和科普类。机械类的学习中，王伟邀请了机械类的技师前来保护站为员工授课，还聘请省里电子工程师给学员培训无人机的使用。员工们学习劲头很充沛，都在按自身的兴趣学习一技之长。扑火队的扑火车辆都是头道站技工学校学员学习后自己维护的，他们还给扑火车增加了许多功能，简化了扑火流程。但凡保护站水暖电器出现故障，都由自己的学员维护维修，既省时间、省资金，又给员工学员增加一次锻炼的机会，一举几得都受益，何乐而不为。

不积跬步，无以至千里。学习犹如运动，健康体魄，持之以恒，行之愈远愈受益。技能学习人人受益后，大班长又启动了科普类的培训，只是培训的老师与课程存在难度，但是，也没有难住王班长。他从省林业和科研部门请来专家和教授指导授课，还邀请长白山自然保护中心的植物专家周海城科普植物常识。长白山无垠的林海就是课堂，积极调动员工学习的积极性，在管护员中培养拥有动植物知识的科普人才。管护员王孝华受益颇多，他通过与科研部门进行森林植被调查，额外获得了一次学习机会。在这次调查中，他学到了很多知识，这些知识可让他受用终身，同时还收入了万元的补贴，这是知识的硕果。精神上和物质上的收获，使王孝华学习劲头更足了，他立志要当一名“土博士”“土专家”。

王伟创建技校还另有原因，他想让每一位员工都了解长白山植物的分布情况，以及开花结果的时间。他想利用长白山植物资源点缀头道保护管理站的站容站貌，建立一座花园式的保护站。对员工科普植物知识的同时，集众人之力，在头道保护管理站的周围培育四季不同的长白山花卉园。头道保护管理站是进入二道白河镇的枢纽，这里还是旅游驿站，也是游客了解长白山的门户。大班长希望游客从进入小镇的第一眼开始就能领略长白山的好风光。对员工的科普只是起步，随着员工植物知识的丰盈，四季长白山花园的缩影将会在这里展现。

头道保护管理站站长王伟在张贴保护中华秋沙鸭的公告

有梦就有远方，想法暂且还是雏形，但是，人人都在努力，都在学习，圆梦就在不远处。

头道保护管理站前方是中华秋沙鸭监测基地，天时地利，学习正当时。多年来，中华秋沙鸭栖息在头道白河的几月间，大班长闲时经常带领员工来此观察，透过大桥护栏的观察口靠双眸凝视，决不去惊扰这些珍稀的动物。

科普中华秋沙鸭：中华秋沙鸭是候鸟，在地球上已生存了一千万年，国家一级保护动物；成双成对或者成群出现，很少有个体单独出现，择水边而生，却不居住在水里，选择靠近溪流的树林里，觅一处天然树洞安居孵卵，所以得名“会上树的鸭子”。每年三四月份迁徙北方繁殖，在长白山头道白河附近数量颇多，它们在这里繁育后代。之后，经过跳巢开启生命的征程，11月带着孩子飞回南方。

通过观察，大班长记录了每年头道白河里中华秋沙鸭迁徙来去的时间，以及数量。通过观察，他对中华秋沙鸭从陌生到熟悉，并发现中华秋沙鸭每年迁徙时间在改变，早来晚走，延长在头道白河的居住时间。

这一发现，可作为中华秋沙鸭科研的参考，还可作为长白山生态变化的见证。

与此同时，他定期给员工普及《中华人民共和国动物保护法》，重申保护的意义。保护这片森林就是保护人与自然和谐相处的共同家园。爱护动物，保护动物，让这座大山充满生机和活力。大班长常常面对山林，细数野生动物后，发现数量在不断增加，他知道这都是保护取得的佳绩。这一刻，他很欣慰，付出的苦，经历的难，似乎微不足道，不值一提。山林的祥和和安全，以及生物多样化才是他的终极目标。

大班长当之无愧，他在这片山林里，他在这所技校中，其作用比老师更胜一筹。每件事他都能想学员所想，在逐渐完善保护站硬件软件后，他又推出了野外自救培训。他通过户外协会请到野外自救专家给员工们普及野外自救和野外心肺自救等一系列自救方法。

正如他所说："每一个人都是正能量的载体，只有凝聚人心，换位思考员工所需才更具凝聚力。我是大班长，一定想在前，行动在前，这样才不愧站长和大班长之名。"

在大班长的监督和引领之下，员工们通过一系列的学习，好多员工悄然树立人生的新目标，学习成为一种风尚和追求。而学习的机会人人平等，认真者自有收获。扑火队中有四名队员通过自学考试考入吉林水利学院。改变他们人生的是知识，还有大班长如父亲如兄长一般的日日督促和谆谆教诲。

扑火队队员接到通知书的那一刻，大班长热泪盈眶，有祝福，有欣喜，更多的是不舍。

水滴石穿有着坚韧的温柔，岁月成了符号，在时光的长廊镌刻下一道道浅痕，斗转星移间，大班长保护山林三十几度春秋，回望来时路，他却是感慨良多。这些年来，多少个团圆的节日，他从没有与家人共度。想想妻儿与他在保护站的烟熏火燎中度过的除夕，想想防火期驻扎戗子的辛酸苦辣，想想晴天时空中飞过直升机扑火时父母惦记中的遥盼……他所有的付出都为了保护自然的事业。面对青山，大班长没有遗憾，他用青春践行了保护者的梦。然而面对家人，他的内心却是满满的歉疚。

青春抛远，韶华流逝，如今他借着长白山的巍峨，借着山林的茂密，将往昔的记忆重现，将未来的美好畅想。付出一定有收获，大班长的梦，头道保护管理站的梦，在岁月的千回百转中，缓缓地拉开了序幕。

七

心里装的是使命，肩上扛的是责任。在硬汉磊哥的工作中，有很多感人的故事。从过去到现在，他始终当好时代先锋，不忘来时路，不负青春志，靠实力取胜，硬汉果然名不虚传！

磊哥，是长白山自然保护管理中心头道扑火队队员们送给队长李忠磊的别称。

多年来，磊哥成了他的昵称，不管年长者，还是青年人，都这样称呼，以至于很多人都不知他的真实名字。

采访磊哥前，脑海掠过英雄的形象，同时，硬汉这个词语在眼前律动，一遍遍撞击血脉。

1978年出生的磊哥，帅气，高大，魁梧，恰恰契合我的想象。当我与他聊起扑火工作中的酸甜苦辣时，他扭头望着窗外，声音哽咽，那一刻，我眼前这位硬汉却是泪流满面。不知为何，我也潸然泪下。

这是一场以眼泪为背景的采访，这也是一篇用泪水写就的篇章。

2007年磊哥从延边边防部队复员分配到长白山自然保护管理中心工作。工作之初在保护中心稽查处。当年扑火队成立，他被调到头道保护管理站扑火队参与组建工作。扑火队逐渐步入正轨，他也被调到了扑火队。那时，扑火队居住条件简陋，屋里经常有蛇类串门，老鼠也与他们共处一室。青春年少的他在恐慌中度日。时间久了，这些动物并没有伤害他，也渐渐习惯了。

那年，一次他与扑火队一起进山扑火，处理余火之后，七人消耗大量体力，给养又所剩无几。外援进山送食物需要时间。这时，一位食量小的队友，剩下的两根火腿肠和一袋面包并没有独自享用，而是分出七份，人人有份。七分之一的食物对于每一个成年男性而言都无法饱腹。可是，因为其中有爱在，每一口都注入厚重的情感。虽然扑火又苦又累，可是，奔走在大山的人有情有义，与他们一同经历的艰苦越多感情越深厚，每人都是眼中浸满泪水把七分之一的食物送入胃中。也是那一次，一位队友脚踝受伤，六七个小时的路程中，磊哥与队友们轮流背着他，直至走出山场。那一刻，磊哥喜欢上了这批患难与共、出生入死的队友，爱上了这支团结的队伍，自然爱上了这份神圣的职业。

可是，爱需要代价，因为爱，他只能委屈自己。

由于扑火队工作的特殊性，扑火队队员在择偶时频频遇到打击，磊哥三十多岁才结婚成家。他的妻子是教师，通情达理，知道他工作的性质，尽其所能不打扰他的工作。家，在每一个人心中都是最柔软的地方，也是磊哥心中愧疚的一隅。可是，每一个人在社会上都有角色，都要为自己的角色而付出时间和精力。一年夏季，磊哥在单位待命，妻子上班了，刚满周岁的孩子由岳母照看。一天晚上，岳母身体不适，他只好请假回家照顾孩子。刚到家，单位又来电话需要他马上回去处理一件重要事情。他无奈只好把孩子交给母亲看护。磊哥的母亲七十多岁了，患有严重心脏病，还有脑梗。当他从单位返回家中时，母亲衣服如洗过一样湿漉漉的，脸色苍白，哆嗦着抱着孩子。那一刻，他接过母亲怀中的孩子，硬汉再也把持不住自己的眼泪，瞬间喷薄而出。他知道，母亲的心脏在疼痛，而母亲却在忍受着，坚强地完成看孙子的任务。

孩子渐渐长大，在阴天或者防火待命期，他请示站长后，把孩子带到扑火队，一边看孩子，一边处理日常事务。一次深夜，瞭望塔发来火情消息，他只好把孩子交给电台员照看。孩子可怜兮兮望着磊哥，哭声在夜空中回荡。磊哥忍住双眼积满的泪水，尽管不舍，还是奔赴了火场。在头道保护管理站，电台员给磊哥看护过孩子，厨师也当过保姆。孩子不喜欢来保护管理站，可又没有其他好办法，不仅没有玩具，没有玩伴，唯一喜欢的爸爸还在不停地工作中。孩子渐渐大了，幼儿园成了他第二个家。常常在防火紧张期内，磊哥几十天都不能回家，当回家后，孩子见到磊哥，嘴巴噘得老高，责怪地说："爸爸就知道扑火，都不知道回家了。"

"宝贝，原谅爸爸，爸爸是扑火队队员，是保护长白山的人。我守好这片林子，长白山就平安了，你和小朋友也平安了，爸爸舍下你，是为了更多的小朋友的家都幸福！"磊哥内疚地说。

又是一个金秋十月，磊哥带领队员穿着秋季单衣在苔原带扑火后已经天黑。那时，长白山上已经下雪，尤其夜晚格外寒冷。为了守候火场，寒冷也不能离开。队员们便在沟谷边的避风处搭起帐篷取暖。晚上九点都钻入帐篷里，可是，却无法入睡，因为刺骨的寒冷，大家全身蜷曲在一起。气压低，还透不

头道保护管理站扑火队队长李忠磊扑火后露出疲惫的微笑

过气。没多久，帐篷外面罩着一层冰，帐篷里面却布满密密麻麻的水珠。这一夜，他们在冰冷的煎熬中挨过来，所有的人都没有睡意。盼啊盼啊，凌晨三点，天刚刚有一丝亮色，磊哥爬出帐篷去山坡晒太阳，来到山坡见队友们几乎都在这等待太阳光的恩赐。那丝光亮并没有暖意，望着似乎能够给身体带来微弱的暖，那时那刻，微弱的暖几乎是很奢侈的盼望。

2014 年秋天，午饭时间接到扑火命令，磊哥带着二十人出发，每人身上背着十五公斤的灭火装备，一路小跑，午后一点进入半截河扑火场开始扑火，夜晚十点才清理完火场。刚要休息，又发现不远处还有余火，扑完第二场余火已是后半夜两点。他们都很疲惫，可惜没有睡袋，地上潮湿无法坐下。无奈之下每两个人背靠背坐在空水袋上倚着树干休息，熬到凌晨时，瓢泼大雨袭来，一夜扑火很疲劳，体力消耗很大，面包和火腿肠的能量很低，他们都很虚弱，同时，任何避雨装备都没有。经过请示后，指挥中心同意他们撤离火场。他们足足用了两个小时冒雨收拾和盘点灭火设备。之后，冒着大雨又跋涉近两个小时泥泞的山路回到保护站。扑火时，每一个人全身都熏得烟灰色，又伴着雨水在火场收拾装备，每一个人都如从淤泥里爬出来一样，全身衣服没有一处是干净的。回到保护站，所有的人都很狼狈。脱去袜子，双脚泡得发白，磨出的水泡又被磨破。磊哥本想告诉队员们好好休息，可是望着一双双泡白的双脚，他的声音哽咽了。这份辛苦，这份难处，队友们没有一个人抱怨。磊哥移步来到院子，在瓢泼大雨中望着远方，脸上流淌不仅仅是雨水，还有泪水。这一刻，他的内心柔肠百转，可是，他不想让兄弟们见到他在流泪。

扑火队的工作，平时看似挺清闲，一旦有火情，那便是水深火热的考验。

扑火是扑火队队员第一责任，每天都要打起精神，一边训练一边待命，一旦有火情，或者有预警，必须马上出发。春防三月，秋防三月，吃住在队里，回家只是奢望。2017 年 4 月，磊哥因甲状腺癌做手术，还没有恢复好就加入了春防紧张的工作中。5 月 12 日，双目峰发现火情，双目峰保护管理站区域没有太多的珍稀资源，但刺五加和杜香颇多，穿梭林中，裤脚刮破，小腿刮伤，行走颇费体力，还要忍受小腿的疼痛。凌晨三点把火扑灭后，继续寻找余火至凌晨六点时，磊哥走到一根直径二十厘米的倒木前，居然无力抬腿，七尺男儿被一根倒木拦住，且浑身哆嗦无力，脸色苍白，几近虚脱。这时，磊哥才想起出发匆忙，没有携带药品。况且刚出院不久，体能恢复欠佳，又经历了十几个小时扑火，严重消耗体力，身体处于透支状态，所以无力前行，只能依在树干上休息。无奈之下，队员们联系保护站尽快送药来。服药后休息一个多小时才恢复体力。之后继续清理火场。扑火回来后，磊哥脱下扑火服后，整个人如同洗过桑拿。那一刻，磊哥的眼前翻飞一幕幕火场扑救的画面，往日扑火的辛劳再度袭来，这是一份舍小家为大家的工作，苦的是自己，幸福千万家。

就在我采访的前一天，磊哥还在西坡维东保护管理站扑火队待命。每年夏季，旅游季节西坡防火严峻，这个时候，头道扑火队部分队员都由磊哥带队入驻西坡维东扑火队。维东扑火队地处半山中，远离景区，离风灾区较近。那里网络信号线路时常被大风刮断，一断网就是一周左右。这一周，除了手持机可以与长白山自然保护管理中心联系外，与外界联络被切断，与家里也失去沟通。这时，磊哥惦记妻子，惦记老人，惦念孩子，所有的惦念只能在心中。为了自然保护事业，惦念藏于心底却不能表白。

这些年来，磊哥与队员一起风里来雨里去，爬冰卧雪，摸爬滚打，每次扑火都如同上战场，久之积累下来深厚的感情。磊哥嘴边常挂一句话："我把你们当兄弟，你们把我当兄长，来扑火队工作是缘分，扑火是一个行业，也是一份职责。我的愿望很简单，就是我们高高兴兴上班，每天都要平平安安，防火期结束后安安全全地回家见亲人。我不希望身边的任何一个兄弟出现任何意外，否则我愧对你们的家人。"

磊哥只是小小扑火队的一员，而他在用身心写就守山人的大爱，磊哥及他的扑火队也正在践行保护长白山绿色海洋的誓言。从2008年开始，这些年来他先后获得长白山管委会授予的"长白山好人""长白山好青年""优秀党员""工作标兵""长白山森林卫士""十佳好干部"等荣誉，还获得长白山自然保护区"资源巡护能手""森林防火标兵"等殊荣。

这些光环是对磊哥工作成绩的肯定，而他最关心最在乎的却是平安，山林的平安，还有兄弟们的平安。森林防火安全重于泰山，山林平安才是他工作最大的动力，也是他收到的最好的礼物和荣誉！

第五章　头西站的回声

一个人如果向往正直的生活，第一步就是要禁绝伤害动物。

——托尔斯泰

这个时候山中能有什么事呢？山中的事总是远远的，茫茫的，毛茸茸的。除了遗忘以外，山中的事总是和童年时做过的那些梦一样，乍一想，好像有，细细想来又好像没有。他要写花的香味儿，但又不确定是否仅仅写花的香味儿。现在，他闻到了花香，这便是此时山中的事，又香又艳的事。森林的基本气味是青草味儿，然后依次为腐殖质味儿、树叶的清凉味儿、潮湿的水汽的味道。至于石头的味道和花的味道，他得凑近细闻才能闻到。他先是随意闻了闻，然后，闭上眼睛细细闻着。

——摘录胡冬林《山林笔记》

不知不觉，沿着长白山自然保护区地图索引，“长白山梦想号”挪移到头西保护管理站。

我与长白山的情感不仅仅与童年的记忆有关。从事写作之后，胡冬林老

头西保护管理站原办公楼

师的文字也是一份引领，他在长白山的动态，我一直通过新浪微博去关注。当我走进长白山，在与朴龙国老师的交谈中，听到许多关于胡老师的故事，这次与朴老师踏查各个保护管理站的途中，时而途经一片森林或者一条河流，朴老师告诉我说：“这里的故事我曾讲给胡老师了……”

为此，我一遍遍地审视这片森林，又一遍遍回忆胡老师作品中的故事片段。

因为写作，注意力定格在长白山自然保护区，管护员这支训练有素的“部队”成了采访的目标。他们没有高学历，没有高技能，也没有令人羡慕的高收入，他们有一颗坚守山林和敬畏自然的心，他们用双足与这座山与这片森林默契相守。他们的工作鲜为人知，而他们的故事却写满神奇，他们保护山林，保护动植物，他们巡护、救火、救人……他们没有丰功伟绩，他们却用行动谱写了岁月的一份份惊喜。

一步步前行，一座座保护站踏查，头西保护管理站已经展现在眼前。

头西保护管理站位于长白山自然保护管理中心西北部，管辖区域总面积21253公顷，其中实验区10257公顷，缓冲区2624公顷，核心区8372公顷；辖区北部与白河林业局和露水河林业局接壤，西部与泉阳林业局和松江河林业局比邻。交界线长36公里。区内植被类型为阔叶林、针阔叶混交林、针叶林，土壤分为暗棕壤土、白浆土，主要河流有羊叉河、三岔河、四岔河，野生动物有水獭、棕熊、黑熊、马鹿、野猪、花尾榛鸡、秃鹫等，野生植物有人参、红豆杉、天麻、红松等。

此时，我又想起那首《保护者之歌》，那一句句："……走走走走，坚定地走，好风景和好日子就在前头，能做长白山的守护者，再苦再累也风流。"每一次想起这首歌，我都要情不自禁地哼唱，唱得心花怒放，似乎我也与大山融合，似乎大山与我同唱。唱吧，这是管护员之歌，这是管护员的呼吸，歌曲从他们胸膛迸发出来。虽有艰苦，却也自豪！

一

在浩瀚的林海中，每一天都有守山人的足迹，每一个脚步都是一个音符，他们在悄然无声地弹奏自然的乐曲。守好青山并非易事，放弃轻而易举，坚守却是举步艰难，他们背负太多，他们学会了咬住青山不放松，执着而自信地向前进。遇见危险，遇见威胁，他们坚守内心，用不屈的信念战胜邪恶。

2014年秋天红松种源战役中，头西保护管理站在大羊岔管护站处驻扎一支小分队，由组长邢伟带头。大羊岔红松种源极其丰富，此地与周边的几个乡镇说远不远，说近不近，自然引来许多闲杂人员盗采红松种源。一次，邢伟和他的队友在巡护中抓获了二十多名盗采分子，并没收了赃物红松子。之后，陆续有人来找邢伟为盗采分子求情，邢伟拒绝求情和礼物。

秋防结束后，邢伟在回家的途中遭到威胁。此后，每次出门，身后都有车辆尾随，不法分子又通过不正当渠道获取邢伟的手机号码后，开始不断地用短信和电话对他进行骚扰和威胁。

迫于无奈，他向保护站副站长殷明军汇报了此事："站长，有人跟踪我，我晚上都不敢出门了……"

殷明军听罢，急忙派保护站的车跟随，果然发现有一辆固定的轿车跟踪邢伟。殷明军急忙报警，派出所立案侦查，警方通过电话号码找到对方，并将他带到派出所。经过问讯，威胁者果然是盗采红松种源的不法分子，派出所对其进行了处理。

那些年，在利益的驱使下，总有铤而走险偷采森林资源的人，保护站的管护员成了这些人眼中的障碍物，打击报复频频发生，好多管护员回家都特别小心，害怕不法分子寻机报复。殷明军看出管护员内心的恐慌，把他们召集在一起聊起家常，借机给他们讲述发生在自己身上的故事。

那是 1998 年，殷明军还是一名管护员，巡山时发现有六人非法入区偷采薇菜，他没收偷采的薇菜，并且每人罚款二百元，合计罚款一千二百元。事后很久，殷明军与朋友在饭店吃饭时，迎面碰上被罚款六人中的一人，对方借助酒精的作用，顺手抡起锹把，将殷明军打伤住进医院。长白山自然保护管理中心的前身吉林长白山国家级自然保护区管理局调查此事，原来伤人者是光明林场一个无业游民，绰号二鼻子，也是六人之中的小领导。因为这件事，二鼻子赔偿了医疗费，并拘留十五天，可是，殷明军挨打后的疼痛却只能自己忍受。

讲完这个故事后，殷明军说："我当时被打后，我也恐慌，也想过逃避。可是，当我来到森林，看到大自然在我们的保护下，每年都有新的改观，内心很欣慰。所以，曾经受过的伤痛都微不足道了。只要心中有满满的正能量，一定能战胜邪恶，我们是正义的化身。"

二

历史上，数次导致疫情发生的病毒背后的宿主都是野生动物，这是人类对它们的疯狂猎捕而留下的隐患。在这其中，珍稀或濒危动物深受黑市欢迎，最吸引被暴利诱惑的“淘金者”，还牵系地下交易的黑色链条。而在山林里，日常反盗猎偷猎的责任便落在了守山人的肩上。况且，自然保护区的一草一木都容不得破坏，可是，依然有人在利益之下，铤而走险。

2018年春天的傍晚，保护站刚刚开饭，管护员们的饭碗刚端起来，两个女人哭哭啼啼来到头西保护管理站求救。其中一个女人说：“我妈早晨从二道白河出发去山里采野菜，已经一天没回家了。林子野兽多，老太太都七十多岁了，要是有个三长两短……”话还没说完她俩又号啕大哭起来。

其实，老人家来保护区采野菜属于违法行为，出于人道主义，副站长殷明军马上派出三个小分队从不同方向进入林区，拉网式排查寻找采野菜的老妈妈。出发前他对三个小分队管护员说：“我们每一个人都要多带件衣服，谁先发现老人家，都要先给她披上外衣，之后，把自己的食物和水给老人。”

长白山区气候变幻无常，经常云雾弥漫，森林的降雨量和相对湿度比城镇高得多。出发后不久冷雨倾盆而落，队员们在暴雨中深一脚浅一脚摸索着前行。夜半时分，气温骤降，冷雨加冰雹，尽管大家有雨衣罩着，可寒冷还是紧紧裹挟着每一名管护员。找不到老人家，即便寒冷，也不能撤退。

就这样，在雨水与冰雹肆意的夜晚，头西保护管理站的管护员马不停蹄地搜寻一夜。天渐渐露出光亮，依然不见老人的影子。

殷明军一边担心老人家安危，一边心疼队员们冒雨寻人的艰苦。可是，作为长白山的卫士，巡山找人义不容辞。春寒料峭中，没有一名管护员发牢骚，都默默地在山里寻找。就这样寻找两天两夜，每一名管护员都疲惫不堪，可脚步依然前行。就在第三天的清晨，组长袁景东发现了老人，老人已经饿得

头西保护管理站在入山路口设置防火检查站，对出入山林的科考人员和工作人员进行登记并收缴火种

有气无力，她走走停停，找不到回家的路，只好倚着树干断断续续从牙缝中挤出微弱的求救声。袁组长给老人披上衣服，把自己带来的火腿肠和矿泉水递到老人手里。老人喝了水，吃了食物，缓解了虚弱，可是双腿颤抖，扶着大树都无法站立。袁组长和其他三名组员轮换背着老人家，负重行走六小时，将老妈妈背出森林。

为了教育老人，殷明军告诉老人的女儿：“救人我们义不容辞，罚款也要依法办事，老人私自进入保护区，是违规的行为，必须罚款处理。”

老人的女儿没有一丝不悦，连连点头说：“罚多少我们都接受，是你们救了我妈的命。”

罚款不是目的，只想用罚款去教育和约束私自入区的人而已。最后，头西保护管理站按自然保护区条例规定，对老人私自进山罚款五百元。老人的女儿积极主动配合罚款，并且对管护员们一遍遍地感谢。

三

长白山自然保护区拥有着面积近 20 万公顷的原始森林，森林内可见度不超过 200 米，专业巡护队员也需要依靠 GPS 定位系统等才能辨清方向。加上长白山属于典型的火山地貌，沟谷密布，且有部分区域并无网络信号覆盖，一旦发生意外，救援难度极高。然而，依然有人心存侥幸前往。

二道白河镇有一位老汉，姓杨，已经七旬开外。年轻时开始跑山，相对而言，对森林比较熟悉，对周围保护管理站的管护员也不陌生，经常偷采山货，时常也被管护员遇见，教育过，批评过，可他就是不知改过，以此为自豪经常四处炫耀。

2018 年秋季的一天，杨老汉领着三名老妇人悄悄地钻进保护区的山林，这次就是为了采蘑菇。杨老汉高估了自己的能力，他认为自己在山里长大，对这片山再熟悉不过了，再说记住进山的道路便可以随意行走。结果，进山不久就迷失在山里，蘑菇采了很多，却找不到回家的路。在苍莽阴森的林海深处，前进，后退，转身，一圈圈兜转，都是一样的风景，树木高耸似乎钻入云朵中，哪里是回家的路呢？自信的老杨头也迷失了方向，他彻底地模糊了。就这样，漫无边际地在林子里转悠了一天，依然还在山中，最初的满身能耐都变成了内心的焦急，两天后居然还没找到回家的路。这时，他们的食物吃得精光，原本就是为了采蘑菇而已，早上进山，傍晚出山，做梦也不会想到会迷山、会挨饿。只好用采来的蘑菇充饥，居然也吃得干干净净。怎么办？饥寒交迫。胃里没有食物，似乎身上没有衣服。深夜里，冻得哆哆嗦嗦，尽管困顿，也不敢入睡，担心动物出没伤及自己，担心夜晚寒冷冻死在山中，只能抱着肩膀蜷曲着休息。同时，三位老妇人也在不停埋怨他，大家回家心切，想利用一切机会去寻找回家的路。四人拄着木棍，踉跄地一边走一边喊救命，声音由大到小，以至于后来只能从牙缝中挤出细微的声息，只是一直没有停止呼救。

走走停停，停停走走，转着圈地走了三天。他们已经绝望了，他们知道如果再走不出去，就会饿死，就会冻死，就会被野兽吃掉……最后家里的儿女都不知道他们去了哪里，死在哪里，越想越惶恐，越想越悲伤，他们恐惧着，他们虚弱得仅剩下残喘。

午后时分，邢伟带着自己的小分队从保护站出发，沿着直线行走三小时到达这片核心区巡护时，隐约听见微弱的声音，每一名管护员都号称顺风耳，他停下脚步细细倾听："救命……救……命……"原来是求救的声音，他们顺着声音的方向寻去。看见四位老人蓬头垢面，脸色萎黄，嘴唇干裂，老汉额头的皱纹上沾着青苔，老妇人灰白的卷发中夹着枯叶干草。几个人正靠着树干喊救命。杨老汉土生土长的二道白河人，经常偷采山货自然知道私自进山的违规后果。当老人们见到管护员，木棍拐杖都从手中滑落，身体情不自禁地也从树干滑下来，有气无力瘫坐在地上。管护员们纷纷拿出自己背包中的食物送到老人手里，老人们狼吞虎咽埋头吃着，不到十分钟，四位老人居然把管护员们的食物全部吃光。

头西保护管理站管护员巡护途中休息

之后，管护员搀扶着老人，还有人背着老人……搀着，背着，走走停停，终于将老人带回保护站。途中，杨老汉难为情地对管护员说：“如果你们不来，我们就得饿死，我们违反了自然保护区的有关条例，出山我们就接受处罚。”

果然，回到头西保护管理站后，杨老汉就拨通儿子的手机：“儿子，我采蘑菇走迷糊了，幸亏头西站的几个小伙子救了我，我进山违法……你爹知道错了，你快来感谢这里的小伙子啊。”殷明军本想就此事教育和警示老人们一番，告诉他们生命的可贵，进山的危险，破坏森林植被的危害，出乎意料，杨老汉却主动检讨，又主动承认错误。

面对父辈一样的老人，殷明军也无可奈何了。

四

瞭望员的工作，看似简单的坚持，看似平常的坚守，悄然无声间却感动了我，也感动熟悉和了解他们的人。“与世隔绝”的红土山上02号瞭望塔的工作艰辛，生活艰苦，瞭望员却甘之如饴。为了这片广袤的大森林，02号瞭望塔成为瞭望员耕耘的幸福港湾，苦辣酸甜成了工作的乐章。

02号瞭望塔位于头西保护管理站第二管区2林班长白山脉的红土山红石砬子上，塔高26米，海拔1100米。建成于1987年，前身是部队备战而建。最初是由木杆搭起，山顶的小屋也是部队建成，只因离水源地太远，太阳能弱无法维系照明，这座小屋便废弃在这里，孤孤单单没有一点生机，看起来比瞭望员更孤独。因为无水无电，02号瞭望塔是长白山自然保护管理中心15座瞭望塔中唯一一座夜间无人居住的瞭望塔。如今瞭望塔是钢架结构，这里瞭望区域4.5万公顷，并和05号、07号瞭望塔对望。瞭望范围东面至二道白河镇，西面至07号瞭望塔，南面至二龙山，北面至红土山。

通往02号瞭望塔的山路狭窄，久无车辆通行，早些年留下狭窄的山路已经荒废，车行其中，似乎从拥挤的树木和枝叶中穿梭，树枝抽打车窗，如闸门口失去自动功能的栏杆，硬性被车闯开。行驶中还有倒木阻碍前行的路，时不时还要下车清理路障，就在树枝相互交错搭起的拱形通道中，伴随车与树叶摩擦的沙沙声，保护站的这辆越野车载着我抵达红土山的小山顶。

在山顶我见到了瞭望员邢伟和李培成。

邢伟是刚刚“退役”的管护员，年龄与身体的原因，腿脚也难以驾驭无际的林海，才转岗来02号瞭望塔瞭望林海。身份在转变，责任在转变，内心对长白山的爱却始终不变。对于森林的路线，如同回家的路，再熟悉不过了。对于瞭望塔，他是新学生，尚在学习中，还好，与他同台的瞭望员李培成是瞭望队伍中的元老。

李培成1992年就投入自然保护的工作，巡护八年后，于2000年来到02号瞭望塔至今。

通往02号瞭望塔的车行之路，相对步行距离而言，绕弯中抻出了长度，若以脚步丈量便费时也费力。而02号瞭望塔的瞭望员却不走这条行车之路，而是从大羊岔宿营点处出发，依靠脚步攀爬五公里直线山路登塔。晴朗的天气需要攀爬四十分钟左右，每天仅是上山和下山行走所刷步数就已经近万步。遇到雨雪大风天气，难度也随之增加。然而，不管刮风还是下雨，瞭望无空档，工作不休息。由于这里没有水电，瞭望塔边上的小屋无法完成炊饮，瞭望员每天背着午饭，背着一天的饮用水，不到七点开始登山，山里灌木丛齐腰，尽管左绕右转，膝盖以下的裤子都会被露水濡湿，双足也如被水泡过一样发白发软。山上温度低，整整一天双脚都不舒服，如同站在冰冷的河水中一样。无奈之下，他们选择穿着靴子登山，登到瞭望台上，再换上胶鞋，这样，足底干爽，身体也会暖和些。没有特殊任务时，傍晚五点便是下班的时间。上山容易下山难，春防秋防期间，天色渐渐漆黑，可想而知，在没有光亮的森林里行走该是怎样的境况，深一脚，浅一脚，每一脚都谨小慎微，如若踏空，定会伤及筋骨。这时，野生动物也出来觅食，尤其野猪甚喜傍晚出来，不知它们藏在何

头西保护管理站02号瞭望塔瞭望员每日登塔穿的靴子

处，周围都充满危险，充满恐惧。值得庆幸，这片森林经常出现的动物野猪颇多，野猪天性凶恶，可是也惧怕人类，如果人类不去伤害它们，它们会“乖乖”地逃掉。当瞭望员回到山下环山线二十公里处大羊岔宿营地时，周围几乎全是黑幕了。

在前些年，盗采红松种源疯狂的时期，常常有不明原因的山火雾气出现，02号瞭望塔所在的地理位置，总能最先发现烟雾，及时提报，为扑火争取到最佳的时间。这是02号瞭望塔的骄傲，不仅是因为地理位置的优势，更是这里瞭望员的责任心在彰显。

最难就是雨雪天气，长白山的天气多变，天气预报对此也无法准确把握。出发时，阳光明媚，行至半山中，突来暴雨，没有避雨处，没有雨衣。因为背囊装有午饭，备有饮用水，这些都很沉重。本来登山就大量消耗体能，多一件物件都不想放在背包中。这时，只能任由暴雨洗礼，由于暴雨中能见度极低，登山的瞭望员只能孤独地等候雨过天晴。遇到雪天，更是艰难，蹚雪前行如同顶风推着磨盘，每一次双足从雪窝中拔出，再落下，犹如拖着重物在前行。可是，瞭望是第一要务，排除万难，也要攀上瞭望塔。

这些看似艰难的攀爬，对于这里的瞭望员却是家常便饭，都习以为常。虽然难，那是工作的一个据点；虽然苦，那是生活的滋味；虽然险，那是人生的收获。他们并没有以此为矫情的由头而诉说自己的艰辛。反之，当我问及工作的感受时，李培成却平淡地说："没有容易的工作，不出力就需要动脑；我们没有文化，有的就是体力，有的就是瞭望的能力，苦点累点没啥，都已经习惯了。"

无法连接电源的山顶，通信信号自然微弱。只要踏入这座林海，手机信号随之隐遁。在与世隔绝的山顶，突发事件只能依靠手持机联络。李培成给我讲了一个故事，故事的时间是在早些年，他家境困难，长白山自然保护管理中心给他申请了困难补助，手持机中告诉他需要当天让家人把户口本送到单位登记时，他不知如何把消息传给家人。这时，中心领导也在为他想办法，最后，持有手持机的堂姐听到这个消息后，找信号通知了李培成的爱人，这个消息几经周折传到李家，幸好没有耽误补助登记事宜。久之，瞭望员的家人知道这里没有手机联络信号，家里的事尽可能不打扰他们。又因为没有外界信息的干扰，他们似乎工作在外星球一样，可是，他们的那颗心却全部扑在山顶，瞭望瞭望再瞭望。

五

一座山的辽远，几个人的守望；一份精神的坚守，忍受着孤独和寂寞。

瞭望员是大山防火的"眼睛"，是林海的"守护神"。他们无怨无悔地守护着一片片茁壮生长的梦想。那山，那树，是他们幸福的绿色源泉。

07号瞭望塔全名东土顶子瞭望塔，位于头西站第三管区26林班东土顶子，建成于1998年，塔高30米，土顶子山海拔1200米，可瞭望4.5万公顷，并和02号、05号瞭望塔对望，瞭望范围东面至白河站05号瞭望塔、西面至松江河施业区、南面至长白山、北面至马鞍山。

曾听说，登上这座瞭望塔需要途经一段石阶路，想象中却没有辛苦二字。我随着头西保护管理站副站长程金波驱车二十分钟前往07号瞭望塔。车子停在防火通道两公里处，再踏上石阶路，最初如同上楼一般轻松，并无劳累之感，心里默默数着石阶数为三百时，气力不支，开始喘息，脚步打晃，就这样，走走停停，当细细数过一千一百一十七个石阶时，已是停留几次，消耗时间近两个小时。

这条石阶路2017年修建，为了减轻上山的瞭望员的负累和辛苦。以前，这条近六十度的坡路，瞭望员每次登山时，要背负着一周接近十五公斤的给养攀爬，每次都是汗流浃背，衣裤湿透，攀爬时间长短由天气阴晴而定。雨天湿滑，一边艰难攀爬，一边握着树干做支撑，免得滑落；数九寒天，厚厚的棉衣重，背负的给养沉，每挪动一步，脚步犹如灌注了铅水，尽管这样，还要前行，这时不是登，不是走，而是名副其实的爬，冰雪湿透棉手套，棉衣也给汗水溻湿，一阵风刮来，将热汗冷缩，瞬间一个激灵，却比刚爬山时还要寒冷。

尽管如今修建了一千一百一十七个台阶，但抵达山峰也很吃力。不管春夏还是秋冬，只要爬到东土顶子的那座小屋，瞭望员必须换下全身衣裤。所以这里工作的瞭望员常年必须多备一套衣裤。

以前，这座瞭望塔饮水需要途经一千多米山路去山下小溪挑水，每次挑水都需要休息几次，挑一次水，令人双腿酸痛。山下还是金色的秋天时，瞭望塔内的温度已经零下，这时，瞭望员便一日几次去山下取水，之后用盆冻成冰块留到冬天当作水源。因为缺水，瞭望员舍不得洗脸，每周只洗一次，那就是临下塔准备回家时，轻描淡写地洗一洗。门前那些盆盆罐罐承担着接纳雨水的任务。2018年，保护中心在厨房配备了一个能存储两吨水的池子，可存水备

头西保护管理站07号瞭望台，瞭望员上班途中顶风冒雪上登塔阶梯

用。只是时间久了，水质变味，但是，总比没有水好。存水时间久，伴随而来就是肠炎，为防患于未然，止泻药是必备的，登上瞭望塔之后，都要先口服止泻药再开始工作。有时忘记服药，肠炎毫不客气地上演。尤其站在塔上，肠炎发作时，离开瞭望台很狼狈。2019年保护中心给这里接上了水泵，夏天不干旱时，可以从机井中泵水，水量不是很充足，可以缓解缺乏饮用水和做饭用水的尴尬。只是冬天到来时，山顶寒冷，机井水也冻成冰。只能继续延续老办法，冻冰块，水池存水。

07号瞭望塔是核心瞭望塔，三百六十五天全天候运行，春防秋防与其他瞭望塔承载一样的重任。夏天，他们依然要固守在这里，酷暑中，站在塔上，瞭望塔的钢架都被炙烤得烫手，尽管戴着遮阳帽，也似乎一个大火球在头顶舞动。冬天，能见度低，不用经常瞭望，可是山顶的寒冷也需要耐力去忍受。春天阴湿，管护员皮肤都长满牛皮癣；夏天蚊虫叮咬，一片片红包不亚于皮肤病痒痛；山林的秋天，似乎眨眼略过；这里的冬天总是来得最早，冬季寒冷而漫长，老寒腿大摇大摆地折磨着他们。一年有四季，四季景不同，对于管护员，对于瞭望塔，一年的工作相同，四季的病痛有别。

07号瞭望台的四名管护员都年过半百。他们年轻时从事巡山工作，如今也算是保护区的“老人”。他们没有因为低微的收入而逃避，也没有因为工作的辛苦而抱怨，在他们的心中，坚守是无声的信念，秉承“坚持”两个字，一路走来。他们是最好的兄弟搭档。每组两人，一人台下捡柴做饭，一人台上瞭望观察。就这样，枯燥地重复着已成定式的工作。在山峰上，夜以继日的只有两位“老帅哥”在相互取暖。深夜里，偶有野猪“拜访”，如今居住条件尚好，野猪也无法攻破“砖墙堡垒”，权当在给瞭望员上演一部动画片。在那连鸟都不飞上来的山顶，野生动物的到来也会令他们欢喜。

此次在07号瞭望塔我见到了瞭望员张群和史树利。他俩都是退役的管护员，在瞭望塔的时间并不长。但是，他们承接了新旧站房的改变，他们经历了登山石阶的铺成。在与他们的交谈中，他们对艰苦的描述轻描淡写，反之，对

头西保护管理站07号瞭望台瞭望员全天候瞭望，雪后依然工作

如今的生活却是感到惬意十足。尽管在十几个瞭望塔中，这里条件依然还很艰苦。

2018 年拆除原破旧的站房，重建近 50 平方米的新房，也接入国家电网，取暖和做饭都用电完成，生活质量有了质的飞跃。张群说：“2019 年的除夕我在山上度过，除夕夜吃了媳妇冻的饺子，屋里暖和，没有电视看也挺幸福。媳妇生病自己在家，我惦记啊。如果身体好就让她来山上一起过年了，可她身体不好，登山很吃力。唯一就是想与家人通个电话，打电话屋里没有信号，只好爬到塔上，冻得哆哆嗦嗦的互相报个平安，回到屋里手都冻僵了。”

亲人病了，需要陪伴，可张群为了工作，却只能依靠电话诉说惦念；除夕夜，需要团圆，可他为了瞭望也放弃这最寻常的愿望。

我在下山的途中，遇见了张群的伙伴史树利。秋高气爽的日子，他在往山上背负冬天的给养。从史树利只言片语中，听到憧憬，因为他们看到了改变，也在改变中畅想未来，在改变中看到希望。他说：“以前工作和生活条件是艰苦，那时，都挺过来啊，现在各种条件都在改善，怎能还有抱怨。”

07 号瞭望塔当属长白山自然保护管理中心瞭望塔中条件最差的一座。可是，这里的瞭望员一直坚守着，他内心有爱，爱大山，爱林海，有爱的心中，困难也可转化成动力。态度决定心情，好心态修心可养性，他们工作在山顶，把艰难当作调料，用责任心和乐观的生活态度烹饪出人生的精彩。

此时，正值金秋，在下山的途中，一览五颜六色的林海。如若未曾经历过生活的艰苦，沿途风光也足以是别样的收获。可惜，那些艰苦的岁月，镌刻在他们心间，虽不愿提及，但也不能忘却。

下山后，我再度深情地回望远山。这里，看不到 07 号瞭望塔的影子。可是，我的眼前浮现出站房窗前一盆盆的雨水，情不自禁，胃中作呕。我想象不出未曾改变之前的情景。

我很惭愧，我没有瞭望员的乐观和豁达。

六

童年对于每个孩子来说只有一次，童年的美好应该属于每一个孩子，作为家长不能亏欠孩子美丽的童年。长白山自然保护管理中心头西保护管理站瞭望员王世强每次提到女儿的童年，满脸都是亏欠的表情，他为了工作，为了瞭望，他对女儿满满都是歉意。

在金秋十月初，我来到了头西保护管理站，迎面碰到一位男子问我："你找谁？"

"王世强。"

对方一愣："你认识他吗？"

我说："我不认识。"

"你找他有事吗？"

"他是老瞭望员，我想了解瞭望员的生活。"我如实地说出了自己的想法。

"瞭望员就是瞭望，有啥好了解的。"这时，有人喊"王世强"的名字，原来踏破铁鞋无觅处，得来全不费工夫。

我与王世强的采访就这样开始了。此时，他因为手脚发麻，关节炎严重，无法登山去工作，刚刚离开瞭望塔到检查站工作。

王世强 1981 年参加工作，被安排到池西保护管理站瞭望台工作。父亲王本良是老保护人，深受父亲的影响，他喜欢长白山的一草一木。由于常年森林巡护，对家庭照顾少，夫妻产生矛盾，2000 年因婚姻发生危机，原吉林长白山国家级自然保护区管理局将王世强调到头西保护管理站 07 号瞭望台工作。也是这一年，他离婚了。离婚的理由很简单，常年在瞭望台工作，原配妻子不满意聚少离多的婚姻，丢下十岁的女儿另寻意中人。此后，王世强又当爹又当妈，非常艰难。

07 号瞭望塔塔高 30 米，与其他瞭望塔比较，并不是最高的，可是山顶六七级大风常年相伴，坐在瞭望台里，如同儿时的摇篮一样，不停地摇晃。刚到07号瞭望塔，每次摇晃时，王世强有些惶恐，渐渐地便习以为常。但在夏季打雷时，他感到恐慌和无助，无奈只好躲在瞭望台的角落。久之，也习惯了打雷，同时，也学会了避雷的方法。打雷时，来不及走下瞭望台时，一定要远离铁器，不要恐慌，也不要站立，或蹲或坐。他在这里工作的几十年间，这段经历当作经验传授给新的瞭望员。

那时，山顶还没普及通信讯号，网络还是一个陌生的名词。工作在山顶，就是与世隔绝。无法与亲人联络，无法了解外面的世界。在王世强的眼里，一座座山峰就是自己孤单寂寞时的伙伴。

那时，瞭望台吃水困难，冬天挑干净的白雪用铁桶融化饮用。一年十二个月，八个月喝雪水，四个月饮雨水，尽管夏天雨水有异味，但也能减少下山取水的无奈。洗脸是奢侈的，只有要回家前，象征性地擦擦脸。王世强最初喝雨水曾频频拉肚子，时间久了，对不洁净的饮用水产生了抗体。

那时，瞭望塔没有国家电网，依靠太阳能板发电，在冬天太阳能板也被冻得呆滞，发电效果极差，所以照明就是奢望。随身携带的小收音机只能接收吉林人民广播电台。

那时，他守候着山林，却常常因为没有柴火而苦恼。山高寒冷，漫山遍野的森林不能破坏，烧火取暖却是一个难题。冬天下雪后，无法拾拣到树枝杂草，为了减少消耗烧柴，夜晚蒙着被子还要蜷曲身体。越是柴火少时，每一组瞭望员越是舍不得取暖，都在节省，都在挨冻，都想把温暖留给前来换班的伙伴们。

那时，每次上班都是单位车辆把他送到东土顶山下。之后，需要攀爬三公里山坡。山坡坡度六十度，每次登顶都是大汗淋漓。尤其冬天大雪时节，单位的捷豹车不能到山下接送，就连雪摩托都无法派上用场，下山后只能依靠步行走到公路边的驿站再乘坐单位的车。这段路四公里，雪大难行，走起来需要五六个小时。而山下到山顶的路却是大雪齐腰，每次登到山顶，棉裤被雪溻湿，双脚双手冻得麻木。抵达山顶，第一件事便是在炉子上烘烤棉衣棉裤。最初柔软的棉衣，几次烘烤后，变得硬邦邦，保暖的效果欠佳。就这样，每次上班和下班都要各占用一天的时间，无形中减少了王世强陪伴女儿的时间。

尽管工作环境艰苦，王世强从来没有抱怨过，反之，每次登上瞭望塔，感觉这就是一份很神圣的事业。尽管惦记女儿，可并不影响他工作。

他时常告诫自己：护林千万条，防火第一条。干一天像样一天，工作要认真，不能对付。

工作的苦与累对王世强而言只是身体上的透支，对女儿的惦念才是情感上的亏欠，这是一种煎熬，更是一种无奈。

好心人频频给王世强说媒，让他再度组织家庭，可他决然拒绝。理由简单，担心继母对女儿不好而影响孩子成长。离婚后，王世强每次登塔前，把女儿送到母亲家，或者让孩子姑姑来照看。女儿懂事，很听父亲的话，学习也很刻苦。2001 年暑假，女儿的姑姑陪着奶奶去看病，又到登塔时间了，孩子没有了去处，怎么办？王世强只能领着女儿去上班了。

头西保护管理站瞭望员王世强在瞭望台瞭望森林并认真记录森林周围动态

从山下到山顶瞭望塔的三公里山路，陡峭曲折，王世强走多了，习惯了，而他的女儿累得小脸通红也没有抱怨劳累，依然乖巧地跟在爸爸的身后登上了山顶。这一次，小女孩见到爸爸在半山腰的臭水泡取困山水时，很吃惊地问王世强："爸爸，这水好脏呀，能喝吗？"

王世强很严肃地告诉女儿："这就是爸爸的工作环境，你要好好学习，将来就能改变爸爸的工作环境。"

女儿似懂非懂，却默默记下了这句话，成为她努力学习的源泉和动力。

随着女儿成长，生活及学习费用增加，王世强一个人微薄的收入难以维系他与女儿正常的生活开销。无奈，他利用休息的时间在木器厂打工，每天四十元的收入，也能缓解生活上的拮据。穷人的孩子早当家，王世强工作在瞭望塔，不能天天见到女儿，女儿自学能力很强，从没有花费一分钱上补习班，成绩却一直名列前茅。每次见到孩子优异的成绩单，王世强很欣慰，同时，又很内疚，女儿初中三年，他没有参加过一次女儿的家长会。王世强的朋友都成了女儿的临时爸爸，女儿的老师对孩子频频更换临时爸爸都习以为常了。

为了减少父亲做家务的劳累，读初中的女儿便洗衣做饭。女儿初三那年，学习紧张，却在春节来临前，将家里被褥洗得干干净净，里里外外整理得井井有条。腊月二十八，王世强风尘仆仆地回到家后，看到这一切，泪水一下涌出来。懂事的女儿是王世强最大安慰。

那个春节，是王世强离婚后最开心的节日，这些快乐都是女儿带来的。

女儿高考成绩优秀，考入吉林师范大学。面对几千元的学费王世强不知如何解决时，保护中心伸出援助之手，缓解了他的压力。女儿大学期间，生活费每月只有五百元，比同学少了一半。可是，女儿没有怨言，她理解父亲的不易和艰难，尽其所能过着简朴的生活。她深知，父亲工作环境的艰苦、父亲收入的微薄。如今，女儿已经工作，且成立了幸福的家庭。王世强的一块心病解决了。

2017 年，长白山自然保护区在 07 号瞭望塔六十度的山路上修建了石阶，上班不再攀爬陡峭的山坡。站房也重新翻盖，接上国家电网，打了水井，安装了水泵，厨房里还安装了塑料水箱……生活条件跨越式地改善。而王世强却因卧雪爬冰留下了后遗症，手脚麻木，还有高血压已经成为顽疾。随着年龄的增长，脑梗和糖尿病的标签也贴在王世强的体检单上，只能依靠胰岛素调节血糖。双腿的疼痛只能服用止痛药来疗伤，可是，王世强却没有一句埋怨。还经常对年轻的员工说："我们要干一行爱一行，不管干啥，都要好好干。"

每到冬季，王世强一瘸一拐地登上瞭望塔，尽管双腿酸痛，在下雪的日子，他都要抢着去清理石阶。他对另一位伙伴说："我去清理石阶，免得雪后下山找不到石阶踩空。"

是啊，冬季这里的积雪几乎齐腰，如果踩空，整个人都坠入雪中，想爬出来都很困难。

就这样，一千一百一十七个石阶，王世强都要逐一将雪清扫干净。之后，拖着疲惫的双腿几乎挪着回到瞭望塔。好多人不理解，都劝他："何苦清理那么干净，累的是自己，别大步流星地走就是了。"

王世强却说："如果把瞭望塔当家一样看待，所做的一切都心甘情愿了。"

2019年秋天，保护中心领导见到王世强步态蹒跚，明白了这是贴在管护员和瞭望员双腿上的职业病，很心疼他，便将他调离瞭望塔，安排到检查站工作。

瞭望二十载，在保护中心瞭望员中可算之最；瞭望二十载，有酸甜，有苦辣，有艰难，有荣誉；瞭望二十载，与山川对望，与林海相伴。生活的丰足不仅仅体现在拥有大量的物质财富，还体现在拥有人生难忘的经历。

王世强这一辈子与山与树打交道，瞭望塔就是他的家，他把青春献给了林海，献给了瞭望塔，生活不是丰富多彩。每次提及工作，提及瞭望塔，他无怨无悔，都会坦然地津津乐道地讲述着曾经发生在瞭望塔上的故事。

唯有提及女儿时，他却是双眼氤氲，一遍遍内疚地说："亏欠女儿太多。"

是啊，人生最大的遗憾就是对家人的亏欠。

第六章　池西站的传奇

大地给予所有的人是物质的精华，而最后，它从人们那里得到的回赠却是这些物质的垃圾。

——惠特曼

这就是我们的“家”，乍看很粗糙、细看全是洞的木板房。外面一圈木栅栏防止牲畜和野生动物不期来访。往左走，爬上坡，在一片密密杜鹃丛中走一个小时便豁然开朗，再往上就是高原林地特有的景色——高山流石滩。

这条路，三年来走了无数遍。刚开始，我和钟泰还想仔细找出低矮杜鹃丛中最短、最省力的路径，没想到，日复一日地寻找，我们脚下很快显现出一条“路”。之后，任何人上山都可以轻松循着这条清晰的道路前进，不用担心会迷路。山里的猎人会寻找动物走出的“鹿道”“熊道”，而我们在营地附近几十公里范围内留下了一条条这样的“人道”。

我们走出的“人道”，还有背水的道，到周围最近的高山牧场的道，到人字垭口的道……世上最难忘的地方不是靠眼睛认识的，而是

池西保护管理站原办公楼

> 靠双脚。三年下来，这片山水早已刻进我们的脑子里。现在再回去找猴子，哪里有岩石，哪里有高树，哪里可以找到水源，哪里可以临时宿营，哪里在哪个季节滇金丝猴出现频率最高……毫不夸张地说，我至今还可以背出这个区域三天路程内的所有巨石高树、悬崖等等标志性地点。三年的时间，我们在这个只有猎人和挖虫草的人才偶尔光顾的密林及流石滩中，走出了属于自己的地图。
>
> ——摘录肖林 / 王蕾《守山》片段

一边踏查长白山自然保护区，一边疯狂地阅读很多关于自然保护区的书籍，不仅依靠自己的脚步去体悟保护工作的不易，还从作品中感悟保护者的艰难。我读《守山》这本书是因为一位老师力荐，快递小哥把书送来后，我熬了几个夜晚读完。书中的部分描写时不时与脚步重叠，虽然这本书的背景是白马雪山，而我行走在长白山的途中却感觉似曾相识。

阅读与行走同行，不知不觉，“长白山梦想号”抵达池西保护管理站。

池西保护管理站位于长白山自然保护区西部，1988年建成，2013年完成维修改造。海拔1030米。管辖面积29381.92公顷，其中核心区24962.42公顷、实验区4419.5公顷。辖区海拔在1030米至2069米之间，西部与松江河林业局接壤，边界线长约19公里。区内植被类型具有明显的垂直分布层次，自下而上依次为针阔叶混交林带、暗针叶林带、岳桦林带和高山苔原带。主要河流有槽子河、小沙河、大沙河等。野生动物主要有紫貂、黑熊、马鹿、野猪等；野生植物主要有红松、落叶松、椴树、人参、天麻、高山红景天等。

一

都说世界上没有不绝的风景，长白山管护员却有无悔的心情，因为他们天天与大山相见，他们天天与森林相拥。他们每天走进自然，就是遇见最美的风景。如此美景是他们默默巡护，无怨无悔付出，用生命守护出来的美丽家园。池西站周边风光旖旎，由于山高路远，在自然保护工作上，管护员的付出别有一番惊险。每一次惊险，都是用生命在守护巍峨的青山。

1991年7月10日，组长侯广忠带队，领着组员杜伟宏、陈晓竹、刘伟等七人，他们带上一周的食物和塑料薄膜出发了。他们的任务是沿槽子河岸到源头温泉一代巡护，其目的是保护野猪、马鹿等动物资源不被盗猎者偷盗。他们从池西保护管理站出发，需要爬过一座座石砬子山，需要行走近两天才能到达温泉。之后，用塑料薄膜搭起戗子，戗子里铺上树枝和干草作为床铺就地宿营。之后，再架起野外锅具开始做饭，大米和挂面是他们背来的主要食物，临时宿营地便建成了。

这是他们重复多少年来的巡护路程，一道道程序，似乎有些机械，但每次在生活条件上都有细微的改善，这些守山巡山的人都很满足了。

这里是与岳桦林交接的苔原带，夏季凉爽，是大型兽类避暑的好地方，每年入夏后，森林中蚊虫较多，聪明的动物为了避开炎热和蚊、虻，都迁居到这里。这个季节是鹿茸成熟期，盗猎分子极其猖獗，经常会来到这里偷盗鹿茸，或者下套子捕杀动物。管护队员在温泉附近巡护三天，并没有发现异常。第四天上午，在巡护中遇到两个虎背熊腰的盗猎者，从树叶缝隙挤进的阳光照射中看到这两个人都是满脸杀气，凶狠的目光不停地转动。他俩都背着长管的猎枪，见到迎面走来的管护员便明白遇到了对头，二话没说就端起猎枪准备勾枪栓了。

盗猎者都是亡命之徒，因为他们背负着很多野生动物的命案，他们深知，如被公安或者巡护人员抓获，一定会受到法律的制裁。所以，他们会拼命保护自己，或是逃跑，或是干掉对手。尤其在深山老林里，没有目击证人，打死对方短期内都不会被发现。所以，盗猎者端着枪，瞪着血红的眼睛，意在拼个你死我活。

管护员从多年巡山与盗猎者周旋的经验中，判断眼前两个盗猎分子绝非等闲之辈，不是一般盗猎者，他们随时可能开枪。那时，管护员也佩带枪支，平日训练枪法也绝不示弱，第一反应也端起枪。对方两人不留余地地扣动扳机，就在这一刻，刘伟唰地低下头，感觉一阵冷风划过头皮，头发唰唰都立起来。这时，一颗子弹平行擦过刘伟背部，穿过他的背囊，背囊中的饮用水壶被击中，水流了出来，湿透他的衣裤。刘伟感到周身寒意，瞬间，一个被击中的信号从大脑发射出来，裤脚下边传来嘀嗒声，感觉就是在滴血。他心想被打中了，随后瘫坐在地上。盗猎分子对自己的枪法很有信心，见状以为击中了对方，撒腿便跑，边跑边扭身继续开枪。巡护小分队其他人虽然都端着枪，他们深知子弹不长眼睛，每一枪都要谨慎。被惊吓的刘伟在枪声中醒过神来，摸摸脑袋毫发未损，没有多想，一下又蹿起来，急忙去追赶盗猎者。盗猎分子是亡命之徒，为了逃命，子弹一颗颗向管护员飞来。迫于无奈，刘伟才扣动扳机，不见击中对方，盗猎分子却瞬间从眼前消失。随后，枪声停止，盗猎分子与枪声都蒸发了。巡护小分队便分头寻找盗猎分子，活不见人影，死也不见尸体，这两个人就这样淹没在林海中。

之后几天，他们一边认真巡护，一边小心搜寻失踪的盗猎者。巡护小分队在明处，盗猎者却在暗处。他们胆战心惊熬到第七天，回到营地后，刘伟方才从惊吓中清醒过来。在他讲述与盗猎分子对峙和反扑的过程时，所有的管护员都听得心惊胆战。子弹分辨不出好人与坏人，原来生死就在瞬间。越发回忆这次巡护过程，越发感到惶恐和后怕，此次巡护的七名管护员也算死里逃生。

原来那两个盗猎者在逃跑中从峭壁坠落，虽然没有摔死，却遭受重伤。之后，被其他保护站的管护员在巡护中搭救，送进医院疗伤，保住了性命。他们伤好后，被移交公安部门接受法律的制裁。

池西保护管理站管护员在森林巡护

二

池西保护管理站还有那么一群人，进山巡护后，没有按预期的时间归来。山中没有联络信号，进入大山便与世隔绝。山中，他们如火如荼地巡护；山外，家人心急火燎地寻人。通常，可预见的危险容易避免，还有许多危险难以预料。

池西保护管理站管辖区位于四道河源头，野山参资源丰富，盗采野山参的人都会偷偷地潜入。池西站格外重视对野生资源的保护，每年7月，站里都会派出巡护能手行走一天进入四道河区域，驱赶挖山参的盗采分子。

1992年7月中下旬，池西保护管理站党支部书记蒋鹏带队，孟庆礼、杜伟宏、刘伟等七人背上一周的给养紧紧跟随，一起进入野山参茂密的林海深处。

长白山属于典型的火山地貌，沟谷密布，20世纪90年代，通信和网络都没有普及，山林中无法接受通信信号，只要进入深山中，便与家人彻底失去联系。那时，管护员每次进山巡护时，家人都在提心吊胆。这次，他们出发时与家人预定归来期限为一周。然而，一周时间很快到来，七人并没有到家。七个家庭纷纷来站里寻人要人，站里的领导和职工也一样焦急，林海茫茫，偶尔也有走失的情况发生，但三两天也都能回来。而这七人只带一周的给养，晚归一刻就有挨饿的可能，家人的恐慌在与时俱长。

等啊，盼啊！望眼欲穿。

原吉林长白山国家级自然保护区管理局的领导获悉七人失踪的消息万分焦急，又调动另一七人巡护小组进入山林寻找。偌大的山林，七个人如同尘埃一样，寻找也只能漫无目标地进行。第二个七天仍不见他们归来。这时，有几位失踪的管护员家属居然坐在池西站的办公室里哭哭啼啼。就在领导都束手无策的第十五天，失踪的七人筋疲力尽地回来了，或背或扛，都是重负荷背着大包小裹。头发乱蓬蓬如鸟窝，胡子凌乱，几乎盖住了嘴唇，一身迷彩服也破烂不堪，他们几乎就是野人的装扮。

原来，他们到达四道河区域后，遇到五六十人组团来盗采山参，他们对盗采者就地教育，没收盗采山参和他们所带的给养后，将这些人从森林中清理出去。就这样，他们一边巡护，一边清理，也一边没收盗采分子的给养，走着走着便离开四道河区域。他们又经过几天的彻底巡护，将周围二百多名盗采者全部清理出保护区。同时，给养也消耗殆尽，才背着盗采分子盗采的人参返回来。

其实，他们这次“失踪”也是迫不得已，保护资源是他们的使命。因为突发事件，约定的时间也只能延后，他们心中有小家，但是，他们的心中更装着长白山这个大家。

池西保护管理站管护员在秋季森林防火巡护途中休息

三

巡护工作不仅枯燥，还伴随危险，每一次巡护都是在用生命去守护长白山的安宁。长白山自然保护区的六十年，对于经历沧桑的大自然而言，如白驹过隙，对于守山人来说，已经三代人奔走在这片山林，大山在三代守山人眼中是宝藏，是家园，对于动物一样也是家园。守山人常常在巡护时便能邂逅野生动物，譬如黑熊。

古木参天的森林，遮天翳日，看上去阴森可怖，神秘莫测，周边村屯的老人常提及有人失踪的往事，失踪的原因很多，被动物吃掉了，走不出来饿死了……这些故事，是否真实并不重要，而我每次听到，都感到凉意在血管中乱窜。对于守山人来说走进原始森林，便潜伏着危险与死亡，盗猎者暗藏险恶，野生动物潜在危险。可是，巡护是工作，守山是使命，大山里的这些管护员，明知山有虎依然山中行，明知危险在，却没有一人退缩逃避。

只有巡护在森林深处的最前线，保护才最有效果。

2013 年 8 月 20 日，秋防期间由池西保护管理站组长周长吉带领五名管护员，他们在槽子河沿岸喘息坡落脚，因为这里是原始森林，野生动物出入频繁，红松种源也极其丰富。他们五人用帆布在喘息坡搭好戗子，算是安营扎寨。

这里没有电源，夜间只能靠电瓶连小灯泡；这里山高，收音机收不到任何信号。变幻的山林，只有兽、鸟、虫们的嗥叫和鸣唱……

每天深夜，都会有三五只黑熊前来戗子“拜访”，黑熊围着它们眼中的“怪物”戗子兜着圈徘徊，一圈又一圈，并且嗷嗷嗥叫不停，凄厉的嗥叫声在夜空中回荡，也在戗子里抖动着。周长吉五人恐慌无助，把锯子、斧头等防身工具放在身边，一旦黑熊进来了，这些工具可以给自己壮胆。这些黑熊邻居就这样持续“拜访”半月有余，几名管护员不敢安心入睡，几乎夜夜都在恐慌中度过。

无奈，只好求助保护站救援，保护站捎来两只爆竹，趋于防火安全，放爆竹时还要小心加谨慎，爆竹声令黑熊恐慌了，起到震慑的作用，黑熊暂且按下了夜晚“串门”的停止键。可是，好景不长，静寂的夜晚只维系了七八天，黑熊又恢复如初，又按时按点在深夜来戗子外咆哮。

黑熊来访如约会一样准时，这次只听叫声不见熊影。秋防需要11月中旬下大雪后才能结束。尽管黑熊不停地骚扰，五名管护员也不能离开。搂着斧子，握着铁锯，忍受着，忍受着。还好，黑熊只是嗥叫，没有伤人。

黑熊深夜咆哮一直持续……

他们下山后，动物专家告诉他们：森林是动物们的家园，这片山林本是黑熊的领地，人类的巡护占据了它们的地盘，黑熊的叫声是告诫，也是诉求，是想让人类离开它们的家园。黑熊还有一个习惯，它们出来“巡山”时，故意留下尿液，这是动物的信号，是告诉其他动物，这里属于它们的地盘，不要轻易侵占。

管护员只是暂居这里，动物不明原因，对它们而言也是威胁。

就在那段日子里，有一天，组长周长吉领着邢强、苏东雷和张经纬，沿槽子河岸两旁巡护时，走到鹰嘴砬子处，他们感觉疲惫，就坐在一根半米粗的倒木上休息。这时，听见不远处的河下有咕咚、咕咚的声音，队员以为是非法入区人员，起身站在原地静候凝望，声音越来越近，管护员们顺声音处一瞧，大家顿时吓得脸色苍白。只见一只黑熊从河沿爬出来，黑熊一身浓黑的毛，圆瞪着一双蓝黑色眼睛，竖起一对小耳朵，看似紧张地环顾四周。黑熊与他们四人距离不到三米，人与黑熊相互对视着，僵持着。苏东雷年龄小，经验少，坐在倒木上浑身哆嗦；周长吉毕竟是组长，年岁长，经历多，左手将苏东雷按在身后，右手拔出随身携带的匕首。邢强体格健壮，但也是头回和黑熊面对面，他双手抱起旁边的干倒木，准备和黑熊拼了，四人都屏住呼吸不敢言语。就这样和黑熊对视几十秒。看似笨拙的黑熊，其实，一点也不笨，可能它也害怕，

池西保护管理站野外宿营点里，老管护员培训新人巡护常识

见眼前的人多，扭身顺着反方向跑开。黑熊奔跑时，管护员们明显感觉到地动山摇，待黑熊跑远后，大家才敢起身，苏东雷吓得腿都发软。

待他们稳定心情后，周长吉才调侃说："终于见到了夜夜前来串门的大笨熊了。"

其实，周长吉也是惶恐的，他巡山几十年，平时见到小熊仔儿很多次，已经不足为怪，这次与大黑熊近距离相遇也是第一次。他之所以调侃，只为安抚邢强和苏东雷的惊慌，因为他知道，那一刻，他们似乎是在生命的尽头挣扎。

四

自然界每一个灵动的生命都是构成自然生态的要素。热爱生命是幸福之本，同情生命是道德之本，敬畏生命是信仰之本。人类要热爱自然，还要保护自然。看山看水时，看到的是风景，体会到的却是内心的宁静。作为自然保护区的管护员，不仅喜欢这份工作，更是热爱这份工作，他们带着虔诚，带着敬畏，每一次巡护都用生命在守望这片青山的生机勃勃。

池西保护管理站辖区的槽子河源头是温泉地带，这里的管护员每年都会巡护几次。早些年，这里盗猎者十分猖獗。如今，总有驴友来这里泡温泉，一路走来，撇下生活废弃物，之后从这里登主峰去看天池。池西保护管理站管护员来这里一为驱除盗猎者和驴友，二为清理这里的垃圾。经年累月，他们来这里多少次都无从计数。但是2005年那次巡护，对于管护员是一次挑战，也是一次生死较量，留下的记忆不可忘却，每次提起，都是心惊胆战。

那年秋季，由前勤副站长赵志勇带队，领着潘金太、曲鹏满、孙峰、刘翔旭、董斌，从长白山旅游区西景区往温泉行进。从这里出发，山路陡峭，需要翻过五座山峰才能到达温泉，但可以节省很多时间，否则绕路前往要多出一倍的时间。这条路，老管护员曾经走过，至于艰险，管护员们都习以为常了，常年在深山中穿梭，悬崖峭壁不足为奇，也不以为怪。但对于年轻的管护员，没有经历过，自然是恐慌和畏惧。当他们攀上立陡的青石峰后，发现从已经风化的石壁上没有规律地滚落碎石，其中一块碎石从董斌头上唰地落下，后面的两名管护员看到这一幕，双手攀着石壁，双腿哆嗦起来，他们不知何时还有碎石落下，不知何时将会失去生命。赵志勇扭头看到这一幕，胆战心惊，急忙嘱咐他俩："抓住砬子，不要动，慢呼吸。"随着他俩呼吸渐渐稳定，赵志勇命令他俩撤退，顺原路返回，见到他俩安全退出危险区后，剩下的四人继续翻山越岭，按时到达源头温泉。

这次历险过后，孟庆礼站长严肃地告诫管护员，从青石峰通往温泉的"捷径"彻底在巡护路线中删除，因为捷径与危险比邻。孟站长说："我们的任务是保护大自然资源不被破坏，也要更好地保护自己的生命，有你们在，才有森林的平安，管护员也是长白山的资源，是大山的保护者资源。"

五

村上春树《挪威的森林》写道："每个人的心里都有一片属于自己的森林，迷失的人迷失了，相遇的人会再相遇。"长白山自然保护区的守山人，在清澈的溪流、葱茏的林海和高耸的山峰之间，相遇一座属于自己的"自然与心灵的家园"。

在长白山脉上，延绵着许许多多小山峰，好多小山峰没有名字，但凡能够令人记住名字的小山，都有其与众不同的故事、出处传说、来源事件，抑或有关地理位置等等。鸡冠山因有长白山自然保护管理中心池西保护管理站11号瞭望塔而成为长白山自然保护人常常提及的小山峰。11号瞭望塔海拔1300米，位于长白山天池正西，塔高36米，西北方是林业局的槽子河林场，正西方是白溪林场，与长白山自然保护管理中心维东保护管理站的03号瞭望塔遥相呼应。

为了踏查11号瞭望塔，在暮秋时节，我从池西保护管理站出发，顺着环区狭窄的公路车行半小时后，到达通往11号瞭望塔的山路。这条山路本不是路，而是瞭望员在树趟中穿行踩出的空隙，算为路也是瞭望员自己的小路。这条通往鸡冠山的小路约有两公里，需要行走二十分钟才可抵达。小路的两边长满节节草，绿油油地盖住了树木的根部。节节草学名木贼，茎干一节节地向上生长，节节草不长叶子，而它的绿茎却是一味治疗眼疾的良药。行走在树叶枯黄而纷纷飘落的林间，节节草疏落有致，这抹绿自然多出了一份别样的生机，一根根节节草又如一支支笔插在泥土中，似乎等待着我书写这道风景。穿行其中，自然减少了很多疲惫。

11号瞭望塔也如其他瞭望塔一样，也在无水无电的艰难风雨中走来。瞭望员的生活条件在长白山自然保护管理中心的关怀下，也在一点点地改善。如今，太阳能板解决了照明的难题，而饮用水依然需要去两公里以外的小沙河用双肩来背。一个双肩的布包，里面装着一个白色的塑料桶，每天背水往返需要一个半钟头，也只能背回二十五公斤重的河水。小沙河是松花江的源头之一，水质清澈，仅此水质上的优势，足够令这座瞭望塔上的瞭望员自豪和满足。然而，在山林中上坡背负重物也是极其艰难的劳动，所以，他们平时用雨水洗菜及洗脸。宿营房的屋前摆着润滑油的包装桶作为接纳雨水的工具。大小不同，高低有别，一个个塑料桶摆在门前，如一个个积木交错着，又如一个个音符错落着，这些塑料桶在雨天便成为寂静的山顶可以弹奏“交响曲”的“乐器”，因为，每每雨来，雨滴与塑料桶嘀嗒嘀嗒交流时，便给小山峰带来动感，带来乐章，带来忙碌，瞬间鸡冠山顶显得热闹起来。

攀登瞭望塔是我踏查的必经段落，只有登及高处，才能体会到瞭望员的辛苦和感受。踏完一百二十九个台阶之后，登上瞭望台见到了瞭望员王桂有。1965年出生的王桂有曾是一名水暖工，因为喜欢大自然，2000年从其他部门调到吉林长白山国家级自然保护区管理局（长白山自然保护管理中心前身），并扎根在池西保护管理站，成为一名防火瞭望员。年轮一圈圈扩延，而他也从壮年变成中年，斗转星移，他已在这座瞭望塔工作近二十个年头了，也成为瞭望员中瞭望年头最长的前辈之一。二十年，两个年代，二十年，四个五年计划，而他却默默地坚守着。

王桂有不仅是水暖工，还精通电器修理，瞭望塔上的太阳能板坏了，他亲自来维修。

其实，他最擅长的是厨艺，闲暇休息时，他去酒店帮厨，娴熟的厨艺十里八村都赫赫有名。好多厨师只会调理他人的餐桌，而忽略自己的餐饮。王桂有却有别于其他厨师，他把精湛的厨艺淋漓尽致地发挥在鸡冠山上。每次上山前，他都要为驻扎瞭望塔的日子精心设计菜谱，准备好食材背到山上来。每顿主食不光要有米饭，各种面食他都得心应手，虽然都是家常菜，却做出酒店的味道。两个菜一碗汤是他们餐桌的最低配置，遇到节日，两荤两素四个菜。与他一起工作生活在塔上的伙伴逄人便说：“别看我是瞭望员，可我每天都吃着

池西保护管理站11号瞭望塔瞭望员工作中

酒店厨师做的大餐。”在他的食谱里，每周还要包上一顿饺子。尽管猪肉买来时怕坏，是用盐腌制的，但是包成饺子，味道并不差。

是啊，满足了胃，每天工作起来才更有干劲。

每年端午、中秋等节假日，总会令他们感动。这时，池西保护管理站站长都会送来粽子、月饼等代表节日仪式感的慰问品。王桂有说："如今谁也不缺零食，可是，每到节日，站里能想到我们，心里总是热乎乎的。这时，我就站在瞭望塔最高点，感觉山林都在为节日欢呼。我就对着大山喊'我爱你——大山！'"

大山孕育瞭望员的情怀，领导关怀滋润他们的心田。有一倍关爱，就会升腾出几倍的感动。

山顶面积不大，可瞭望员却在这里开垦出一块菜地，春天种上小菜，虽然生长缓慢，到了秋天，一样可以收获纯天然的菜蔬。自己开垦自己种地长出的蔬菜，味道与众不同，营养也有别市场买来的菜蔬。

生活就该如此，孤独枯燥的工作是定式，只有改变心境，才能让工作多出期待和新奇。

而我听到这些故事后，突生疑惑，试探性地询问王桂有：“你有好厨艺，为何还要在这里工作，开饭店当厨师，收入都很高啊。”

王桂有摆摆手说：“可我喜欢长白山啊，站在瞭望塔上对着大山呐喊，声音在半空回荡，我的心情豁然开阔。每次想到我端着望远镜眺望远方，随着季节的变化，目睹了大山的春夏秋冬，总是无比的开心，所以舍不得离开啊！”

一句“舍不得”蕴藏深深的浓浓的爱。可是，平实的瞭望员却把这份爱说得如此简单，轻描淡写的爱却是瞭望员内心无垠的大爱。

当我从瞭望塔走下来，移步到塔边上的宿营小屋时，因为更多的好奇，我掀开了热气腾腾的铁锅盖。里面热着他们的午餐，没有大鱼大肉，极其普通的西红柿炒鸡蛋、素炒白菜片，瞬间却能勾起我的食欲。锅边的凉菜由干豆腐和白菜丝组合而成，刀功和颜色的搭配，感觉一场宴会即将开始。

如果瞭望塔的蔬菜和粮食不是瞭望员湿透衣裳背上山来，我一定会厚颜留在这里与他们共进午餐。因为那些简单的菜蔬在王桂有的手中变成了一道道佳肴。可惜，这只是一种愿望，我不能也不忍心，去侵占他们不知洒落多少汗水而背上山的给养。

怀着敬畏和遗憾离开11号瞭望塔，可脑海里留存着老瞭望员把艰苦的生活经营得如此丰富的画面。孤独枯燥在有些人的眼里是表象，在有些人心里是现象，如何去调理是学问，11号瞭望塔的瞭望员把这份寂寞的工作以生活的方式经营得风生水起，料理得有滋有味。

生活本应如此，辛苦或奔波，都是想把生活经营成自己想要的样子。11号瞭望塔，不是楼阁庭院，而这里的瞭望员，却把这里经营得别有洞天。

六

在山里，见到野花野草纯属寻常景色，但也会收获一番诗意的浪漫。野花野草是大山的精灵，少了花草，亦少了灵动，亦缺少自然的气息。长白山自然保护管理中心池西保护管理站的房前屋后，栽下很多野花，一朵朵很平常，而汇集在山中的这块“盆地”中，恬静无争，自在逍遥，给寂静的山林增添了烟火气息和生活韵味。

这些野花是站长孟庆礼与员工从山里移植而来，一株株栽下，渐渐地花开满园。

孟庆礼是东北林业大学自然保护专业的高才生，20 世纪 80 年代末毕业被分配到原吉林长白山国家级自然保护区管理局池西保护管理站工作，1992 年调到原吉林长白山国家级自然保护区管理局资源处，工作几经调动，2011 年调到池西保护管理站担任保护站的大家长。

他工作三十多年间，遇见的故事如花园的花一样多，而我只采撷其中的几朵，将这份惊艳奉献给读者。

1990 年，孟庆礼在池西保护管理站工作，每天早四点起床，披着晨露钻进林子里，他要对鸟类进行调查。他要观察鸟类的颜色，他要倾听鸟类的叫声，之后再与鸟类图谱逐一比对后，分辨出鸟的种类以及知晓鸟的名字。调查一年后，但凡听到鸟类鸣叫，他都可以随口说出鸟的名字。经过日积月累的调查和记录，他撰写了《鸟类调查》《鸟类标本》等论文发表在《长白山》杂志上。之后，他又设计踏查两栖动物的样线，依然利用晨起时光进行调查。一日，他往八里桥一带调查，碰见了一只黑熊，顿时，孟庆礼全身哆嗦，还好，黑熊虽然与他只有五六米距离，却瞅瞅他没有任何反应，后来居然扭头跑开。当时虽然有恐慌，但并没有太多的惧怕。当他把这件事当作笑话讲给前辈后，前辈都为他捏了一把汗。前辈们告诉他：“你见到的黑熊没有受到过人类的袭击，它对你没有伤害，如果是被人类袭击过的黑熊，心里有阴影，再遇见人就会猛烈袭击。你今天很幸运，死里逃生。”尔后他再想想这只黑熊，才真正知道惶恐。

又有一次晨起，他也是为了调查动物足迹样线，他沿着 115 方向进入山林，顺着河流行走 200 多米，发现迷了路。他静静地听林子的声音，已经听到汽车飞驰而过的声响，似乎自己也在朝着汽车奔跑的方向行走。然而，走了一会儿后，发现越走越远。他感觉到方向的错误，尔后倚着树干休息。那一刻，他的大脑已经不受他掌控了。那时候 GPS 还没有普及，他只好坐下，冷静一个多小时后，再仔细辨别声音，居然又听到了汽车声响。再次顺着汽车喇叭声走去，行走二十分钟见到公路后才彻底清醒。那段时光调查森林样线的积累，他不仅收获了巡山的经验，还撰写了《风灾区植被恢复》《长白山保护区森林防火系统》《两栖动物的研究》等论文，为保护长白山资源和植被的自然保护留下宝贵资料。

池西保护管理站站长孟庆礼在巡护

沿着时光的脉络，孟庆礼走过了山林，蹚过了河流，2002 年走到了维东保护管理站，担任了副站长。那年，12 号瞭望塔发现中心岗蚂蚁河到锦江之间有烟雾，孟庆礼带着五人出发了。每走一段路，都要点燃一根烟，用香烟的烟雾与火场的目标丈量距离，就这样走走停停，天黑前到达烟雾目标处。火势不大，没多久就扑灭了野火。夜半时分下起了大雨，是留还是撤？经过商榷，孟庆礼果断决定撤离。天黑无法辨识方向，孟庆礼拿着手电筒在前面带路，他告诉管护员一个跟着一个别掉队，孟庆礼依靠大树根部的苔藓和树皮的裂纹判断南北，走了三小时回到营地。这样可以熟睡几小时，可以缓解疲惫，再度进山巡护时精力能充沛些，同时，也减少夜宿野外因寒冷而感冒的隐患。

那些年，总有不法分子制造火情，目的是声东击西盗取资源，加大了守山人巡护的难度，为了森林资源，要保护，要防范，还要扑火。一次，12 号瞭望塔东南部王池附近，在海拔 1300 米左右发现烟雾，孟庆礼得到消息后很焦急，那是风灾区，很容易火势蔓延，他马上带着管护员背着水袋顺着烟雾的方向前往火场。一番扑救，控制火情。为了避免死灰复燃，必须在这里蹲守两天两夜。那时是夏季，出发前都穿着单薄的衣服。到了夜晚，温度骤降，一身单衣如同无衣，巡护队员如同赤裸在风中。那次守火场的记忆，孟庆礼刻骨铭心。

他在维东保护管理站工作八年，参与救火七次，每次扑火都如同脱胎换骨。每次的辛苦和寒冷都让他终生难忘。再度忆起，孟庆礼仍感到寒风袭来，不自觉会打起寒战。

历经保护站的所有辛苦，即人生的锻造后，在担任池西保护管理站站长时，他在管理上倡导前勤后勤一盘棋。他将工作任务合理分派给副站长，之后阶梯式地再分到组长和管护员。每一个岗位都能充分发挥作用，调动潜能，相互包容，相互帮扶，调动员工的能动性和主动性，让每一位员工都在快乐中工作。孟庆礼主张宏观管理，划分出责任区，每一区域都有不同的针对性，尽其所能地让组长和组员发挥内力，发现和创造他们的奇迹。

为了管理无死角，孟庆礼背着帐篷与管护员们一起巡护。一次他们走到白云峰与白河站接壤处，这里资源丰富，眼前的天麻等珍贵药材如集市，起起伏伏好热闹，孟庆礼心生一计，摆摆手叫停行进的脚步，他想利用天然的课堂，为管护员普及一堂植物课。他蹲在每一株植物前，细心地给管护员指导每种植物的特点和性能。保护站的新兵惊愕地瞪大眼睛，他说:“我以为它们就是野花野草呢，原来这么珍贵啊！在中药方里都听过这些药名，原来都长在长白山啊！”

一站之长如同一个保护站的家长，孟庆礼提倡用心管理，他与管护员的心就这样拉得很近。

组长杜文龙因巡护回家少，原配妻子决定离婚。这个消息对杜文龙打击颇大，有些自暴自弃。孟庆礼知道后找到小杜，与他谈心了解婚姻的病根。之后与小杜探讨维系眼前婚姻的利与弊，他说:“留住人留不住心，与其将就不如早早放手。再找一个理解你的工作，会过日子的女人一起生活。”

孟庆礼是站长，也是家长，还是心理医生。杜文龙斟酌后决定放下这桩婚姻。此后不久，他遇见了如今的媳妇，日子虽不是很殷实，但是他们互相理解，互相包容。在杜文龙新的婚姻中，孟庆礼间接成了红娘。

情感的世界都是当局者迷，旁观者清，孟庆礼甘当保护站年轻人的心灵导师。

管护员于洪团最初不懂如何处理情感如何谈恋爱，2019 年认识一个女孩，女孩对他一心一意。可是，小于总疑心自己身体有恙而影响今后的家庭，对象领着他去抚松去长春看医生，经过一番检查，小于的身体健康。孟庆礼获悉这件事后，与他聊天解决藏在他内心的障碍。小于从困惑中走出来，与恋人即将启动婚姻模式。

孟庆礼最担心管护员进山迷路，为了避免这一事故发生，他利用下雨阴天的空当，培养管护员进山后独立生活的能力。以他多年巡护的经验为知识点，给新人讲解森林植被的分类和每一个季节的分布情况，以及野外生存的能力……从业务上提高巡护的能力，从思想上树立正确的人生观，定期解读相关文件和知识点，倡导绿水青山就是金山银山。孟庆礼深知，踏实工作的源泉是生活的氛围和质量。池西保护管理站的生活条件一直不佳，为了改变生活环境，他一遍遍申请，甘当设计师，大到办公楼的布局，小到自来水管的铺设，以及污水处理分解等细微处。功夫不负有心人，如今，池西保护管理站的新居正在建设中，不久的将来，池西站将是一座具有现代化设施的保护管理站。

与众不同也是突破。最抢眼球之处，便是办公楼前的那片花园，都是管护员从山里挖来的野花，年年增加品种，变成了一个微缩版的长白山植物园。既可以观赏，又可以作为员工的科普课堂。这些深山的花，途经有心人的手来到池西保护管理站，花与花相遇，花与花汇集，在寂寥的山中，它们共处园中，争奇斗艳，点缀池西。这是偶然的培植，也是必然的怒放；这是一种理念的引领，也是一种格局的展现。正是潜移默化的行为所在，孟庆礼在 2019 年荣获国家林草局颁发的“全国生态建设突出贡献奖”勋章。

荣誉的所得不是一朝一夕的彰显，而是经年累月的付出。这里的花开只有一季，而深情却温暖四季。孟庆礼如园丁，在池西保护管理站里，教诲员工如何做人，如何做事，就如同窗前花园的野花一样，用心培植，用心哺育。

每一个保护站都有平仄，每一个站长都有故事，孟庆礼却在寻常的工作中，添上几多色彩、几笔韵脚，足以诠释多风多雨的森林，演绎着无数动人的篇章。

第七章　维东站的担当

人是自然的仆役和解释者。

——弗·培根

那一年，我还听说另一个山林故事：在海拔千米的针叶林深处，一个老猎手在距地面一米半处砍倒一棵冷杉。他事先算准树倒的方向，使倒树准确地落在十多米开外的一个大树桩上，把整棵树离地面五尺横架在空中。他这么干有个缘由，等三十年后，这棵倒下的冷杉上将生长一种寄生植物长松萝，獐子（原麝）最喜欢吃长松萝。那时候，自己的小孙子长大了，就可以在这棵冷杉上绑套子套獐子。然而，三十年不到，由于过度猎杀，长白山的獐子已经绝迹。

——摘录胡冬林《山林》

曾有一段时日，长白山自然生态遭受蚕食，珍稀动植物破坏严重。如今，有森林卫士的保护，森林不再遭受破坏，河流不再污染，这些斐然的成绩都是自然保护者的艰苦付出换来的。在理想与现实之间，有一个词语，叫作“行动”。长白山自然保护管理中心的管护员们一直默默用足迹践行这个词语。他

维东保护管理站原址

们把工作的“苦”当作人生的“甜”，没有怨言，没有牢骚，默默无闻地用一份担当书写人间的大爱情怀。

维东保护管理站是长白山自然保护管理中心九大保护管理站中保护区域最大的保护站。它位于长白山自然保护区西部，西部又与松江河林业局接壤，交界线长 16 公里。管辖区域 33720 公顷，辖区位于海拔 984 米的岳桦林带，保护区域动植物丰富，有中华秋沙鸭、紫貂、棕熊等珍稀动物，有人参、草苁蓉和高原红景天等珍贵植物。这里处于风灾区，是长白山自然保护区保护的重中之重。

一

特殊的地理位置，生长着珍贵稀有的物种，维东站的管护员付出常人难以想象的艰辛。一份坚守，一份担当，一份大爱，演绎平凡而又生动的故事——其中，有一种责任叫“救助”。

管护员经年累月在长白山林里巡护，对于山里动植物的分布区域了如指掌。

1994年冬天，盗猎分子非常猖獗，维东保护管理站便派出一支由组长李光浩带队的巡护组，同行有李校、张占军、王贵福、于德江四名管护员，领命去旱河堵截盗猎分子。他们出发后，顺着运柴线进入林区，一行人徒步五小时后，即将接近苔原带时，听见不远处传来了枪声，且接连不断，对于职业的本能及对枪声的判断，被称为“及时雨”的巡护组已经知道盗猎分子就在前面追赶动物。他们本来已经很疲倦，枪声让他们警觉起来、精神起来，加快脚步，迅速穿过岳桦林带，到达了苔原带。这时，二百米内发现两名盗猎分子，一人端着一支枪，巡护组五人分散形成包围圈，开始继续追赶。

与此同时，巡护组又发现一只母熊领着三只小熊。小熊刚刚出生不久，体重不足百斤。这里山路崎岖，石壁陡峭，管护员行走特别艰难，而笨拙的熊在山路上奔走却很机灵，它们连滚带爬向山下滚去，其中，一小熊体质弱，掉队了，落在后面。

从峭壁的地形分析，这几头熊被盗猎分子追赶了很久，在即将追上的关键时刻，被巡护组发现。面对突发事件，李光浩决定，五人中留下于德江和张占军看护掉队的小熊，其他三人继续追赶盗猎分子。

掉队的小熊很疲劳，吃罢巡护组带来的香肠后，躺在岩石上竟然睡得香甜。没多久，对面的山上传来母熊的嗷嗷叫声，它在呼唤掉队的孩子。睡梦中的小熊睁开眼睛，东瞅西看后，似乎明白了什么，急忙滚下岩石，灵巧起身向母熊呼唤声跑去。小熊经过休息，体力恢复，竟然随意地翻过山坡离开了他俩。

随后，他俩顺着枪声前行，去支援小分队。他俩清楚这一带的地形，抄近路，节省很多时间，就追上了小分队。

盗猎分子猖獗到直接向管护人员开枪，在威胁管护员，两名盗猎分子一边逃跑一边开枪。子弹嗖嗖地在他们耳边飞过，子弹不长眼睛，随时都有被击中的可能。其实，盗猎分子内心也恐惧，因为他们扼杀动物后也是惶恐不安。管护员一边追赶，一边向天空鸣枪，一样也是警示，同样也是保护。

天色渐渐暗下来，跑在前面的盗猎分子，从管护员的视线中消失。剩下一名盗贼还在疯狂反击，枪声有些凌乱，如同他的内心。当他翻过一根粗壮的倒木后，枪声戛然而止。追赶的队伍也随之驻足，不清楚枪声为何停止，是埋伏等待突围，还是弹尽粮绝？种种猜测都合情合理。但是，为了管护员人身安全，只能就地等候，一分，五分，十分……足足等了十五分钟，看不见人影，也听不见声音。五人经过商量后决定包抄。

五人小心翼翼地围住了倒木，却发现盗猎分子捂着胸口倒在树旁。

李光浩不愧老管护员，经验丰富，他说：“这个人可能有心脏病。”

维东保护管理站管护员在巡护途中休息

其余四人，相互看着，他们不知如何处理眼前的突发事件。

李光浩俯身摸摸盗猎分子的鼻息说：“还有呼吸，虽然他是盗猎分子，但是遇到这种情况我们必须救他。”

“咋救他？”四人异口同声。

“只能背出去，到医院找医生。”

管护员已巡护八小时了，米水未进，况且一直处于追赶盗猎分子的紧张状态。可是，为了挽救患病的盗猎分子，只能轮流背着他翻山越岭。天寒地冻，蹚着积雪，爬过结冰的山坡，不知是身体疲惫，还是盗猎分子魁梧，他们感觉背后的病人越走越沉重，如同背着一块铁石。漆黑的夜，他们碾着积雪，深一脚浅一脚，天亮了，他们才走出林海。

可是，当他们把盗猎分子送到卫生所时，他早已咽气了。经过法医鉴定，盗猎分子因突发心梗停止呼吸已经很久了。

逃跑的盗猎者在一年后，因又一起盗猎案件被公安机关绳之以法。

二

2006年那年，长白山管委会成立。经过长白山管委会决定，红松种源不再对外承包，一时间，整个长白山自然保护区的红松种源受到各界人士的格外关注。盗采人员也开始疯狂进入红松种源区。为了防止资源被盗，长白山自然保护管理中心在红松林带采取集中人力驻扎戗子，死看死守的办法，避免红松种源遭受破坏。

维东保护管理站地处海拔984米的岳桦林带，辖区红松种源极其丰富。为了这次战役，站长于德江带领七人“出征”。因为进驻戗子需要很长时间，所有的给养包括个人物品都要准备充足，所以他们每人都要背着二十五公斤以上物品，因为负重沉，行动就缓慢。实际上，行程并不远，正常轻装前行，大约两三个小时即可到达预定的位置。因为负重太沉了，却耗时八小时走到目的地。

到达之后，首先选定了一个老戗子。这是以前吉林长白山国家级自然保护区管理局留下的戗子，条件极其差。如果时间允许，他们可以再重新搭建一个新戗子，可以铺上地炕，环境就要好一些。可是，时间紧，任务重，只能在条件差的老戗子安营扎寨。老戗子地势比较低，里面曾存过水，随着温度下降，夜里周边布满冰碴儿。

既然选择把这里作为根据地，所有的困难只能当作背景。

为了劳累一天后的管护员回来能有热乎的饭菜，每天巡护时，留一个管护员看戗子烧炕做饭。可是，每次做饭时，临时的灶台倒烟，只能一边做饭，一边扇风，一边擦眼泪，倒出的烟灰呛得管护员泪流满面，脸颊上被手臂涂抹出"黑白水墨画"。平日，在家二十分钟可以煮熟的饭菜，在戗子里需要两小时。同时，他还要烧炕，燃起的火苗中途逆反，浓烟弥漫在戗子里。夜晚，炕头热得如烙铁，炕梢凉得如冰面，无法想象的冰冷。睡觉时，只能用外衣把头和脸围住。空气里没有温暖，多少层的保护都抵御不了严寒。

大雪不间断地落下，已经接近30厘米厚时，盗采分子依然猖狂，管护员们还不能撤离，要与盗采分子迂回周旋。戗子虽有一层塑料薄膜罩着，但如同蚕丝根本抵御不住风寒。根据盗采和盗猎分子出没情况，管护员们还需要定期到他们容易出没的地方排查，有时候要行走一夜，有时候要野外露宿。野外露宿时，没有戗子，只能就地安营。一件外套铺在枯草上当床，寒风相伴，冰雪相随，别无选择，只能这样休息。

一次，他们顺着雪地上的足迹行进，林区遇到脚印就是信号，猜测附近来过盗猎分子。就这样，他们在漆黑的林海中踏查一夜，天蒙蒙亮，大伙筋疲力尽，饥肠辘辘，体能消耗得接近崩溃。大家商量后决定：一夜没发现盗猎分子，天亮了，盗猎者也不敢光明正大出来，回戗子吃点东西吧。

这时，听见咕咚一声响，随后又是一声嗷嗷的叫声。平时，管护员巡山，大多平视，一般很少仰望。这一声，引起他们的注意，不知道发生了什么情况，仰头往前一瞅，这是一只小黑熊，猜测小熊听见脚步声，有些恐慌，有些着急，没有抓住树枝，而从四五米高的树上掉下来。小黑熊离他们不足十米。于德江心想：小熊这么小，周边肯定有母熊。带崽的母熊护崽，尤其哺乳期，它是最危险的，它最容易伤人。

为了安全，于站长马上摆摆手，又摇摇头，做出撤退的手势。随后，他带着小分队扭头按来时的路回返。离开危险地带后，于德江告诉队友：“小黑熊的屡次出现，见证了我们的保护力度，是我们送给自然界的一份满意答卷。”

听罢于站长的一番话，管护员们很欣慰，付出所有的苦，流过所有的汗，此时，都化作甘甜，都挂在脸上。

秋防百天，辛苦百日。随着温度的骤降，于德江才把小分队拉出林区，带出戗子。

维东保护管理站林海中的宿营点

三

瞭望员的工作不仅需要技术，更需要一种使命感，还有一颗责任心。在辽远的山中，在浩瀚的林海，他们的千里眼成就林海的安宁，他们的使命和责任才是大山的给养。维东保护管理站位于长白山西景区，监测任务重，瞭望距离远。其中王池小山上的12号瞭望台就位于这个区域。通往12号瞭望塔的途中要经过一公里陡峭的山路，就连工作在这里的瞭望员每次登上这段山坡都气喘吁吁，况且还要背着饮用的水和日常生活的给养品。

于洪军和曲勇都是12号瞭望塔的老瞭望员。

于洪军2017年春节过后，感觉肝部疼痛，医院检查，怀疑是肿瘤。而于洪军却没有与任何人提起病情，依旧按时登台，按时瞭望。于德江几次见到他，发现他脸色萎黄，身体消瘦，问他哪里不舒服，他若无其事地说："没事，可能消化不好。"

于站长想想也有道理，常年在海拔千米的山峰之上，患上胃病司空见惯，况且也没有新鲜的蔬菜和水果，又怎能红光满面。于站长哪里知道，怀疑是"癌"的诊断，正悄悄折磨着于洪军。

就在春防结束的次日，于洪军去了医院，通过手术切除肿瘤，病理诊断为良性，于洪军长舒一口气，四个月的疼痛终于解除，不是癌就是胜利。

这时，站长于德江方知于洪军病情的全过程，一半心疼，一半埋怨，心疼他忍着病痛完成了春防，埋怨他不知道珍惜自己的身体。

五十多岁的于洪军难为情地说："我怕春防期间手术，影响工作，我是老瞭望员，我是瞭望台的一双眼睛，我了解长白山，随时观测火情，春防严峻，不能缺岗。"

于洪军的一番话如此朴实无华，没有信誓旦旦的承诺，没有激情澎湃的演说，简简单单，却说出了多少守山人的心声。

春防后手术，仅仅休息了两个月，便迎来了秋防。本应该手术后需要静养一段日子，可是，他却一声不响地按时来到瞭望台。于德江终于按捺不住自己了，有些激动地批评他说：“老于，你不要身体了，才手术多久啊，身体能吃得消吗？你不能上台。”

于洪军坚决地说：“站长，我没事，我能行，我能坚持住。”

于德江心疼：“你能坚持，但是我担心啊，山上条件差，上山下山背给养容易发生意外。”

“站长，我向你保证，我没事，我能坚持，我小心，绝对不会发生危险。”

尽管于德江不同意大病初愈的于洪军上台瞭望，可是，倔强的于洪军面对大山后，虚弱的身体似乎注入了养分，挺起腰板彰显自己的健康，依然背着给养攀爬那陡峭的一公里。

无独有偶，于洪军与曲勇是同事，同台，又同病相怜。

曲勇在2018年春防期间，胸部疼痛，只好下台去医院检查，确诊为急性胸膜炎，需要及时手术减少疼痛。可是，曲勇也悄悄地将手术延后。

于站长心疼地嘱咐曲勇：“抓紧时间去医院，抓紧手术。”

而曲勇却说：“我现在不能去，瞭望台专业性很强，普通人对整个山场不熟悉，上台打不出角度，说不出具体位置。12号台处于风灾区，是长白山自然保护管理中心重要的瞭望台，也是长白山的眼睛。”

可想而知，春防的日子，他如何忍受着胸部的疼痛。

术后的秋天，曲勇也按时上班了，走路还捂着胸部。维东站的管护员们都深受感动，既然无法将他“赶回”家去休养，那就争先恐后抢着去攀爬一公里的陡峭山坡，替他承担起背负给养的工作。

他俩是辽阔山林的“火眼金睛”，他俩在默默无闻地奉献着生命。

故事并没有结束，故事一直在途中，生活在继续着，工作在重复着，而每一个故事似曾相识，其实又有所不同。在理想与现实间，维东保护管理站的管护员们用实际行动把工作的艰辛酝酿成人生的甘甜。

因为于洪军的故事，我对这座瞭望塔产生了更多的关注，怀着敬佩的心情前往 12 号瞭望塔。在通往王池小山的路口下车后，顺着木栈道前行，一边看着风景，一边登着三百多级石阶奔往 12 号瞭望塔。王池小山并不高，可是上山的路陡峭崎岖，2016 年以前，这里还没有修路，瞭望员每次背着给养登台需要攀爬四十分钟石头路才能到达山顶。下山背水来回需要一个多小时，每一滴水都是用每一滴汗水换来的。没有照明，每天晚饭依靠蜡烛照亮。蜡烛背上山的疲惫形成了资源紧张的窘态，每日只点燃半小时蜡烛，之后，便在黑暗中期盼黎明。如今，依靠太阳能板照明，尽管居住的宿营小屋中有自然保护中心配备的电视，可是，他们并不看，唯恐消耗储存的电量而影响瞭望设备的正常运行。因为 12 号瞭望塔肩负着长白山西景区防火的重任，所以这里的防火设备需要三百六十五天不停歇的运转。

而这座瞭望塔地处长白山西部风景区内，这里风光旖旎，能够看到阔叶林带、针阔叶混交林带、针叶林带、岳桦林带以及高山苔原带五个不同的植物带。可是，大片的风灾区中，夏季有花海覆盖，减少了森林火灾的隐患，到了春秋两季，便是重点防火区域。12 号瞭望塔位于二区 51 林班 19 小班内王池小山的最高点，海拔 1510 米，对风灾区的火情预防和监测具有非常重要的作用。12 号瞭望塔的可见范围北面至松江河小山，南面至天目山和望天鹅，西面至锦江桥和泉水，东面至白云峰。

12 号瞭望塔离白云峰较近，周围空旷，虽然瞭望台距塔底只有 25 米，可是这座塔却是 60 米，其余 35 米承担通信任务。瞭望塔的主要材料是铸铁，便成了雷电集中区。高山顶上的瞭望塔很容易聚集雷电，很容易遭到雷击，所以危险防不胜防。每遇雷雨天气，轰隆隆的雷声咆哮着从身边滚过，刺眼的闪电在眼前炸响，瞭望台中的电线有时会发出刺刺的响声。每当雷雨交加时，这座塔便成了雷区。瞭望员周磊说："刚上班那几年，不识天象，何时来雨，何时有雷，琢磨不明白，往往雷来了才知道，离开瞭望台已经来不及了。我只好趴在瞭望台的地面，感觉这样就安全了。"

维东保护管理站12号瞭望塔瞭望员曲勇

周磊的描述把我的视觉带入电闪雷鸣的画面，听着都觉得恐慌。原以为只有女人怕打雷，原来男同志也怕打雷。

这时，周磊继续侃侃而谈："打雷的时候，感觉雷电就在瞭望台外徘徊，一个大火球围着瞭望台转圈，周围能见到的只有火球，都不敢伸手，似乎伸手就能把雷抓住，瞭望台这时摇晃得厉害。前几年，打雷时我趴在地上，原以为被雷击中了，再也见不到亲人了。随着瞭望时间的延长，周磊学会了看云识天气，啥时有雨，啥时打雷，已经判断得很准了。"

我接过他的话茬儿问询："现在遇见打雷咋处理？"

"现在发现有雷电的迹象，电台请示保护中心，批准后，我们马上下台。"

2013年的春天，雷电击中山下的光缆线，周围的泥土和火星飞扬，只见一个火球在土灰中奔跑，所到之处燃起火苗。这时，周磊急忙向保护管理中心汇报，随后他与另一名瞭望员端起脸盆追赶雷击后落地的火球。尽管两人的速度无法撵上火球。但也一边就近到河沟取水，一边追着小火苗灭火。半小时后，站里扑火队迅速赶到，将火球“播下”的火苗全部熄灭。

一切经验都从痛苦和艰难中总结而来，只有经历了自然的恶劣环境，才能悟透如何去战胜、如何去挑战的本领。我们可爱的瞭望员就在电闪雷鸣中学会了看云识天气，学会如何避雷而保护自己。

如今，长白山自然保护管理中心将瞭望台全覆盖地铺设了避雷板，杜绝了突发雷电带来的伤害。同时下发雷电天气不要登塔的通知。站长于德江说：“工作尽管重要，防火尽管重要，但是，瞭望员的生命才是重中之重。”

于站长的一番话落地有声，如同雷电具有穿透力。不管生活，还是工作，以人为本才是最温暖的收获。

四

走进林海，接触瞭望员，该是我人生偏得且有意义的收获。由于性别和时间的缘故，我虽然踏查了十几座瞭望塔，但也留有遗憾，不能与他们一起瞭望，一起感受日出日落。此次登塔只见到其中两位瞭望员，另一班次的瞭望员只能从故事中相识，隔着时空，在故事中去了解他们，似乎多出了更多的神秘。

03 号瞭望塔位于维东保护管理站一区林班 9 小班内龙头山最高的位置上，在长白山西景区的风灾区中，瞭望台高 35 米，瞭望可见范围北至鸡冠山，南至天目山和望天鹅，西至秃尾巴河，东至白云峰。03 号瞭望塔与其他瞭望塔不同，瞭望台是圆桶结构，这样似乎可以减少风的阻力。心理上的认同，感官上的配合，站在瞭望台上，随风摇晃的感觉似乎减缓，缓得如同微风造访，轻柔中对风儿少了偏见。

03 号瞭望塔上的瞭望员以新老搭配分组，每班两人，一位老员工，一位新同志。这样搭配，使瞭望员的工作有了传承。虽然这份工作不像大国工匠一样需要有精湛的技术，但是，其中对地理位置的判断必须依靠时间去夯实，使误差降低到最小值，也需依靠瞭望员掌控罗盘的熟练度。在这里我见到了两位瞭望员。年轻的郑跃鑫，20世纪80年代末出生，2015年开始工作，从做一名管护员开始保护工作。2018年调到03号瞭望塔。小伙子高大魁梧，时髦的半寸头已经标记出鲜明的年龄。虽然已经而立，可目光中依然透着初生牛犊的气息。他比较健谈，喜欢看手机，喜欢用手机追电视剧，自然与外面的世界都是通过网络去了解、去获悉。所以，他性格开朗也不沉默。他还喜欢做饭，便主动承担两个人的三餐和每天取水运水的工作。

而另一位瞭望员叫杨增富，我登上35米高的瞭望台后见到了他。小杨戴着黑色细框眼镜，斯斯文文。穿着一件褪色的军大衣，大衣毛茸茸的领子护着脖颈，仅仅第一眼，便觉得他与众不同，目光中流淌着随性的文艺范。在与他的聊天中，我进一步了解了他。

小杨，1983年出生在抚松县，2014年来到维东站工作，也是从做一名管护员开始保护森林的工作。2015年9月调到03号瞭望塔。他从事瞭望的工作时间并非很长，但善于思考，短暂的时间便把瞭望中的学问能运用自如，虽然年龄段划分在年轻人的队伍中，却承担老瞭望员的责任，传帮带中担起引领更年轻人的重任。他2006年从吉林农业科技学院毕业，学习农林专业，因酷爱东北动植物，闲来无事便悉心钻研，尤其以人参为重点，是他钻研的主业。他所拥有的图书大多都与人参有关，关于人参生长资料，关于人参的食用价值，就连与人参有关的故事，如放山，如老把头，如童话，都是他的阅读范畴。除此之外，他还喜欢文学，他在离开瞭望塔休息的时间里，读《意林》杂志，读下载的电子小说……文学体裁不同，他涉猎的文学书籍也不同。读书的人，眼中有光，小杨即如此。他不健谈，我俩的交谈中，我问他答，回答简洁，无一多余的词汇。当我问他为何喜欢瞭望员的工作时，他很实在地说："我从小就在大山中长大，喜欢这里，学校毕业后，我做过小老板，也打过工，可是心里总是惦记着这座大山。所以我就选择了到这里工作。"

小杨有别于其他瞭望员，他心中有梦。我因为好奇，便试探地询问："你如此喜欢大山，又很喜欢看书，写过与大山有关的文字吗？"

"站在塔上，春天满眼绿色，夏天颜色如同渗入了微微的墨色，颜色变深；长白山最美是秋天，五花山，颜色多变；冬天，周围都是白茫茫，如同童话世界。每次见到这样的景色，心里便不由自主地亮堂起来，感觉瞭望对面的山峰，可以治愈内心的忧伤。也想把这份感受写出来，又觉得自己书读得少，但我会努力，我选择在这座山上工作，美景无限，机会无限，会有那么一天，文字从我的内心流淌出来。"

一个人，找到了自己的光源，生命才有源源不竭的力量。心中有光的人，不惧黑暗，不惧路长。心中亮着一道光，照亮前行路，温暖身边人。小杨一番诗意的回答，令我对长白山的敬畏更深远，对长白山的热爱更浓烈，对瞭望员的敬重更深刻。一个人可以选择工作，但是随心随情随兴趣，该是生命的一份偏得。瞭望员看似寂寞枯燥，而对于心中眼里有光芒的他，这正契合内心的追求。

在我将要离开瞭望塔时，但见夕阳西下，山峦清晰的轮廓消失了，寂静像雾霭一般弥漫扩散，风似乎渐渐小了，感觉山林在摇晃中安睡了。如此震撼的景色已经久违，迫不及待地录下了这段落日熔金的画面。这时，我心情无比凝重地围着圆柱的瞭望台绕了一圈又一圈，周围山峦此起彼伏，在落日的余晖下朦朦胧胧。我屏住呼吸，无言注视着山峰，虔诚地赏析着林海，似乎在聆听天籁，内心感受到一种震撼。似乎浑身的细胞都在膨胀，感觉自己在与大自然融为一体，我在山中，山在心里。仅是凝视的瞬间，一份释然，一份理解，忽地升腾成一份不舍。为此，更加理解小杨内心的那份坚守、那份执着。

回到塔下，见到于德江站长，谈及小杨喜欢大山，喜欢阅读时，于站长说："小伙子很有才气，维东站的新闻稿很多都是他来写。"

小杨很谦虚，交谈时他并未说起。不知为何，对他，对瞭望员，瞬间肃然起敬。他们很平凡，平凡的话语中没有多余的修饰和浮夸，正因如此，他们

维东保护管理站03号瞭望塔瞭望员杨增富

默默无闻，不被认知。可是，在他们的身上，都潜藏着一丝光亮，这缕光亮映衬山峰，照亮林海。

夜幕笼罩之下，我恋恋不舍离开了03号瞭望塔，而这里的神秘更加让我痴迷。每一座山不同，每一座瞭望塔有别，工作在山中的瞭望员经年累月也养成了不一样的性格。这时，我对这座瞭望塔的另外两个人萌动遐思。他们又是以怎样的心境与这座山峰相处，与这座塔融合。

瞭望塔一周或是半月换岗一次，如果想见到另外两名瞭望员，我必须再来一次。想到再次登塔，我的血液似乎在沸腾，似乎在起舞，因为感人的故事就在不远处等着我来倾听。

五

与动物为邻的13号瞭望塔的男子汉们，不善言辞，只言片语中读出了他们对家庭，对工作的那份热爱和责任。他们眼力好，他们目测准，固守在内心的使命感和长期的经验，成就了他们瞭望的能力。

13 号瞭望塔位于横山保护管理站 16 林班 8 小班范围内，因横山保护管理站管辖区内有南锦江分隔，不利于紧急火情时横山保护管理站扑救人员快速到达，后来南锦江以北区域分配给维东保护管理站管理。13 号瞭望塔可见范围北面至一面坡，南面至张草顶和五十岗，西面至锦江桥，东面至骆驼峰。这座瞭望塔海拔 1500 米，塔高 25 米。为了登高望远，瞭望员张恩泽在前面引路，我踩着积雪一阶阶地往瞭望台攀爬。因雪厚冰滑，每登一阶脚步都很沉重。张恩泽告诉我："如今阶梯铺上了胶皮垫，踏上去感觉很沉，踩住了就没有危险。以前就是一块铁板，一脚踏上去，有时踩不住，都能滑落，雪后每一次上台都心惊肉跳。"

脚下有雪，也有冰，都潜伏在登塔的阶梯上，我已经感觉到危险的信号，而张恩泽却如此解说。难以想象未整改时的危险程度。否则，我不会有胆量去挑战雪后的瞭望塔。尽管有恐慌的内心还浮想联翩，但也登及瞭望台之上。眺望远方，林海盛开银花，山峰银装素裹，风雪后的山林，白雪覆盖的山峰，是一幅纯情的水墨画，惟妙惟肖，又是一场灵魂起舞的梦境，若隐若现。刚刚的胆怯被眼前浩大的画面驱散，刚刚的狼狈不堪反倒成了风景的铺垫和道具。

瞭望塔没有水和电司空见惯。近些年来，照明电都交付给太阳能板，而饮水依然是难题，只是每一个瞭望塔取水方式不同，水质不同，付出的辛苦不同。13 号瞭望塔离水源地很远，在瞭望塔的附近有一水沟，依靠困山水料理餐饮。困山水水质差，细菌又超标，遇到干旱季节，小水沟也干枯了，这时，水比油还要紧张。2019 年开始，自然保护区给这里配备了三轮摩托，这样就可以去锦江支流取回泉水，水质改善，也缓解了用水紧张。

这座瞭望塔与边境线比邻，瞭望时间也是全天候，虽然为可见度瞭望，可是，每天夜里都要定时定点登台瞭望。这样，可以通过火光或是亮点发现火源，尤其此处风灾区树木低矮，杂草茂密，火险等级高，在春防和秋防的紧张期间，瞭望员必须住在瞭望台上，做到二十四小时不离人，这样可以随时瞭望、随时观察周围火情动态。

这里飘雪早，进入9月中旬周围便是白茫茫，然而登塔瞭望的重要性并没有降低。这时，低海拔的山下正是秋天的干燥期，正是火灾的高发期。尽管飘雪，依然还要守在瞭望台中。室外结冰，瞭望台防寒板虽可抵挡一些寒风，可是，长时间站在瞭望台里面，寒冷可想而知。下雪后，山上日照时间缩短，太阳能板存储的电量也会大量消耗，尽管有电热器，这样的气候也成了摆设，他们舍不得消耗来之不易的存储电量。

山上的工作环境差，工作压力大，每年的春防和秋防，仅是一春和一秋，感觉却是拉紧一整年的弓弦，满负荷在运行，他们的神经一直紧绷，不敢有丝毫懈怠。

高海拔低温度又常常给瞭望员带来身体的诸多不适。2016年10月，温度骤降，深夜九点张永军仍然在台上瞭望，这时，他突然感到呼吸急促，心口憋闷，浑身无力，只好躺在瞭望台的地毯上。同伴张恩泽虽然比他的工作时间长，也被突发的情况惊呆了，不知所措，急忙联系保护站。于德江站长接到电话后告诉张恩泽："让他先躺着，别动他，我们马上出发。"

之后，急忙带着扑火队队员奔往瞭望塔。山路上已被厚厚的积雪覆盖，漫过汽车的保险杠，漫过扑火队队员的膝盖，车无法前行，扑火队队员们一边清理积雪，一边喊着口号推车，车子一寸寸地挪移，车轮一点点前进，空旷凄冷的山路上，扑火队队员却汗流浃背。子夜时分，才把张永军抬到车上，连夜送往医院。医生确诊为冠心病。

这时，好几名扑火队队员因一热一冷而染上风寒。

张永军在医院调理一周后出院。此后，张永军的口袋里都要装着速效救心丸，尽管冠心病不允许高空或者高海拔作业。可是，他并没有选择逃避，依然心甘情愿地坚守在千米之上的山峰之上，冰冷的瞭望塔之上。

维东保护管理站 13 号瞭望塔

关怀体现在细微处，关怀又无处不在。瞭望塔周围空旷，夏季这座塔变成了雷区。2014 年，保护管理中心安装胶皮垫时，还安装了避雷和排雷设施，将雷电引到附近的水池里。站房及瞭望塔周围也一同安装了铸铁护栏。这以后，住在山上，瞭望员不再担心雷电的危险，不再担心外来人员的骚扰，不再担心冰雪天登塔时脚下潜在的危险……

有潜在的危险时，保护区便会及时改进。人身安全了，才能发挥出瞭望塔作用的极致。

在夜深人静时，常常有野猪或者马鹿围着瞭望塔外的铁栅栏嗥叫。这座山头，本该是动物们的领地，人类配备的瞭望塔对于动物而言，是占据了它们的地盘。它们嗥叫应该是警告，也是逐客令。如果动物们能够懂得，住在这座瞭望塔上的人是保护它们的朋友该多好。最初，瞭望员很恐慌，躲在被窝里，大气都不敢喘。时间久了，再有野兽嗥叫，他们也学着动物的声音大声喊出来，居然将野兽吓跑。野兽嗥叫数次多了，这里的瞭望员也由最初的恐惧变得习以为常了。就这样，他们与自然相处中，把动物的嗥叫声当作孤独的调味剂。

维东保护管理站特有的祥和工作氛围，营造了每一座瞭望塔风和景明，从他们的谈话中听出各自对工作和生活的满意。工作中，不仅有保护管理站这个和谐的大家庭相亲相爱，还有瞭望塔的兄弟相依相伴；生活中，不仅有温暖的小家庭做港湾，还有贤惠的爱人做后盾。

13 号瞭望塔一直在践行着一个没有定式的认同，悄然用家和文化去经营工作、去料理生活。

六

家庭和谐，才可安稳地去工作；单位和谐，才能踏实地去生活。瞭望员的工作是全天候吃住在瞭望塔上，疏于对家庭对亲人的照顾。然而，男子汉内心的那份责任，不管对家庭还是对工作都是一种坚守。

14 号瞭望塔 2014 年建立，海拔 1700 米。瞭望塔台位于维东保护管理站 2 区 35 林班 140 小班内的风灾区，距离白云峰最近。瞭望范围北面至喘息坡，南面至五十岗，西面至鸡冠山、椅子山，东面至岳桦林与苔原带。

这里常年无水无电。早些年，瞭望员白天瞭望，晚上由保护管理站的车辆接回扑火队就寝。2019 年秋天，长白山自然保护中心为 14 号瞭望塔配备了房车作为临时的宿营地。房车里可以燃油发电，可以燃油取暖，有卧室，有厨房，有卫生间，唯独饮水还需下山去小溪流中取，此处水源为泉水，水质尚好，只是取水来回需要消耗半小时。

这座瞭望塔周围植物资源丰富，常常有穿越者潜入，盗采珍稀的植物，这些人员夜里需要生火取暖做饭，给长白山防火带来严重隐患。为了监测无盲点，瞭望员早六晚九，十几个小时都要在瞭望塔中监测。在大风的天气，在干燥的季节，当班的两个人还要同时在瞭望塔上驻守瞭望。做饭与吃饭时，必须有一人留在瞭望塔上。

而我踏查这座瞭望塔时，恰逢深秋，前夜刚刚飘过一场清雪。雪后的深山寒风做伴，尽管有棉衣装备，依然寒风刺骨。深山中的寒冷极具穿透力，如针刺入体内。登塔的台阶白茫茫一片，我顺着台阶上的足迹一步步艰难地攀爬。在雪后攀登25米高的瞭望塔并不轻松。一阵冷风，一股飘雪，只能低着头，弓着腰，艰难地前行。走走停停，停停走走，仰望瞭望台就在眼前，可是，我却一步一停，登顶举步维艰。几度有退缩之意，但是，我怀揣着一份使命，不管如何艰难，也要登塔望远。

当我抓住塔梯的入口处，又是一股寒风，从我帽子的缝隙灌入身体，厚厚的棉衣如同一张纸，寒冷蔓延，还好心中揣着一团火，冷却成为佐料。这时，只见瞭望员张元之正用暖水瓶中的热水浇在瞭望台的门锁上。我的到来，无疑多个帮手。烫开锁头，洒在门口的热水瞬间变成凉水，变成薄冰。浑身哆嗦的我急忙躲进了瞭望台。风中楼阁的门窗都已关闭，可是，瞭望台的地面却铺上厚厚的雪。雪花无孔不入，它随着门窗在风中摇摆，借机也躲进了瞭望台里“取暖”。

张元之说：“昨夜下雪了，早上六点我登塔后，能见度很低，看不到远方，我就离开瞭望塔了。”

“每天都用热水烫锁头吗？”我好奇地问。

张元之平和地回答：“只有降温时，或者下雪才用。”

“塔下都很冷，塔上更冷，这天也要登塔啊？”

张元之接过我的话头，指着远处说：“你看，这周围多空旷，都是风灾区，防火的重点。这样的天气，西坡景区都关闭了，可盗采人并不休息，防火责任就更重了。”

“听说你们深夜还在塔上住？”

“嗯哪，防火特别期，我们就得住在瞭望台里，这样晚上每休息个把小时，就爬起来望望远方。长白山的夜晚黑暗，只要有那么一丁点火焰的光，站在塔上都能见到，这束光就是隐患。”

“你俩都住在瞭望台，可这里就一张床啊。”我疑惑。

“那时，地上铺上被褥啊，办法总比困难多。”

张元之2009年来到长白山自然保护管理中心，他在农村成长，内心闪烁的光芒不时从谈吐中折射而来。他说："我干过好多工作，哪份工作都没干长，我是山里长大，就喜欢长白山，十年前有机会来这里工作，终于可以天天望着长白山了。家里人都说我适合在山里工作，一晃十年了……瞭望很寂寞，我们瞭望员可能就是微信鸡汤中常说的耐得住寂寞的那群人吧。"

的确，山林中没有喧嚣，没有繁华，有的是寂寞和孤独。他们不是名门望族，不是高官显贵，而他们却隐居在山林，因为心中有对大山的爱，他们把瞭望工作当作了修行。"隐居"于此，只为保护心中的圣水神山。

瞭望台的寒冷让我无法长时间逗留，戴着手套的双手都已经麻木。

然而，瞭望员却几乎全天候地待在这里，他们不冷吗？寂寞和孤独是内心的感受，而寒冷却用棉衣都难以抵挡。想到流传的五个字"孤独寂寞冷"，诠释了瞭望员经年累月的全部境况。

我战战兢兢退下瞭望塔，近乎一路小跑回到了房车里。这时，站长于德江正在维修房车的油箱。在房车狭小的厨房，于站长蹲在那里正在一点点排查

维东保护管理站 14 号瞭望塔瞭望员张元之工作中

设备的故障处。站长对于一个保护站而言是百余人的带头人，也是这个大家庭的家长。而在困难面前，站长之名于他只是一个标签，只是一个代号，此时，他正埋头弯腰与员工打成一片。维东站，处于风灾区，想想长白山近六十年的安宁和祥和，也有保护管理中心慧眼识珠的成绩，在选择站长和分配管理区域中，恰到好处地因地制宜。

于站长的帮手是当班瞭望员苑昆。待他们维修好故障后，我问及苑昆瞭望员的生活和工作感受时，他说："如今的工作条件多好，听老辈人说，他们很苦，生活条件很差，与他们比，我们落到福堆了。"

对于幸福的诠释有很多种，展望未来，途经的艰难是铺垫，也是幸福的前奏；回望曾经，经历的艰苦是过程，而幸福就是收获。年轻人苑昆的"幸福"包含着从前，更含有对未来的憧憬。

14 号瞭望塔与边防驻军比邻，他们没有军装，没有武器，可他们却同样肩负着保卫祖国边境的神圣责任。这支没有番号的瞭望员队伍，默默地工作，没有光环，没有荣誉，可他们有的是自豪。保卫祖国边境，多么神圣，多么伟大。我们的瞭望员正在践行着这份光荣的使命。

七

每个时代每种工作，都会涌现出属于它的时代楷模。于德江无疑就是这个时代中一个鲜为人知行业的时代楷模。其实，于德江所做的工作，只是他的本职工作，没有惊天动地的壮举，也没有爆发出耀眼的光芒，然而，他却在平凡中给这个社会带来不可或缺的温暖，给这个时代带来心灵的希望，给手下的员工带来家和万事兴的景象。

于德江，长白山自然保护管理中心维东保护管理站站长。吉林省抚松县松江河镇人，1992 年从部队复员，被分配到长白山自然保护管理中心工作，从做一名管护员开启了与山林的盟约。自古以来，就有埋头苦干的人，也有拼命硬干的人，这些人就是时代的脊梁，而于德江正是时代脊梁的一分子！

有人说：倘若失去了勇敢，你的生命等于交给了敌人。

2006年，于德江在池西保护管理站担任副站长。秋防的一天，他带领五名管护员在槽子河沿岸进行秋防巡护，在喘息坡处遇到二十多人在盗采红松种源。喘息坡是原始森林，红松种源极其丰富。因为红松子诱惑大，这里经常可以见到不法分子盗采红松子。眼下这些盗采人见到有六名身穿迷彩服的管护员从对面走来，先是惊讶，随后收起惶恐，眼睛透出诡计多端的目光，根本没把六个人放在眼里。其中一名盗采者，很魁梧，应该是这个盗采团伙的小头目，他在蛊惑其他盗采者，准备对六名管护员进行围攻。

情况很不妙，于德江心里也忐忑。深山老林，与外界没有联络信号，如果发生冲突，后果不堪设想。在这危险时刻，于德江心想：不要怕他，他也怕你。更不能发生冲突，对方人多，我方很容易吃亏。必须化整为零，分散盗采者。压住小头目的气焰，其他人便可控制。

想到这里，于德江佯装不以为意的样子，与小头目聊起这片森林的野生动物，如同讲故事一样讲起自己曾遇见过黑熊，又如何应对和逃离。于德江讲得绘声绘色，小头目对黑熊故事居然充满了好奇，忙问哪个方向有黑熊，于德江趁机告诉他："不远处，我领你去看看。"

智慧的勇敢者处处有路可走，罪恶的人每走一步都在自投罗网。小头目上当了，果真跟着于德江离开了大群。就这样，这个人刚才还摆出攻击的架势，离开大群便成了于德江手下败将。剩下五名管护员看出于德江的用意，在于站长陪小头目离开后，对其余人讲述盗采红松种源的危害性，打击他们的气焰，从心底突破他们的防线，并借机没收了盗采来的红松子，全部倾倒回森林里。同时，没收盗采者的食物，切断他们在森林中逗留的给养。之后，将盗采者清出山林，送到森林执法部门，对其批评和教育。

次日，于德江又带着几名管护员顺原路来到喘息坡，将没收倾倒的一万多个松塔捡起来，均匀分布在森林中，这样既可以当作种子使用，又可以给动物提供过冬的食物。

一个人若是没有热情，他将一事无成，而热情的基点正是责任心。

2011年，于德江因工作成绩突出，长白山自然保护管理中心将他派到维东保护管理站担任站长。维东保护管理站地处长白山旅游西景区，络绎不绝的游客给防火带来很多隐患，防火形势严峻，保护强度大，于德江的责任更大。为此，于德江每天都要与管护员一起巡护，从没有懈怠过。

2012年期间，长白山徒步穿越群兴起，这个项目对于穿越群主而言收入可观，可是对于长白山苔原带的植被保护有很大的破坏性。且前来穿越的一部分人途经苔原带时，不计破坏环境保护的后果，踩踏植被，摘取花朵，破坏极其严重。为了保护苔原带的资源环境，保护站的管护员只能日夜守护，死看死守，尽其所能杜绝游客在此逗留。

一天午后，于德江带着三名管护员在苔原带巡逻。傍晚时分，巡逻来到青石峰，整整一天，大风不停地刮着，而他们到达青石峰时，风势减缓，且天色也暗下来，于德江四人在此找到一平坦处，将帐篷支起来便休息了。次日凌晨，天刚蒙蒙亮，于德江透过帐篷的小窗隐约望到悬崖，最初以为梦境，当他起身看个究竟后，瞬间困顿全无，惊慌地爬出帐篷，发现帐篷被大风吹出二十多米，刮到悬崖边儿，悬崖的下面就是天池。这时，于德江吓出一身冷汗。想想昨夜的风与往日相比，减弱许多，如果狂风再猛烈些，他们早已坠入悬崖之下。

这件事在于德江的心里埋下阴影，并对此耿耿于怀，成为刻骨铭心的教训，以后再在深山老林里宿营时，安营的位置一定远离悬崖。他也将此事一遍遍与管护员提起，是告诫，是提醒，也是深深的爱。

可是，面对家庭，面对老人和爱人，于德江满满都是愧疚感。

2008年，于德江还在池西站当站长的时候，他的母亲因脑血栓而小脑萎缩，生活不能自理，大小便失禁，而他作为儿子却没有时间陪伴母亲。母亲是最亲的人，而保护站的管护员也胜似亲兄弟，在工作和亲情之间，于德江在选择，如何取舍，进退两难。

这时，妻子理解他，对他说：“你安心工作，老人有我呢。”

妻子短短的话语里却充满着至亲至爱的暖意。

此后，妻子便默默担起照顾老人的重任，床前床后陪护，端屎端尿不嫌脏。本来这些都是于德江应该做的，但由于他忙于工作，便全都由妻子承担。母亲的老病反反复复发作，于德江都不在身边。就连三次重病住进医院，都是事后通知他。他一次也没有推着母亲去看过医生。在医生的眼里都把儿媳当作老太太的女儿。

2011 年母亲去世那年，他刚刚调到维东保护管理站，也正值秋防期间，当他收到母亲病危的消息后，还在秋防的巡护中，急忙赶回家中，母亲已经闭上了眼睛。每次想起此事，于德江都是泪流满面。

偏巧这年，他的儿子升入高中，孩子正值青春期逆反。儿子小学成绩一

维东保护管理站站长于德江（左二）培训扑火队队员，休息中讲解消防知识

直名列前茅，在父亲工作忙不在身边的日子，青春期的孩子与母亲斗智斗勇，贪玩厌学。于德江知道孩子的情况后，深知男孩子的教育更需要父亲的陪伴，但于德江却没有过多时间陪伴孩子。没有父亲陪伴的男孩子如同散放的羊，放松了自觉性，学习成绩并不理想，高考失利，没有考上理想的大学。于德江自责后决定将孩子送入部队锻炼。孩子很争气，在部队的大熔炉中进步很快。如今转业了，在一家股份公司的一个部门担任主管。

其实，于德江大男子主义很严重，在他的眼里，男人是家里的顶梁柱，大事小事都应该男人去做，女人主内，打扫卫生，洗洗涮涮就是劳动。可是，于德江的女人却活成了女汉子，家里装修她来做，家里家外一把手。对于他们的家，于德江只是户口本上的名字，劳累时丈夫在巡护，生病时丈夫在值班。

于德江很心疼妻子，内心深处全是愧疚。有付出就有所得，于德江连续多年被评为先进。每次在他工作获得成绩时，第一时间告诉妻子，他说："我的成绩里都是老婆的奉献。"

古语说：家和万事兴。正因为有妻子默默的支持，于德江才无所牵挂地认真地忘我地在山林中巡护。

爱出者爱返，福往者福来。爱员工，爱身边的每个人。这是于德江一直坚信的管理信条。他关爱着保护站的每一位员工，他深知保护站和扑火队的每一名兄弟都是保护站重要的人力资源，没有他们在巡护，没有他们在防火，何谈林海的安宁和自然生态的祥和。

2016 年，电台员孙雅杰突发双侧脑干出血，人事不省，而她的家境窘迫，丈夫多病没有工作，在家照顾瘫痪在床的父亲，儿子还在上大学。房漏又遇连雨，孙雅杰昏迷中也能感知生活的艰难、治病的困难。这时，于德江组织全站员工捐款，保护站人数少，但也捐款一万多元。一万元对于治病来说是杯水车薪，于德江又将此事上报长白山自然保护管理中心，中心发出号召捐款消息后，很快又筹集捐款三万元。因为满满的爱在保护中心播撒，孙雅杰脱离了危险。

每次提及爱的故事，这里的员工都深有感触。每一件事很平常，但是细细回味，都散发着暖暖的幸福感。风灾区专业扑火队组长张亚辉因工作需要二十几天才能回家一次，而妻子工作忙，还要照顾老人和孩子，久之，夫妻发生口角产生矛盾。在家庭即将破裂时，于德江观察到张亚辉情绪低迷，再三询问后知道详情。为了挽救这个家庭，于德江把他从扑火队调到站里前勤工作，这样回家的机会多些，可以减轻妻子的负担。因为于德江爱着每一位员工，维东站的“家和文化”并没有刻意营造，却呈现出浓浓的爱的气息。

2020 年 4 月 20 日午后，于德江正在忙着春防工作细节安排时，管护员辛毅前来请假，这时，于德江发现他脸色苍白，于德江说：“你回家看看医生吧。”稍后，他感觉辛毅情况不妙，急忙去寝室探望，这时，辛毅正躺在床上捂着肚子打滚，疼得死去活来。于德江马上命令同事将棉被平铺，让辛毅躺在棉被中央，之后，几名员工拽着棉被的四个角把辛毅抬到车上。车子前行，于德江忙着联系医院，来到松江河镇医院，无法确诊，无奈又送到抚松县医院，检查后确诊为急性胰腺炎和胆囊炎。这时，辛毅的家属也接到电话来到医院，医生很严肃地对她说：“幸亏病人及时送来，再晚一会儿就有生命危险了。”

这一刻，他的妻子哭成了泪人，流淌的泪水中全是感激。

一滴水很快挥发，但融入大海就汇成波涛澎湃，团结保护站每一名管护员，这就是融入的力量。于德江的这份力量是用爱在汇集，在经营，在传递，日久天长，维东站管护员真切感知保护站这个大家庭的温暖与和谐。

什么是责任？责任就是一种赋予，是一种义务，而于德江的责任则是忠于职守，带领管护员保护长白山林海的安宁。林海涛声是山林送给保护者的铿锵凯歌，林海绿浪是大自然献给保护者的绚丽花朵。而在凯歌和鲜花中，于德江无怨无悔甘当奉献者，如时代的脊梁撑起维东保护管理站辖区的安宁。

八

2016年4月26日，习近平总书记在知识分子、劳动模范、青年代表座谈会上的讲话中指出：“无论从事什么劳动，都要干一行、爱一行、钻一行。在工厂车间，就要弘扬‘工匠精神’，精心打磨每一个零部件，生产优质的产品。”在长白林海中，在瞭望台上，也有这么一位瞭望员，他细心打磨工作的每一个细节，给工作多出便利，让瞭望减少误差。

只要拥有一种纯粹为了把事情做好而好好工作的欲望，每个人都是匠人。

张鸿武，八〇后男孩，在长白山脚下的抚松县出生。大山中出生，大山里长大，他对长白山充满与生俱来的热爱和敬畏。

张鸿武读高中时，成绩一直不错，如果想要考取一所心仪的大学应该很轻松。可是，家庭收入不固定，如果读大学，无疑给父母增加负担。思来想去，他还是放弃了高考。没有机会进入高等院校学习深造，他彷徨过，也郁闷过。但是，通过短时间的内心调整后，他放下了消极的情绪，挺起了腰杆重新振作起来。为了减轻父母的经济压力，他想：先养活好自己，之后再回报父母的养育之恩。

男子汉要为未来的人生负责，一切努力都是递交给未来的答卷。

于是，在同龄人休闲的时光里，他一边打工，一边自学，舍弃多少睡眠，放弃多少游戏，他所付出的努力，是常人难以想象的。

2005年，他成为长白山自然保护管理中心维东保护管理站的一名瞭望员。他深深地知道，瞭望台就是长白山自然保护管理中心防火指挥部的眼睛。

在工作中，他通过观察发现瞭望不只是看看瞅瞅而已，其中还是蛮有学问的。譬如，如何区分视野内的烟和雾？如何在有风的天气里判断着火点的准确位置？在与老瞭望员的交谈中，他认真地倾听，把经验逐字逐句都记在心里。日复一日，加上他细心观察和思考，弄懂了瞭望中常见的问题。同时，他把自己的新想法也分享给其他瞭望员。

宝剑锋从磨砺出，梅花香自苦寒来。工作休息时，他没有与朋友喝酒打牌，而是躲在家里看书。遇到不懂的问题他就去找相关的老师咨询，找不到老师就去网络中查找。那时，为了提高自身的文化素质以及理论基础，他报了东北师大网络教育，并以优异的成绩毕业。人的勤劳可以战胜一切困难。他家没有网络，他就捧着从朋友处买来的二手电脑到朋友的网吧蹭网。朋友不好拒绝，他厚着脸皮坚持学习。就这样，他用尽一切努力去奔赴一场未知的梦，借助别人的网线完成自己的学习和自身的锻造。

同时，他对机械原理、电脑、电焊、电工等知识如饥似渴。有老师的当面求教，没有老师的借助网络查找，对于动手操练的电焊和电工，他只能亲自去拜访厂矿的技师，并且亲自操作。他深知，理论是静止的，只有动手才能学到真本事。他孜孜不倦地刻苦学习，养成了爱思考问题和增加动手能力的习惯。

瞭望工作之外，他了解到保护区巡护人员常年穿行在一望无际的大山林海中。保护区面积接近 20 万公顷，地形复杂，天气多变，遇上阴天下雨方向难以辨识，有时就连工作经验十分丰富的老员工也难免出现失误，新来的职工更是需要多年的学习才能熟悉管区内的地理地形。所以，同事们上山巡护时一边拿着 GPS 定位设备，一边揣着纸质地图，使用时很不方便。

这时，张鸿武想：是否可以将两者合二为一呢？

世上无难事，只要肯登攀。内心有了梦想，就有了行动的动力。他把设想说给维东保护管理站站长于德江听，于站长很惊讶眼前小伙子的创新想法。也深知，想法很理想，可实现起来并非容易。尽管于站长知道实现梦想要付出的代价，还是很欣赏他。即使是天才也要无止境刻苦勤奋的努力。一旦有了意志，脚步感觉轻松起来。张鸿武似乎初生牛犊不怕虎，信心百倍地投入实现梦想的行动中。2011 年，在领导的支持下，在同事们的鼓励下，他开启了这项合二为一的工作。经过几次试验，与想法尚有距离，他不是天生的王者，但他

维东保护管理站瞭望员张鸿武（前一）在巡护

的骨子里流淌着不服输的血液。之后，他便是几天几日不睡，饿了啃着面包，困了依靠咖啡，近乎疯狂地坐在电脑前，就这样，他历经二百多天废寝忘食的制作，长白山 GPS 电子导航地图终于从他的指尖中诞生。他的辛苦付出换得了导航设备和传统的纸质地图合二为一。此后，长白山自然保护管理中心的每位工作人员都可以成为长白山的“活地图”，大大方便了常年穿行在深山老林里的森林卫士们。

他善于观察问题，也爱发现问题。在日常工作中，同事们每天早出晚归去巡护，山路潜藏危险。如果知道非法人员入山时间，有何痕迹追击抓获非法入区人员呢？这件事张鸿武记挂在心里，带着这个想法他想到了监控，如果林区能有许多隐蔽的监控多好，那是无数双眼睛。然而，保护区内并不能任意布设线路传输网络，用监控又不符合实际情况。为了解决这个问题，他不断上网寻找相关产品，逛遍淘宝、京东。发现有一款野外监拍相机功能上挺适合的，只要有人一路过相机就会自动拍照，并用无线信号发送照片。通过了解，该设备拍照虽有延时，如果途经人或者车辆，速度快就无法拍上了，也无法准确判断是否有人非法入区。遇到难题更激发他的动力，他继续不断上网寻找硬件，逛各大通信技术论坛，发现单片机可以控制摄像头和 gsm 通信模块，但是需要匹配硬件和编写程序，为此他专门学习了单片机编程、gsm 模块的 at 控制命令。购买摄像头和 gsm 通信模块以及程序烧录器进行测试，这期间，耗费了不少资金，最终做出了无延时拍照并无线传输的野外监拍相机。与此同时，又被硬件的困难困扰，野外供电如何处理？用风力发电或者太阳能电池就失去其隐蔽性，容易被非法入区人员有效避开。最后，决定使用蓄电池作为电源，需要定期去取电瓶回来充电。电瓶充满一次可以使用半个月，很遗憾因为电瓶太笨重搬运不方便，最终以遗憾作为收尾，这项技术迄今未能投入使用。

求索之路并非一帆风顺，有挫败，有失望，也是收获。这次野外监拍技术设备虽没有为大森林所用，可是，他深深知道，努力的过程也是学习，人生经历的每一个过程，都是自己成长的积淀。此后，他在追求新知识、新理念的过程中，更加忘我，更加投入。

勤奋是好运之母。2013 年，长白山自然保护管理中心实行科学巡护管理，推广使用 SMART 巡护管理系统。维东保护管理站领导知道他精通电脑方面的知识，因工作需要，将其调回站内担任信息员的重要岗位，从事 SMART 巡护数据录入工作。本着干一行、爱一行、钻研一行精神，他在自身能力的范围内尽己所能地将所从事的事业做到极致。2013 年，维东保护管理站实现了地理信息数据以及根据各瞭望台上报数据计算火点坐标。同年 5 月份他制作出 SMART 巡护管理系统使用的长白山保护区地图，大大地方便了巡护数据、巡护地点的对比和参照。同年 10 月份他又优化了保护区 GPS 地图，在长白山自然保护管理中心得到推广应用，取得良好效果。

2014 年 10 月份的一天，武汉大学两名学生在山中迷路，几天后才有消息传到维东保护管理站。由于对方手机信号极其微弱，在公安技术侦查使用基站无法准确定位的紧急情况之下，他立即启用了自编软件远程调用这两个大学生的手机GPS芯片，仅用时十五分钟便锁定了学生所在位置。这次及时而准确的定位为搜救队伍成功营救争取了宝贵的时间。他的努力和成绩得到上级领导和同事们的一致认可。2015年作为SMART讲师且代表长白山自然保护管理中心和世界野生动物保护学会前往青海参加SMART巡护体系讲解推介活动。这次能够参加青海之行，对于他而言不仅仅是参加一次活动，还是一份荣誉，更是他多年辛勤耕耘的一份厚重回报。

2015年5月，作为电脑操作高手，他被选拔参与长白山林业局林地更新工作。他知道这是领导和组织对他的信任，他暗暗下决心，一定尽心尽力地把这份工作做好做精。而实际上，他也没有辜负领导对他的信任，在他和公益林的领导及另外两名同事通力合作下，通过卫星图片的正确判读，对长白山自然保护管理中心边界进行严格检查后，发现由于早年修维槽公路时（维东至池西站段环保道）偏离了原路线，向保护区区域偏移200米。多年来这两个单位一直以为这段环保道就是保护区和松江河林业局的边界。这样致使长白山自然保护管理中心减少了259公顷林地。之后，他又逐一向老职工老领导咨询，并查找当年的道路审批及修路手续，以及和松江河林业局方面进行多次考证，再一次次地现地踏查，最后经过长白山自然保护管理中心领导出面，与松江河林业局方面协商后，最终确定区域位置，将259公顷林地归还长白山自然保护管理中心。林地变更后，他还参与了保护区总体规划编写和保护区堪边落界以及保护区边界确认和实地指导安装界桩等工作。

幸福是奋斗出来的。这些年来，他先后获得“长白山自然保护管理中心先进工作者”“吉林省经济技术创新能手”“长白山好人”“吉林省林业科技创新先进个人”等荣誉。

如今，他一边认真工作，一边继续学习，还有老人和孩子需要照顾。面对肩负的社会责任和家庭责任，亲友们很心疼，纷纷劝他不要太辛苦了，而他却说：“时代发展的速度太快了，如果不迎头赶上，就会掉队。如果觉得现在走得辛苦，那就证明在走上坡路。反过来，如果现在走得很舒服的话，就一定在走下坡路。不如趁还年轻多努力一点，就算大汗淋漓，就算步履蹒跚，只要知道自己正在一路往上就好。”

张鸿武怀揣一颗工匠之心，用行动和成绩在践行“长白山瞭望员”的形象。“路漫漫其修远兮，吾将上下而求索。”他将继续坚持梦想，不忘初心，努力奋斗，在勤思笃行中无畏挑战，在创新探索中砥砺拼搏，在开拓进取中不负韶华，孜孜不倦求索筑梦前行。

第八章　峰岭站的足迹

地球所提供的足以满足每个人的需要，但不足以填满每个人的欲望。

——甘地

我是女性，且已不再年轻，采访各保护站时，与站里的员工聊聊他们的故事，并没有觉得很辛苦。而攀登瞭望塔对于我来说便不轻松了，最主要，瞭望塔在海拔千米以上的山峰上，没有汽车通行的路，任何人登瞭望塔，都要依靠脚步丈量山路。

我平时的生活中，懒惰胆小，且有些恐高。可是，不登塔如何获悉瞭望塔上的生活，如何撰写瞭望员的文字，有些文字必须依靠亲历获得素材，没有依托，凭空想象都缺少元素。

我暗暗给自己鼓劲，登瞭望塔势在必行，决心下，似乎有种力量在敦促我前行。

攀登峰岭保护管理站的瞭望塔时，大地尚未完全脱去秋意，初雪却已大摇大摆抵达这里，登塔的山路铺满积雪，雪下结冰，走着走着，居然被前面领路的瞭望员落下很远。小心前行，还是摔倒，顺着山坡滑出很远，瞬间，尾骨

峰岭保护管理站原址

疼痛，眼泪无法掌控地流淌。我忍着疼痛爬起来，悄悄抹去泪花，强装无事继续前行。只是，每行一步，腰及双腿都在酸痛。

当我登及瞭望台中部时，雪花迎面扑来，如针刺痛脸，无奈间，戴上帽子埋下头，头顶六级大风与冰凉的雪花妥协。我一步步艰难又狼狈地登到瞭望台之上，颤颤巍巍站起来，长白山峰晶莹剔透，如一块巨大的玉石摆在眼前。那一刻，我的心沸腾了，疲惫、难堪，似乎也有委屈，都烟消云散了。无形中有股力量涌来，刚刚暗自叫屈的疼痛，也自觉躲开了。我沉醉在半空中，与巍峨的山峰对视。感觉自己如此渺小，天地何等浩大。曾在脑海掠过放弃写作的念头也戛然而止。登塔巡山来采访，纵有艰辛，纵有困难，与固守瞭望塔的瞭望员比起来，又何足挂齿。对照山峰工作的瞭望员，我缺少毅力，也缺少精神，更缺少守山人的胸怀。如此想来，我为自己所做的一切都毫无怨言。

在这一座座连绵的山峰中，长白山自然保护管理中心的管护员们，就是用一双双铁脚板踏遍青山，悄无声息地用青春用生命在林海中巡护。曾经站立山峰之巅时，我看见的只是风景的美。如今置身于他们队伍中，才能感受到这群朴实的人，正用心血捍卫自然生态的平衡。

峰岭保护管理站位于长白山自然保护管理中心西南部，1982 年建立，海拔 930 米。管辖面积 27179 公顷，其中核心区 18318 公顷、缓冲区 5631 公顷、实验区 3230 公顷。辖区海拔在 900 米至 2050 米之间，西部与松江河林业局接壤，南部与临江林业局和长白县林业局接壤，外围边界线总长 50 公里。区内植被类型主要以针阔叶混交林和暗针叶林为主。主要河流有锦江、板石河、碱厂河、漫江河等。野生动物主要有棕熊、黑熊、马鹿、野猪等；野生植物主要有柞树、红松、落叶松、椴树、钻天柳、人参、刺参等。著名的望天鹅、张草帽山峰就坐落在峰岭保护管理站管辖区域的核心区。

一

峰岭保护管理站物种的丰富、景点的著名，有别其他保护管理站，就连发生的故事也与众不同，令人啼笑皆非，令人忍俊不禁，令人唏嘘惊叹……

峰岭保护管理站辖区内，红松种源极其丰富，每当五花山色最美时，也是盗采分子最猖獗时。2006 年秋天，红松种源价格一路飙升，受利益驱使，大批不法分子涌入保护区盗采红松种源。为了保护红松种源，站长于智宁派巡护组组长邵龙珠带队，带领 2005 年刚上岗的王明波等四名管护员进山巡护。进山后，他们在一支线与林业局施业区处，用塑料薄膜搭起暂且遮风挡雨的野外宿营点。之后，每天在宿营点周围步行 5 公里巡护。红松种源遍布深山，偶遇红松种源密集的区域，临时宿营点便也成了流动的“驿站”。临时驿站没有薄膜，只能靠着树干或者峭壁来避风宿营。

一日，他们几人巡护至深夜十点，本想顺着来时的小路返回一支线宿营点交班，途经大牌子巡护区域时，邵龙珠想：这里红松种源丰富，常有盗采分子前来，今晚离开，明天再到达这里将是中午，早晨盗采分子最猖獗。他临时决定："兄弟们，今晚就地选择避风处宿营守候。"当他们正准备休息时，只见不远处有手电光如萤火虫般闪烁，邵龙珠警觉后低语："关掉手电，别出声！"之后，他们一字排开，靠着树干蹲下，屏住呼吸，不敢言语。

随后，耳边传来呼噜、呼噜的声音，寂静的山林中，声音在山林回荡，震撼漆黑的夜空。声音令人惶恐，带着风声，带着野蛮。邵龙珠毕竟工作时间久，知道这是野猪奔跑的声音，且离他们很近。王明波巡护刚满一年，经验不足，又因恐惧声不断，惊慌中随手掏出保护站为他们准备的防身三角雷，从口袋里掏出打火机刚要点燃来驱散"怪物"的"呼噜"声时，邵龙珠就在他的身旁，说时迟那时快，邱龙珠一把按住他的手，示意他不要动。

邵龙珠明白，点燃了三角雷，野猪一定会吓跑，他们几人都安全了。但是，手雷声也会给盗采分子拉响警报，自然就会逃跑。

大家都很恐慌，但也只能静候。就连工作十几年的邵龙珠也是第一次如此近距离地与野猪擦肩而过。王明波搂着树干不停地打着哆嗦，吓得腿肚都僵硬了。

野猪的食物很杂，嗅觉很灵，植物和动物都是它们的食物。俗话说是"一猪二熊三老虎"，野猪身上的鬃毛，也就是"刺"，是很厉害的，连一般的子弹都打不进去。森林里经常有野猪出没，早些年，野猪伤猎人的事件偶有发生。管护员都听说过这些故事，听到野猪的奔跑声，岂能不怕。

山林是野猪的家，也是它们活动的地盘，想必那几名盗采分子惊扰了野猪的休息，它才如此带着风一般地疯狂奔跑。野生动物不是人类的附属品，它们的王国是大自然。眼前的一切，是人类干扰了它们的生活的结果。

野猪跑远后，对面的手电光又亮了起来。邵龙珠几人顺着手电的光亮将盗采分子围拢，五名盗采分子还一度坚持对抗，他们不想失去盗采的红松种源。邪不压正，最后败给了保护区的管护员。四名不法分子被捕获，一名顽固者逃跑，盗取的红松种源全部没收。

峰岭保护管理站管护员巡护工作中在野外宿营

事后，同事们拿王明波遇见野猪时的窘态开玩笑。王明波难为情地说：“巡护工作虽然辛苦，但遇见野猪才是真的可怕，本想逃离森林，躲开野兽，但一想到无边无际的森林就在眼前，所有的辛苦和恐惧都值得，保护好长白山的一草一木，这是我们的责任。”

二

对于守山人来说，巡护就是生活，生活就是巡护。而对家人的愧疚是作为一名守山人最深的痛，也是所有自然保护者的痛。

2006 年，邵龙珠的爱人怀孕了，预产期在 11 月份。可是，10 月中旬，孕妇肚子隐隐疼痛，邵龙珠的母亲陪儿媳到白山市医院就诊。医生说：“孕妇胎盘前置，孩子要早产，需要提前剖宫产手术，随时有大出血的危险。”工作中的邵龙珠获悉消息后，正想赶赴白山市医院时，突然接到举报，内容是：有一伙不法分子企图趁着雨天偷偷进入保护区盗采红松种源。他放下去白山市的念头，冒着大雨带上队伍去阻止这伙不法分子。

就在邵龙珠进山后的次日，孕妇见红，必须马上剖宫产，否则大人和孩子都危险。当护士给孕妇做好手术准备后，需要由家属签字时，邵龙珠的母亲被手术签字单上标注的术后可能发生的意外项目吓得不知所措，因为从未遇见过，握笔的手抖动着，却迟迟不敢落笔，医院无奈，只能打保胎针延迟剖宫产手术。并再次告诉邵龙珠的母亲："马上联系你的儿子，孕妇贫血，剖宫产还需要输血，让他马上回来。"

邵龙珠带领小分队出发时就下着雨，进山后大雨瓢泼，薄薄的雨衣无法挡住倾盆之雨，队员们都成了落汤鸡，本该傍晚完成的任务，因为暴雨而减慢行走的速度。为了早点完成任务，他们一鼓作气将不法分子清理出去。下半夜一点左右到达山下时，站长开着车，拉着警笛，在那里等候。原来邵龙珠的母亲不知如何是好，拨通峰岭保护管理站电话，却没有找到儿子，只好与站长说出实情："邵龙珠媳妇难产，需要他来医院签字，帮忙告诉他来医院一趟。"

浑身湿漉漉的邵龙珠顾不上休息，也没有换下湿透的衣服，而是连夜开车四小时奔往白山市医院。10 月 23 日，天亮时到达医院，签字后爱人才被推进手术室。

由于冒雨工作，重感冒和胃肠炎接踵而来，他到达白山市医院时已经高烧四十多摄氏度，当他听到母子平安的那一刻，一颗悬着的心才安稳。随后，他就晕倒在八楼的产房门外。当他醒来时，发现自己躺在三楼的病房静点。

爱人怀孕期间，二人曾设想过种种与孩子见面的场景。可是，晕倒在产房外，绝对是意想不到的相见场面。

就这样，他在三楼病房静躺三天。之后，与产妇和婴儿一起出院。

出院后，邵龙珠并没有在家照顾产妇和婴儿，因为秋防容不得缺席，他又回到工作一线。产妇月子心情焦虑，便埋怨他："家里还能有什么大事，女

峰岭保护管理站站长邵龙珠（左三）带领管护员巡护中科普山林植被生长知识

人生孩子是家里最大的事，居然你都不陪着……”

虽然爱人渐渐理解邵龙珠聚少离多的工作性质。可是，他每每想起这件事，都觉得愧疚爱人：风雨相伴情深深，朝暮牵挂爱相连。只为工作淡亲情，想来愧对枕边人。

三

苏东坡的诗：“人间有味是清欢。”何谓“清欢”？清淡的欢愉。三五同好，约在一起，周末闲游，品茶喝酒，看书聊天。守山人也喜欢对酒当歌，只是工作时，时间不许，环境不许。而他们调查样线时，通常还要带些白酒，为了驱寒，为了助眠，为了缓解身体的疲劳。

2011 年夏天，长白山自然保护管理中心下达新的任务，各保护站对周边进行踏查，标注出保护区与施业区，需要每隔几十米在树上用红漆喷注，来界定保护区与林业局。这次任务，峰岭保护管理站与横山保护管理站联合一起踏查，峰岭站由副站长邵龙珠带队，带领八名管护员，踏查时间预定一周，每人背着五六十斤的给养和帐篷从长白县十五道沟出发，途经长白县林业局、临江市林业局和松江河林业局。这条路崎岖陡峭，一行人攀爬一天也没有抵达长白山自然保护管理中心的管辖区，晚上只好在悬崖边宿营。

第二天再度出发，眼前还是悬崖峭壁，接近九十度的坡度，无法逾越，一行人又负重五六十斤的行囊，只能绕行了。况且，此行必须沿着山的分水岭为界线做引线！而山路九曲十八弯，临近中午时分，他们已走了四个小时，都汗流浃背，当邵龙珠问手持 GPS 的组长刘海涛："我们走出多远了啊？"

刘海涛近于哭腔地说："邵站长，GPS 显示，直线距离二百米。"

这时，所有的队员眼泪汪汪，可怜兮兮地瞅着邵龙珠。他们哪里知道，邱龙珠的内心已是大雨倾盆，二百米，近在咫尺，行走却是天涯。

出发前，每名队友的行囊中都装着十斤左右的象牙萝卜，萝卜保存期长，腐烂慢，在山里行走可以饱腹，还可以止渴。因为负重行走艰难，好几名管护员悄悄将萝卜扔掉来减负背囊，只留下了罐头和火腿等较轻的食物。

夜晚悬崖边宿营，附近没有水源，为解决当天的饮水，需要从悬崖爬到沟底，峭壁坡度基本在四十五度以上，取水后再背着水桶从原路爬回来，一去一回往返需要两个多小时。

出发前，小分队分配两名管护员各背一桶白酒，深山潮湿，喝白酒暖身驱寒；行走疲惫，喝口白酒可以解乏助眠。但是，此行山高崖陡，给养负重，装水的工具又少，屈于饮水的困惑，第三天晚上，邵龙珠告诉队友们："白酒只能留一桶，另一桶或者喝了，或者倒掉，明天要用这个桶作为装水的容器。"

当晚，队友们以酒为餐，就连不喝酒的王明波都端起酒碗。一边豪爽地喝，一边含着眼泪吐，喝完吐，吐完再喝，宁可在胃中周转后回归自然，都没舍得将白酒倒掉。

次日，醒酒后，他们的身体有些沉重，但并没有耽误工作，而是继续踏查。其实，这几人并不嗜酒，平日喝上一口，只做取暖解乏的药。为了避免浪费，一桶酒就这样被消耗了，剩下的一桶酒才实实在在地当作了“药引子”，每晚临睡前喝上一小口，用于舒筋活血，缓解疲劳，只有这样，才能踏实地入眠休息。

四

几度烟雨浓，几度梦魂牵。登山不仅是勇敢者的个人行为，也是一种社会活动。很多人明知登山是玩命，依然有铤而走险的人；很多人明知攀登长白山破坏苔原带，依旧不理不睬，我行我素。这样，给自然带来很大的伤害，给保护带来诸多的麻烦。

峰岭保护管理站辖区的长松岭隧道是通往望天鹅主峰必经之处。

长白山望天鹅又被称为东北第二高峰。主峰海拔 2051.4 米，与长白山天池只有 32 公里之遥，两座山峰构成长白山脉的峰脊。火山喷发时，溢出的熔岩流经过冷凝过程后形成了柱状节理石柱，而石柱多为四、六棱体，上下粗细相等，冲天而立，如同钉在沟壑中，石柱并肩相连，又如翻开的天书。这里有灰色气孔状玄武岩，有黑色致密块状粗面玄武岩，还有灰色板状鞍山玄武岩等形成了石壁，极其壮观。纵向延伸的柱状节理犹如擎天之柱，横向发育的柱状节理犹如天梯，放射状柱状节理恰似孔雀开屏。沟中溪水潺潺，飞瀑层叠，漫山美不胜收的五色彩林。大自然的鬼斧神工在这里透射出迷离异彩。

早些年，这座山峰驴友群穿越居多，群主负责安排日期和行程。每次都是五六辆大客车浩浩荡荡，每台车四五十人，二百多人浩浩荡荡且大摇大摆登山穿越。食品自带，常常完成穿越之后，还要在林中搭锅架灶来庆祝，随之垃圾遍地扔，有些人还会在林中搭起帐篷，野外宿营，之后便留下火灾隐患。这些户外驴友以穿越和登山为娱乐。为了完成他们自己内心的小目标，素质不一的驴友们不管所在位置是不是长白山自然保护管理中心辖区，也不管是不是防火期，他们只要设定目标，长白山自然保护区的所有规定，于他们而言，如同虚设，甚至把法规当作一种挑战，带有刺激性的挑战。

铺满鲜花的苔原带就这样被踩出一条小路，再一点点拓宽而成了宽敞的路，久之，会给苔原带植被带来毁灭性的破坏。穿越者不顾及自然生态的保护，不顾及植被的珍稀，不顾及生物多样化的延续，而常年守护大山的人，见到这一切都疼在心里。

2014年，长白山自然保护管理中心协同当地森林检查站组织联合反穿越行为。一次，在大拐弯附近，管护员发现两辆车。与此同时，这两辆车的驴友也看到了管护员，可是，他们并不恐慌，依仗人多而肆无忌惮地背起行囊准备登山。管护员堵住驴友群说："请你们返回，这里是保护区，不允许穿越。"

穿越队伍中有男有女，有年长者，有年轻人，管护员劝说了一个小时，有的驴友对劝阻置之不理，还有驴友居然如同年糕一样，黏着堵截的管护员，更有甚者还在反穿越宣传牌前拉着管护员拍照，还大言不惭地说："拍张照，告诉朋友，不要再穿越。"其实，他们把照片当作登顶的炫耀。

如何制止穿越成了保护站和守山人的难题。动之以情，穿越者似乎觉得守山人软弱，他们的行为会变本加厉。

怎么办？怎么办？怎么办？

死看死守，死磕到底。

通过对几年穿越大数据分析，假期穿越人数偏多，尤其春节期间穿越热度爆棚，恰逢这时，保护站大多管护员都在休息。可是，为了堵截穿越人员，不是防火期管护员们依然坚守如磐。2015年农历正月初一，管护员巡护在通往望天鹅的小径上，发现了脚印，便顺着脚印跟踪，发现"新年第一穿"准时到来。管护员登上望天鹅逐一劝止，并将他们逐一带到山下。一天里，这条路他们往返多次，途经第一个缓台，攀上第二个缓台，爬过第三个缓台，一个个

峰岭保护管理站管护员在巡护

缓台往下清理。有人不听劝阻，只能就地拉他们下山。这样来来回回走上一天，一双腿如同灌注了铅水。

如今，大型队伍穿越的现象已杜绝。但是，还有三五成群小团队，不在固定日期出现。这样任务更重，劝止和堵截依然进行。管护员反穿越巡护一直在途中，且没有终点。

五

走进原始森林，坏天气会叫你吃败仗，好天气也不让你占便宜。热爱自然的人，把山林中的一草一木当作初恋的女友一样呵护；没有爱心的人，把山中的动植物当作变现的工具，盗采或者采挖都是对植物的践踏。可是，守山人每次搜救非法入山者时，却都把他们当作了亲人。

在东北，进入秋季便是采蘑菇的好时机。野生菌类历来是人们喜欢的美味佳肴，采摘不仅丰富了餐桌，还是一条致富的渠道。采蘑菇有瘾，跟喝酒吸烟一样。这时，村庄附近的蘑菇已经无法满足求财的欲望，很多人便把目光锁定在原始森林。

2018 年 9 月 23 日，正直仲秋蘑菇茂盛。那日早八点左右，长白县两位老人出发去池南辖区的山中采蘑菇。清晨的一场大雾之后，针阔叶树根的周围，一夜间撑起了一把把小伞，那便是“东北第四宝”榛蘑。榛蘑味道鲜美，营养也极其丰富，一些发达的国家把榛蘑列为一类食品，自然对采摘者具有诱惑力。两位老人聚精会神采榛蘑，周围如同播种后吐露的芽孢，似乎在欢迎他们，一朵，两朵，追着蘑菇往前跑，不知不觉走出很远很远，猛然抬头，发现迷了路。

都已经晚上八时了，两位老人都没有回家，家人着急只能报警。这时，峰岭管理站也获悉老人迷失的消息，站长邵龙珠带队，迅速带领三十名管护员进山开始搜救。山林中手机信号时有时无，被困者位置无法确定，给搜救带来难度。无奈，巡护队找来当地居民刘大爷和董叔叔来做向导，两位老人熟悉这里的山路。同时，邵龙珠把三十名管护员分成两个搜救小组，分别跟随两名向导一起进入山中。

搜救队进入山中时已经深夜，山中温度低至零下，雾气四起，白茫茫一片，且雨后路滑，巡护队摸黑前行，深一脚浅一脚在山中全力搜寻，巡护队顾不上寒冷与疲惫，翻过几座山，越过几座岭，路上还要不断燃放礼花作为搜救信号。一边疾走，一边呼喊，仍无回应，时间紧迫，担心被困老人的安全，巡护队加快步伐，希望争取更多的营救时间。

走着走着天亮了，可是，仍然不见老人的身影。

管护员们都开始着急了，谁家都有老人，此时此刻，似乎迷失的老人就是自己的亲人。九〇后杨航，是一名新入职的管护员，连续走了一夜，没有进食，饥肠辘辘，没有休息，体力不支。他累得边走边抹眼泪。当他想到失踪两天的老人时，挺直身板，告诉自己：精神起来，别要熊，爷爷就要找到了。

9 月 24 日上午九点，经过十几个小时的搜救，巡护队在河边找到其中一位老人，老人有气无力倚在树干旁，巡护队询问后证实此人正是走失的老人，又按老人所指的方位寻找，在不远处找到另一位老者。此时，两位老人脱水严重。巡护队马上将老人背到山下，并联系 120。救护车来了，医生和护士也到达现场，老人获救了。

这时，杨航高兴地抱住邵龙珠说："爷爷有救了！爷爷有救了！"巡山搜救的管护员都深受感染，拥在一起仰起头向蓝天呐喊："老人找到了！老人找到了！……"

疲惫不堪的搜救队队员们顾不上休息，而是相互搂着腰在哭泣。这一夜，有担心，有寒冷，有希望，又怕失望。找到了老人似乎也找到内心委屈的出口，哭泣也成了一种释放。

管护员们的工作没有轰轰烈烈的丰功伟绩。但是，他们用双足走出了自己的精彩。他们的每一个小故事中，都彰显着他们的大情怀。他们故事虽小，意义却非凡。正因为这些让我们感动的小故事，才成就如今大美长白山的旖旎风光。

六

在城市中，常常有人提及工作的艰苦，对比瞭望员的工作经历，都不足挂齿。有些艰苦挂在嘴上，那便是矫情，真正付出辛苦的人，都会把这份经历挤出一丝暖意，来慰藉曾历经的酸甜苦辣。

在瞭望塔的故事中，04 号瞭望塔最先充盈我的视觉，很久的记忆瞬间被打开。读过的书，走过的路，尘封在记忆深处，有些可能一生都不会再度忆起，不是忘却，而是没有开启的钥匙。有些似乎忘却，当遇见某个人，或者某件事，如同密码，过往穿越而来，记忆之门被冲开。04 号瞭望塔的故事就这样被眼前的所见所闻冲到我的眼前。

04号瞭望塔位于72林班3小班内，在五十岗的高山顶上。瞭望的范围为北面至一面坡，南面至望天鹅，西面至峰岭站，东面至龙岗山。

1997年前后，那时没有多媒体，每一张报纸我都会认真地翻阅。《吉林日报》上刊登一篇《三八瞭望塔》曾引起我的注意。字里行间，读到瞭望塔生活的艰苦和工作的艰辛。出于都是女性之故，泪点定格在艰苦上，瞭望塔的位置也随之记忆于心且尘封在心底。

这张《吉林日报》似乎在我心底埋下伏笔。当我准备踏查长白山自然保护管理中心保护站时，第一站抵达横山保护管理站，与徐晓东站长交谈中捕捉到“三八”瞭望塔的信息，瞬间，与记忆碰撞，随之翻腾。随后，我求助徐站长讲述关于这座瞭望塔的故事。

徐站长起初惊讶地看着我，毕竟这是很久以前的事，许多保护区的人都已经淡忘。随后，他说：“三八瞭望塔的女瞭望员姜秀琴正好在岗，如今她是横山站的电台员。今晚你就与她同住，想了解啥你问她就行。”

人生就是一张网，谁也不知何时会与谁有交集。就这样，我与这位姜姐成为室友。在横山保护管理站宾馆式的女寝中聊天至深夜。

那时，三八瞭望塔有三名女瞭望员，她们轮换上班，塔上每日必须保证两人在岗。但是，在防火特殊时期，三名女子必须都要在岗。其中两位女瞭望员现在已退休，如今，只剩下姜秀琴还在工作，她已经半百，也临近退休的年龄。

那时，登塔的五公里道路还是山路，每次登塔需要从五十岗背着给养爬山四十分钟才能抵达塔上。塔上没有水源，只能饮用困山水；没有电，照亮靠蜡烛。最难的是煮饭时，海拔高，气压低，烟雾不按正常轨迹运行，而是逆风扑面而来，老百姓称之为逆烟。这时，做饭的瞭望员则是一边做饭，一边抹眼泪，一顿在家只需半小时可以煮熟的米饭，这里却需要一个多钟头。尽管这样，她们仍默默地坚持着。每天的两顿饭，一把鼻涕一把泪，饭煮熟了，做饭

横山保护管理站04号瞭望塔——曾经的三八瞭望塔

的人也被烟熏得如同戏剧中小鬼的模样。

女同志天性胆小，况且在这渺无人烟的山顶，在动物常常造访的山巅，每日都在恐慌中度过。这里六级大风是常态，如家常便饭一样从不停止。夜晚的风似乎加持了级别，呼呼，呼呼呼……吹着口哨在瞭望塔的站房周围盘绕。窗外一片漆黑，尤其没有月亮的夜晚，黑夜令人浮想联翩，越想越恐惧。

一天夜里，站房的门板被风刮掉，这时，风声就在耳边绕来绕去，她们蜷曲在站房的一角，捂着耳朵，不敢轻易地走动，漆黑中感到无比恐惧，搂着手持机，颤颤巍巍地向总台报告眼前的窘状。可是，天黑路远，维修房门也只能等到天明。

这是一个怎样的寒夜呢？她们又是如何度过的呢？

如今，姜秀琴提及这一夜，满眼都是泪水。那一刻，她想，天亮了就下山，再也不来这里了。

可是，天亮了，看到了日出，大山的美无与伦比，她忘记了夜晚的誓言。

面对朝阳，心里的阴影和惶恐，却都被甩在脑后。哭过了，苦过了，只有见到大山的美，才不会被时间伤害。

女人的生理期需要呵护和保暖，而工作在这里的女人好像没有性别，且也难以因特殊情况而启齿。仅仅秋防的一百天，她们就落下了严重的妇科疾病，且伴随生命的长度“不离不弃”。还好，秋防过后，她们离开瞭望塔，三八岗也成了历史，且在自然保护区留下了浓重的一笔。

有些辛苦，没有经历，无法体悟。听过的，看过的，都会如浮云一样掠过。

04 号瞭望塔最初隶属于横山保护管理站，因为管理的需要，2019 年划给峰岭保护管理站。

如今，通往瞭望塔的路已经修缮，登塔的艰辛减少一半。国家电网供电代替了蜡烛，烛光晚餐的时代也已是历史。只是饮用水还需要到很远的深沟里取来困山水，用于洗菜和做饭，如今自然保护区为这里配置了摩托车，成为取水的工具。虽然烧饭依然用木材，但是，站房烟筒已经改进，倒烟现象已经杜绝。

在春防和秋防期间，六级大风算为标配，呼呼的狂风为连绵的山峦伴奏。

虽然 04 号瞭望塔只有 25 米高，在保护区的十五座瞭望塔中高度偏后。然而，登塔的难度不取决于高度，而是由大风的级别而定。如果不是亲历塔顶，永远不会体会这其中的艰难。

大风的级别随着高度而递增，当我踩着第一层铁踏板时，右手紧紧握着铁护栏不敢松开，呼吸急促，且有种缺氧的乏力，耳膜嗡嗡作响，似乎飞机起飞时的状态，左手捂着张开的嘴巴，继续艰难攀登，无法直立行走，只能弓腰前行，时不时一阵风袭来，横冲直撞，如果不是紧握着护栏，真有种被吹飞的感觉。伴随大风，感觉身体在半空摇晃。尽管艰难，我依然要攀登，因为这里的瞭望员每日都要这样登塔瞭望。

而我仅仅就是一次踏查，我决不能因困难而退缩，我要体悟瞭望员攀爬的艰辛和不易。

与其说冲破阻力，不如说满怀敬畏，此时此刻，无法用更加坚韧的文字描绘，但是，我却用生命体验去领悟艰险中迸发的信念。一边安抚内心，一边警告自己，还一边祈祷保佑……登及瞭望塔，有种在生死线徘徊的忐忑。为了完成“瞭望塔”的文字，所有不易都要克服，所有艰辛都要挺住。就这样，我如凯旋的英雄一样，登到了25米的高处，眼前却天旋地转。

我登至塔顶后几乎瘫坐在瞭望台的地板上，瞭望台暂且可以避风。雪花却从铁门的缝隙和窗子的空隙挤进瞭望台，狭小的地面铺着薄薄的一层清雪。塔顶小屋是摇晃的，如同车辆在山路上颠簸，颠簸摇摆的频度令人有晕车的感觉。我就是在这种状态下，与守在塔顶的瞭望员赵子文交谈。赵子文在这里工作五年了，他的伙伴张勇也是年轻人。张勇没有过高的厨艺，但炒菜煮饭比他好，所以他们生活方面的任务由张勇承担，比如做饭、劈柴、取水等等。这样安排后，赵子文自然便承担了瞭望的全部工作。

赵子文喜欢摄影，他的愿望是买一部单反相机，因为天天守在瞭望塔之上，周围的山峦都是最好的拍摄素材。他还告诉我说：“拍好了片子，我就有机会加入抚松县摄影家协会。如果获了奖，也是在宣传长白山……”

瞬间，眼前的年轻人令我刮目相看，工作虽然寂寞，可是内心却气象万千。

瞭望员工作的艰苦已成共识，而我问及赵子文他对工作生活的感受时，他说：“工作在这里挺好的，每天都能看着长白山山峰和森林的变化，每天都是不同的样子，生活也挺好的。”

这时，我发现他的腹部隆起，我的目光便在隆起的位置逗留，赵子文笑着说：“我这不是胖的，塔上冷，登上瞭望台前我把热水袋放在大衣里了，这样能暖和些。”

“天天都刮风？天天都抱着热水袋吗？”我好奇地问。

“海拔高，六级风经常的事。春防时，雪没有化开；秋防时，这里又提前

峰岭保护管理站04号瞭望塔瞭望员工作中

下雪，基本是这样。如果雪太大，我们下山就得靠脚步丈量。其实，这不是难处，这里工作真的挺好的。”赵子文很平静地说着。

这位年轻人对工作对生活的感受以“挺好的”作为最好的肯定。

04号瞭望塔海拔2140米，是长白山自然保护区十五座瞭望塔中海拔最高的一座，还是我踏查瞭望塔的最后一座，也是与瞭望塔上瞭望员交谈时间最短的一座。我只在塔顶停留一刻钟，便感觉耳膜膨胀，太阳穴胀痛，只好狼狈地逃离瞭望塔。离开时的每一步似乎有种被风推下来的感觉，又似乎在半空中飘过一般。

在塔下我见到了张勇，他刚刚取水归来。张勇黑黝黝的方脸上，布满着不是青春痘的粉色小疙瘩，回想塔上赵子文的那张脸也是如此，便问张勇：“你脸上的疙瘩啥时长的？”

“只要登塔就起疙瘩，休息在家就没有了。海拔高，都如此，没事的。”

“挺好的”“没事的”这是我在这座塔上听得最多的词汇。生活工作，不一定都遂心愿，但是，内心的认可便是战胜困难最好的法宝。

七

守山的日子孤独寂寞，而守山人在日复一日的守护中，历经自然的考验。工作在瞭望塔的日子，他们也会思念家人和远方。驻守在山巅之上，拥有一份难得的小情怀，可以稀释生命中的诸多不如意。

302 省道 221 公里处，猎豹汽车拐入坑洼不平的运柴道，二十分钟颠簸的车程，车子拐入一岔路口后居然停下。昨夜飘过小雪，雪花如白色颜料轻描淡写地在树林间涂抹一番，如同披上薄纱，笼罩了萧瑟的林海，尔后变成一幅画，枯叶、松针若有若无。面对画一样的风景，行车的颠簸掠过，跟随着前面引路的管护员在林间小径穿梭。

所谓小径就是树与树之间崎岖的间隙，走的次数多了，便有了足痕，成了一条曲曲折折的路。偶有低洼处，人为用倒木铺就，随意地摆放，只为行走，却有种别样的韵味。时而有落雪融化的痕迹，脚掌踏上去湿漉漉，却暗藏玄机。深一脚，浅一脚，小心翼翼地前行。这座山峰海拔 1300 米，登山的路程 700 米，需要行走一刻钟。09 号瞭望塔被高耸入云的松林遮挡，透过枝叶空隙，我看到了摇曳在半空的塔尖，仅仅是塔尖，在我眼里显得格外高大。

抵达瞭望塔所在的峰顶时，我已经气喘吁吁。

这座瞭望塔位于峰岭保护管理站 26 林班 3 小班内，在对子沟北侧山坡上。瞭望范围北面至一面坡，南面至张草帽顶子，西面至峰岭站，东面至岳桦林与苔原带。因地处边境线，宿营的房屋及瞭望塔周围用铁丝网围拢。一位清瘦的中年男人打开栅栏门，他就是瞭望员王明华。迎面映入眼帘的还有一只母鸡在独自觅食。在这个冷风习习的山顶，家禽带来了生机和亮点，也给山顶增添了活力和生机。

或许王明华几日来没有与山外的人对话，或许因他比较健谈，他如同遇见老友，与我谈起了 09 号瞭望塔的许多故事。

很早以前，这里也是依靠蜡烛照明，近几年才依靠太阳能板发电。而饮用水一直还是难题，每天需要往返六七十分钟，前往板石河支流取水，二十五公斤的水背回来只能用于做饭煮汤，洗菜洗脸还得借助雨水完成。每次下雨，不管白天还是深夜，如同遇到了甘露，盆盆罐罐摆满院子，尽其所能地多存储些。遇到干旱时，河水干枯，森林防火提高危险等级，这时饮用河水都显得奢侈，只能依靠困山水打发生活。

如今上山的路改在阳坡，节省很多登山的时间，也缩短了攀爬的路程。2017 年以前，他们需要从背阴的对子沟往山顶攀爬，每次要背着给养爬山九十分钟。每年春防开始时，山上积雪未化，雪浅处没过膝盖，雪厚时与腰并齐，这时，他们背着生活日用品，还要背着八块太阳能板和四块电瓶爬山，虽然有同事们帮忙搬运，但是，每一个人都被热汗浸透了衣裤。

六级大风伴随飘雪为我的到来充当了先锋，为萧瑟的秋色涂上了凄冷，天气虽如此恶劣，我却对 37 米高的瞭望塔依然充满向往。铸铁的塔梯尽管铺设胶垫，但是，脚掌与之接触时，依然暗藏隐患，无奈，登塔时只好紧紧握着冰凉的扶手。与此同时，迎面寒风如同遇到了一扇冻僵的门扉，向我劈头盖脸地砸过来。为了减少阻力，只有低着头，侧着身体，尽量避开与大风正面接触，就这样，我艰难地在爬梯。每到缓梯处，身子就贴在护栏上喘息。虽然已经飘雪，可是，火险等级并没有减弱。在瞭望塔避风的铁屋中，我见到了瞭望组长杜学刚。驻足在摇晃的塔顶，与他聊起他与瞭望塔与这里兄弟们的话题。

此次登瞭望塔我只见到两位瞭望员，从他俩侃侃而谈中，让我了解到其他两位休息在家的瞭望员宋修杰和邱立新。

有一年秋防期间，低温提前在林海中驻足，宋修杰去背水的途中不慎滑倒，他咬着牙，忍着痛把水背回了住处。回到宿营站房后，受伤的膝盖处肿得如树干，本该下山回家，却无法行走。而他没有向站领导汇报伤情，更没有请

峰岭保护管理站9号瞭望塔瞭望员在艰苦工作环境中坚守岗位

假，甚至与家里都没有只言片语的提及，而是自作主张又在山顶逗留十日。这十日他在队友的照顾下静养，待膝盖的红肿渐渐散去，才一瘸一拐下山回家看望家人。

长白山自然保护区瞭望塔所处的困难是相似的，而每个塔的生活质量却是不同，这里提到的质量并非饮食的差异，而是他们的情趣别有特色。

这里四名瞭望员三名都身怀绝技，因为这份技能，把寂寞的瞭望变得活色生香。

先说说组长杜学刚，魁伟的汉子，圆圆的脸，大大的眼睛，透着厚重和诚实。他闲时用黄泥制作泥丸晾干，在院子的太阳能板下支起一块木板成为自己每日“打靶”的受力点，日复一日，年复一年，加上雨水与空气的调染，这块板已变成抽象的画。

再说说王明华，他从吉林省警察学校毕业，曾是原吉林长白山国家级自然保护区管理局的一名警察，2008年9月半路出家，成为一名瞭望员，且一直坚守在09号瞭望塔。他的身体不佳，老胃病常年相伴。2012年9月，慢性阑尾炎及胃炎复发后高烧不退，吓坏了队友，急忙电联站里，站长迅速用车将他接走，送到松江河镇医院，治疗三天才脱离危险。站长劝他回家休息，他说:“我都耽误三天工作了，秋防期间，瞭望塔不能缺人，瞭望塔一分钟没人，就潜藏万分危险。”站长被这番话感动了，只好将虚弱的王明华送回了09号瞭望塔。平日里，他喜欢散打，既可以锻炼身体，又可以消磨寂寞。在院子的角落，挂着沙袋，那便是他的健身器械，加上那块弹弓的受力板，俨然一个健身房在山顶建成。

这座瞭望塔还有一位瞭望员邱立新是二道白河镇的名人，他喜欢打太极，且在2019年二道白河举办的太极赛事中获得中年组第一名。这位冠军爱好广泛，还是一名男高音，尤其喜欢蒋大为的歌曲，在中华人民共和国成立七十周年之际，他站在瞭望塔上高唱《我和我的祖国》，松林摇曳，白云点头，小鸟鸣叫，在辽阔的林海中，这些都是送给他最美的赞赏。

冻得哆哆嗦嗦的我被迫离开瞭望塔，回到瞭望塔下的宿营小屋，看见热炕上铺着一张水写的书法模板，他们几人在寂寞中练习书法，既是消磨时光，又是修身养性。寂寞的瞭望工作，枯燥的日常生活，而他们却把艰苦当作生活的乐趣，愉快地瞭望在山顶。

这时，王明华说:“我们的书法老师是邱立新，他毛笔字写得好，我们把他当作榜样了。”

我几乎惊讶又很崇拜地看着眼前的瞭望员，内心曾掠过一丝苦涩，随着杜学刚递过的茶水，却有一缕芳香扑来。我问杜组长:“工作枯燥吗？你们还经营得如此丰富？”

他憨厚笑了笑:“我们都是山里长大的，对长白山很有感情，虽然日出上台，日落下台，遇到三级和四级火险时，我们做饭的时间都没有，但是，又想想，因为有我们对大自然的热爱，才能让长白山安然无恙……在这里，我们兄弟之间感情特别好，我们在工作中处感情，在感情中去工作……”

一番话令我更加钦佩眼前的瞭望员，工作看似卑微渺小，但他们却有大山一样的心境，宽阔而辽远。

在我们准备离开瞭望塔时，我瞅瞅那只孤独的母鸡说："你们这里还养了母鸡哦？"

王明华略有伤感地回答："哪里是我们养的啊，这是中秋节站里领导送来两只鸡给我们过节的，我们没舍得吃，当宠物养着，我每天都与公鸡和母鸡聊天。可惜，前天降温，公鸡冻死了，我俩把死鸡埋在栅栏的角落了。"

随之我也感伤地叹了口气。

杜学刚接过话题："看着公鸡歪歪扭扭咽了气，虽然心情不好，转念一想，我和我的老伙伴很幸福，小鸡只剩下一只了，多可怜，不如我俩，我俩还有老伙计相依相伴呢。"

一番笑谈，深深感动了我，我不禁眼睛湿润了。

在下山的途中，从同行的管护员的谈话中获悉，09 号瞭望塔多年被评为先进瞭望塔。

先进并非徒有虚表，而其内在的优秀在潜移默化间成为一种风尚、一种信念。这座塔，这些人，相互感染着，相互帮扶着，相互传递着，用一双千里眼，用一颗热忱的心，把守望变成责任，把艰苦变成乐趣，悄然间，让爱之花在山林中漫开。

八

在长白山自然保护管理中心的九座保护管理站，电台员这份工作应该是最不起眼的一个角色，不进山，不瞭望，只承接山林与保护站、与保护中心的联络和传递工作。看似只是一个配角，却承载着保护管理这场大戏能够有序地上演的重任。

于秀芹是藏在大山深处的美丽的女人。

1973年出生，父亲是老保护人，女承父业，1994年于秀芹离开学校，来到峰岭保护管理站工作。电台员是她第一份工作，也是她人生唯一一份工作。同时，她还兼顾档案员的工作，这依然是一份不被注意而又琐碎的工作。

工作之初，峰岭站还是破旧的站房，办公兼寝室，老鼠与人同处一室。最初，于秀芹害怕老鼠，尤其夜深人静时，老鼠在天棚里“夜练”，整个天棚都在震颤中，最令于秀芹惶恐的并不是老鼠的奔跑，而是担心它掉下来，掉到自己的被窝里。那时，依靠发电机发电，晚上九点就没有灯光，没有温暖，漆黑中忍受着老鼠的折磨，于秀芹蜷曲在被窝中夜夜流泪。

一边哭一边想：这是什么工作啊，办公场所在山里，看不见人烟，厕所在外面，草爬子遍地都是，晚上还有老鼠作妖，不干了，明天就回家。

她想退缩，她想逃避。当她熬到天亮时，望着远山，落寞的心情却被连绵的山峦治愈。一遍遍地萌动逃避的想法，又一遍遍地自我疗伤。渐渐地，不再害怕老鼠，且能与之“和平相处”。

那时，峰岭保护管理站还没有自来水，洗衣洗脸都是井水。

井里有水，水位很深，需用辘轳取水。辘轳有支架有桶，还有摇把和井绳。井绳缠绕在水桶上，一头连绞桶一头系挂钩，双手握着辘轳把，摇一圈井绳缠一圈，把水桶绞到井口上，探出一只手把水桶扯到井台上。最初于秀芹没有领会辘轳的技巧，也没有力气摇动辘轳，也担不动一桶水，费尽气力只能挑回半桶水，有时还会滑倒而把全身弄得湿漉漉。任何事都是从无到有，从弱到强。一次次摇动轱辘，练就好了臂力，也增加了体力，逐渐挑起满满一担水都不费吹灰之力。

活生生一个柔弱的小女子，就这样变成了山林中的女汉子。

既然选择了自然保护工作，便只能风雨兼程。坚持，坚守，坚强，哪怕工作总是不易，哪怕生活常有乌云，但她的眼中有光，心中有爱，她把自己当作了太阳，自己给自己补充光芒。

工作的艰苦能够锻炼人性，还能磨砺心志，工作是人生最尊贵、最重要、最有价值的行为。这段记忆，虽伴随心酸和眼泪，但对于秀芹来说却是难得的收获，回忆时泛着苦涩，细细品味，却是人生的五味杂陈的积累。

1995年结婚后便怀有身孕，妊娠中她特别想吃猪蹄儿，保护站的生活费用维系正常生活都很艰难，连肉腥都很难见到，哪还有能力准备猪蹄。这时，她特别想回家，可是，工作无人替代，只好忍受着，因为对猪蹄的渴望，还偷偷地流过眼泪。终于盼到回家的日子，第一件事就是痛痛快快吃顿猪蹄。每次提起这件事，于秀芹都很害羞，而她的丈夫却很内疚。在于秀芹最需要关怀的时候，一个猪蹄的心愿都不能及时满足。

于秀芹的儿子九个月时，正值春季防火期，她忍痛给孩子断了奶水，把孩子交给了婆婆照看，然后，于秀芹含着眼泪离开家。一个月后，孩子得了急性喉炎住院一周，春防期间不能离岗，她没有去陪伴孩子。这一周，她几乎以泪洗面，惦念，担忧，夜深人静时，耳旁萦绕着儿子的哭声，让她彻夜难眠。春防结束，她急匆匆赶回家后，儿子几乎都不认识眼前的娘。血浓于水，没过

峰岭保护管理站电台员于秀芹工作中

几小时，孩子便黏在于秀芹的怀里，分秒都不分开，孩子担心妈妈再离开他。休息的日子总是很短，又到了上班的时间。儿子搂着于秀芹的脖子一通大哭，她也是泪水洗面。

那段日子，眼泪是母子的见面礼，哭泣是母子的告别仪式。

孩子两岁那年的冬天，婆婆有事，丈夫又在外地出差，没人照顾孩子。她只好抱着儿子上班。乘坐第一辆大客车刚出松江河，车就出现了故障，司机说当天无法修好，客运站又派来一辆大客车。由于天冷，车子中途水箱又开锅了，无法继续前行。前不着村，后不着店，寒风刺骨，于秀芹抱着孩子，无助地蹲在道路边上痛哭起来。依靠步行无法前往保护站。那时，山里没有信号，也无法向保护站求助。这位司机见于秀芹娘俩很可怜，帮她拦下一辆前往松江河的私家车，将母女送回松江河镇。次日，她再度抱着孩子去峰岭站上班。

20 世纪 90 年代，于秀芹常年工作在保护站，而丈夫又常年工作在外，孩子只能住在婆婆家。工作之余除了思念还是思念，每次想孩子的时候，她都要哭一场。那段岁月，她思念孩子不知流了多少的眼泪。孩子上小学后，作业由老师代管。没有父母陪伴的孩子，自己独立睡觉，自己独立吃饭，自己独立上学放学。独生子女娇生惯养的待遇，于秀芹的孩子都没有享受到。2005 年她的丈夫工作固定了，调回松江河镇，孩子有了父亲的照顾，让于秀芹少了很多牵挂，脸上便多出了笑容，眼泪也戛然而止。

2010 年母亲病重住院。秋季防火期，她连续上班半个月后才休息一天。母亲住院的日子，于秀芹只照顾一天。作为女儿，不能亲自在母亲的床前端水送药，她很自责。同时，她非常感谢自己的嫂子，承担了她做女儿的责任。母亲已经去世了，她却没有尽孝，这是她最内疚的事情。

快乐与内疚同行，泪水与欢笑交织，这才是有血有肉的人生。在冗长的岁月里，于秀芹用电波与管护员们一寸一寸地丈量脚下的路，她与他们一同坚韧地往前走，苦累相伴不回头。其实，世上没有任何一个人是容易的，也没有哪一份工作是不辛苦的。于秀芹的工作虽然苦，好像一眼望不到头，但是于秀芹用眼泪熬过了艰苦，她人生的精彩正一点点向她靠近。

如今孩子已经长大，不再让她牵挂了。峰岭保护管理站已经改造了，办公场所和寝室也焕然一新，办公条件和居住条件跨越式地改善，于秀芹在美美地生活和踏实地工作。可是，家人突然发现，与她聊天时爱打岔或答非所问，时常在聊天时节外生枝，引起家人哄堂大笑；还有她看电视时，音量调得很大，而她却不以为意；且原本柔声细语的于秀芹，如今说话嗓门很大。种种迹象证明她的耳朵已经衰老，耳朵失聪与常年做电台员有关。

她也深知电波对耳膜的刺激，可是，操作电台是她的工作，也是相伴几十年的伙伴。

经年累月与管护员生活在一起，她深知管护员的辛苦。与其对比，她不巡山，她不登塔，她感受到这份幸运，也很珍惜这份幸福。俗话说，多年的媳妇熬成婆。刚来峰岭保护管理站时，同事都年长于她，她都称呼叔叔大伯，或者喊着哥哥。而如今，她也是前辈了，好多管护员都喊她于阿姨。看着与自己儿子相仿的孩子，整日巡山很辛苦。于秀芹心想：这些孩子离家远，而自己在孩子们眼里就是保护站里的妈妈，能帮他们就多帮助他们。

所以，她在工作闲暇，帮这些孩子们洗洗衣服和被褥，时常还去帮厨，包饺子、蒸包子，给年轻的孩子改善生活。孩子们也不把于阿姨当外人，缝缝补补、洗洗涮涮都找于阿姨。年轻的管护员与于阿姨相处的日子久了，都感受到了一种母爱。

在于秀芹的眼里，幸福的起点很低，如今的工作和生活条件与从前相比，有了大变化、大飞跃。以前如何兼顾工作与照顾儿子，让她很矛盾。如今儿子也工作了，矛盾散去，档案员工作也由年轻人接替，可以踏实快乐地工作了，而她也年近半百。想到这里，她有些伤感，常常与年轻的管护员说：“我都快要退休了，真是有些舍不得保护站，舍不得这里的孩子们。”

一个人是否幸福，是否满足他的参照物，就是他的幸福点。而于秀芹的参照物是横山保护管理站。当我在采访中问及这个问题时，她说：“别看峰岭

于秀芹在给管护员们洗衣服

保护管理站孤立在路边，但我每天都能看到国道上飞奔着大车、小车、货车，这些车在眼前通过，这份流动能够让思维活泛。而横山站，看不到外人，也看不到车辆，他们只能看到大山，看到林海。与他们相比，我的眼前有动感，我比他们幸福多了。”

细细品味于秀芹的人生，都是用眼泪熬出来的，因为她熬过了所有的艰苦，一定会收获大写的幸福。这些年来，她先后多次被长白山管委会评为“先进个人”，被长白山自然保护管理中心评为“业务能手”；2015年又被吉林省总工会评为“幸福女工”。这些荣誉光环的背后，却烘托出于秀芹的汗水和满满的幸福。

本身生活在长白山的人就拥有大写的幸福，而于秀芹的幸福感来自长白山，来自长白山的自然保护。

第九章　横山站的卫士

非但不能强制自然，还要服从自然。

——埃斯库曼斯

顺着长白山自然保护区的分布图，从东面的中朝边境线双目峰保护管理站出发，抵达南面的中朝边境线就到达了横山保护管理站。

为了采访，我夜宿在横山保护管理站和维东保护管理站。我感受到大山夜晚的寂静，体会到大山黑幕的神秘，不知为何，这份静谧让我感受到自己的内心深处在外延，我的心里变得空旷而踏实。那一刻，似乎脚下有根系在向土壤深处探入，这座山的故事，还有守山人的故事，如一朵朵花，在心底绽放。

就这样，我一次次进入深山老林，在朋友的眼中，我多出了傻气。

些许正是这股傻气在支撑我，还有一股魔力在吸引我，我的目标更明确，不问收获，自在耕耘，一往情深地书写来自大山的信念。

坚持就是胜利，写文字我不是科班，搞林业我还是外行，但我有一股韧劲，也有一份热情。困难绝对是生活中幸福的开始，容易绝不是该庆贺的美事。

“长白山梦想号”已经停泊在横山保护管理站。

横山保护管理站原址

这里是我第一轮采访的第一站，还是第二轮采访的最后一战。这次踏查似乎天意，而路线起始也契合天意。有始有终，方是正道。

横山保护管理站成立于 1976 年 9 月，位于长白山自然保护管理中心东南部，海拔 1260 米，东部与朝鲜民主主义人民共和国接壤，边境线长 31 公里，南部与长白县林业局、长白森林经营局毗邻。森林自下而上为针阔叶混交林带、针叶林带、岳桦林带和高山苔原带。辖区内主要河流有鸭绿江、南锦江、十九道沟河、二十三道沟河；野生动物有棕熊、马鹿、野猪和狍子等；野生植物有山楂海棠、朝鲜崖柏、刺参等。长白山南景区也位于横山保护管理站管辖区内。

一

谁说工作枯燥寂寞，可他们的心中装着万水千山；谁说生活简单无聊，可他们的胸怀揣着绿意悠长；谁说人生没有繁华，可他们的世界聚着信念如磐。他们是谁？他们就是长白山的保护者。这片青山林海中，就驻守着一群心中矗立着金山银山的人——可爱的默默无闻的人。

大自然的每一个领域都是美妙绝伦的。

横山苔原带海拔 2200 米，地面覆盖着很厚的火山灰、火山砾，地带气候严寒，湿度很大，几乎天天刮风降水，且是吉林省风力最强的地域，一年里无霜期只有百余天。因气候严酷之因，土层稀薄，植物分布自下而上种类递减，只有六七月份，苔原带才有高原花朵盛开。这时，也是植被遭到破坏的最危险时期。

在此苔原带上建有一座管护宿营点，常年有四名管护员在此安营扎寨。因为苔原带生长高山红景天等珍贵草药，管护员每天要步行八公里巡护，一遍遍不厌其烦，其目的就是保护野生植被不遭受破坏。苔原带的天气变化无常，刚刚晴空万里，瞬间变得雾气缭绕，暴雨倾盆，能见度有时不足一米，巡护中常常遇到如此恶劣的天气，只有就地蹲守，任凭暴风骤雨的肆虐，待乌云散去，他们才如水鸭子一样再回到宿营点。

宿营点每半个月交接一次班，在上岗之前，要备足半个月的食物和饮用水，需从营点背上苔原带。饮用水只用于做饭，而洗漱用水必须依靠雨水，或者用雪化水。高山缺氧，食物烹饪依赖高压锅，住在这里，豆角成了奢侈品。这是站长徐晓东的指令：“高山缺氧，豆角煮不熟，很容易中毒，山高路远，一旦中毒，后果严重。”一声令下，管护员们都很听话，豆角成了比肉还香的美味。他们也试着改变生活，包了饺子，可是水无法沸腾，煮出的饺子都成了面片。前些年，这里还没有液化气，做饭用倒木作为燃料，每次做饭都是老大难，烟不顺风势飞走，而在锅台周围盘绕，每做一次饭，烟气混杂，都让“厨师”泪眼迷离。

白天尽管劳累，紧张中他们还算充实。最难熬的就是夜晚，没有电灯，

横山保护管理站管护员密林深处野外宿营，忍受蚊虫叮咬研究次日巡护行程

只能用睡眠消耗长夜，由于高山严重缺氧，呼吸困难，睡眠不踏实，他们每隔一小时，打开窗户，换换空气，缓解压抑的呼吸。年岁稍长的管护员，几乎夜夜无眠，他们用心血熬着时光在守护。

偶尔还有野兽造访，一天夜里，一群野猪来这里“做客”，伸手不见五指的夜晚，只听见一群野猪争先恐后地围着宿营点在嗥叫，叫声在半空中带着回音扩延回荡，诡秘而恐惧，年轻的管护员很恐慌，老管护员路宝军告诉他们：“不要怕，我们在与动物和平相处，我们在保护它们，它们不会伤害我们。”

这以后，但凡来这里的野兽都成了他们的朋友，也成了邻居。

生活的艰苦与寂寞，他们没有怨言，反之，把这座山当作了家，把这片林海当作了“御花园”，而他们自称是守护这“御花园”的“御林军”。生命的富足并不是腰缠万贯，而是心中矗立着金山银山。

二

拥有神奇、丰厚、博大的自然资源、风土风貌和人文历史的长白山，是欧亚大陆东缘的最高山系，是生态之山，是文学之山。名胜佳景、珍奇异兽、伴随阵阵松涛和茫茫云海而展现出一幅美丽的画卷。大山依附自然，与草木同在，与万物共存。而大山的深处，有一群“最可爱的人”在默默保护这座生态的家园。

只有服从大自然，才能改造大自然。

横山保护管理站地处长白山旅游区南部，常常有驴友在此穿越，驴友不定期，不定点，不定时，他们喜欢野外宿营，无形中给山林带来火灾隐患，况且这里的风灾区还是驴友们喜欢的宿营点。又因这里有名贵的药材，还有人来这里采挖药材，横山保护管理站管护员们必须对这片山林死看死守。尽管这样，还是有好奇的驴友和贪婪的采挖人铤而走险，时常还会发生驴友和游客等走失事件，譬如寻人的工作在这里已经司空见惯了。然而，这里的管护员们并没有抱怨，只要他们接到寻人的命令，不管狂风暴雨，还是漆黑深夜，都是一如既往地向山林出发。

2017 年 6 月的一天傍晚，天空飘着小雨。饭后，站长徐晓东冒着雨在山路上散步，这时，他发现路边停靠着一辆摩托车，职业的本能让他提高警惕。这里远离村庄，没有闲散人员。他掏出手机询问队里是否有队友还在山中。正在队里清点人员时，树林中跑出一个年轻人，气喘吁吁地说：“这位大哥帮帮忙，我几个哥哥进山采药，已经三整天了，电话不通，联系不上啊，急死家人了。”

徐站长听后气愤地指着年轻人说：“你们以为大森林是自留地呢，随随便便来采药，要知道保护区是不允许采药的。”

年轻人不言不语，自知理亏，低着头不停地哭泣。

徐站长说归说，却忙着回站里。之后，带领三十名管护员支起手电光，带着 GPS 顶着小雨，兵分三路进山。长白山的雨变化无常，刚刚还是细雨蒙蒙，转眼间，却是暴雨如注。随之温度下降，管护员们不顾浑身冻得哆嗦，还继续在山林中寻找。尽管穿着雨衣，汗水混杂雨水也浸湿了衣裤，每前行一步，双腿如老树的木桩很沉重。

这也是战斗，只是对方不是敌人，而是兄弟。找不到迷失在山里的人，就别无选择地继续寻找。

黑夜，暴雨，降温，于常人而言，是困难，是难题。于管护员而言，是考验，是挑战。

一步步地前行，一段段地寻找，尽己所能地不遗漏。后半夜两点钟左右，在针叶林带终于找到迷路的三个男人。他们相互依靠着蜷曲在一棵树下，几近奄奄一息。管护员们轮换背着他们。雨夜，上山难，下山更难。可是，管护员们并没有一人嚷着累，都争着来背他们。

随着天空吐出一丝亮光，与希望一并照亮管护员们的心间。清晨五点左右，他们走出了山林，回到了横山站。

三个男人得救了，他们各自喝完一碗热汤后，渐渐地精神起来。

然而，管护员中却有四人雨夜着凉而患上了重感冒，山高路远，高烧也不能去医院静点，只能依靠口服药缓解。尽管这样，管护员们没有一丝埋怨和牢骚。

面对这片森林，他们该是最可爱的人。

三天后，得救的三个男人制作了锦旗送到了横山站，惭愧地说："我们认识到自己的错误，以前总抱着侥幸，认为林子不是你们家的，干吗管得那么严，还与你们玩躲猫猫，心底对你们还抵触。这次如果没有你们搭救，我们就都没命了。"

锦旗上写着：人间真情在，救人于危难。

正如长白山自然保护管理中心主任王绍先所说："我们的任务是保护自然生态不被破坏，但也要用行动去感化那些破坏自然环境的人。"

三

不管生活，还是工作，需要感动，有一种暖，因为爱而散发出来，却在默默地流淌。巡护山林中，寂寞孤单当属冷色调，而温暖和感动的色彩突然呈现，烟火般的温暖流淌心中。无须多言，这是一种力量，这是一种关爱，在不言中，默默地将爱传递。

山林中有一条道路叫运柴道，管护员也常走在这条路上巡护。这条路不同于城里的柏油路，由于年久失修，路面都是山皮土，平日坑洼不平，但不妨碍通行。遇到雨天，路面泥泞，人行走之上，自然会陷入淤泥中。很多年前，站长徐晓东领着六名管护员开着破旧的吉普车进山巡护。出发前蓝天白云，没有一丝下雨的征兆，他们只带一天的食物。在管护员的眼里只要不下雨都是晴天，都要巡护。如果早晨阴雨他们才会休息，久之，他们送给自己一个绰号：阴天乐。

午后回返中途经一片草甸子，走过草甸子一公里就是运柴道。突来的暴雨让这里变成了泥潭，路面如暄腾的面包，起起伏伏，坑坑洼洼，车子被毫不留情地拽入淤泥中，所有的人都在暴雨中推车前行。

对于用脚步丈量森林的人而言，一公里就是近在咫尺，而推着陷入泥潭的车，却是咫尺天涯。汗水混杂着雨水，雨水裹挟着汗水，管护员们喊着号子："一二三，加油……"车轮缓缓地挪动，车轮滚出一个淤泥窝，又陷入另一个潜伏的淤泥沟。就这样，周而复始地推着、喊着。天色不知不觉黑了下来。在伸手不见五指的林海中，只有"一二三……"在空中回荡。淤泥中车子的挪移全凭感觉。暴雨何时停止，他们却全然不知，全身心地推车。次日凌晨一缕微光透过树梢洒在车子上，一行人浑身淤泥，如同刚刚洗过淤泥浴，几位"阴天乐"相互看着，相互取笑伙伴们狼狈的样子，其实他们哪里知道自己也是不堪。

横山保护管理站苔原带宿营点里，老管护员在给年轻管护员传授经验

车子推出了泥潭，他们似乎从黑夜的战场中凯旋。一行人又饿又困又累，横七竖八地躺在草甸子上。原本他们迷彩服与树林是一个颜色，而此时，他们如一朵朵黑色的花朵，蜷曲在绿草中，虽无精打采，但也是林海中最美的花。

这类突发的事件，所有的人都是第一次遇见。这时，他们装食物的袋子已经空了。饥饿不合时宜造访，可是，却没有抵御饥饿的食物。徐晓东翻遍车子，居然翻出一根盐水肠，一元硬币粗细的盐水肠五寸长，徐晓东喊着大伙来吃，无一人过来。若是平日饭口，若遇见盐水肠，都会过来抢了。徐站长一改商量的口吻，后来又几近命令，依然无一人伸手。

徐站长将盐水肠平分六块，一人只有一小块。尽管这样，还是无人来取。看着眼前的战友，徐站长心疼得落泪了。无奈，徐站长只能用教训的口吻命令他们吃下这一小块盐水肠。

一根肠都无法抵御一个人的饥饿，何况只是一小块，平日的一口量。然而，一小块的盐水肠中却汇聚着强大的情感和力量，管护员的情怀、管护员的温暖、管护员的大爱都尽显其中。

四

管护员像保护眼睛一样保护自然生态，像对待生命一样对待生态环境。每年的春秋两季，是防火特殊时期，他们没有休息，二十四小时待命。只有每年 7 月，各保护站开始轮休，管护员们才有机会缓解疲劳，与家人团聚。可是，森林的灾情就是信号，也是命令，保护森林有序地生长是他们义不容辞的责任。

2019 年 6 月末，寸长的松毛虫猖獗地袭击了落叶松。毛茸茸黑黄色松毛虫看似缓缓地移动，却把松叶全部啃掉。它所爬过的松树变得枯黄，就像是大火烧过一样。眼下，数以万计的松毛虫正大肆啃食鲜嫩的松针。松毛虫胃口惊人，松林的针叶几天之内就会被吃光而成为“光杆司令”。

很多林区采用化学技术通过飞机喷粉杀死松毛虫，但是，药剂会波及其他生物。短期来看，遏制了松毛虫的偷袭；长远看，喷药潜在破坏因素，起不到生态保护的作用。长白山自然保护管理中心不提倡喷药的方法，而是倡导用赤眼蜂防治松毛虫。

用赤眼蜂防治松毛虫只能依靠人工完成，用人在每一棵树上挂上赤眼蜂卵，而吸引无数赤眼蜂来松林区当卫士去遏制松毛虫。林区浩瀚，受灾的落叶松也无边无际，这是一项异常艰苦的战斗，依靠双足双手在林海中战斗。

横山保护管理站休息在家的管护员得知这个消息，自愿放弃了休息，自发地回到站里，回到林海，回到他们熟悉的大自然中。

7 月上旬笔者采访之际，正是他们与松毛虫较量的关键时期。他们早上六点出发，不管刮风，还是下雨，都无法阻挡他们进山的脚步。他们将蜂卡一个个固定在树干背阴处。赤眼蜂靠触角上的嗅觉器官寻找寄主，把卵产在松毛虫

横山保护管理站管护员在防治病虫害

卵内，在其卵里进行孵化取食，进而破坏了松毛虫的卵，引起寄主死亡，从而达到了生物防治的效果。

期盼管护员回家团圆的父母、妻子和孩子由最初的不理解而渐渐习惯了他们的工作。一位年轻的妻子独自过生日时写给丈夫的短信中说：我多想变成一片森林，那样可以日日相守。我多想变成自然的一束晨光，那样可以天天相见……

作为管护员的亲人，他们给予管护员的支持和爱，比林海广阔，比青山高远。

随着长白山自然保护管理中心领导对管护员的重视，如今他们的工作环境和生活条件有所改观，而同安逸的我们相比，他们依然过得辛苦、过得艰难。正因为他们有着对美丽家园深沉的爱，才有这样无怨无悔的付出。他们以青山为家，以林海为家，以动植物为友、为家人，他们就是长白山生态环境的保护人。

五

干一行爱一行，瞭望员并非当下热门抢手的职业，更不会为熙攘的求职者知晓和向往。然而，却有那么一群人，正在默默从事着这份职业，不仅热爱，而且爱入骨髓，他们把大山当作朋友，把瞭望塔当作家园。

10 号瞭望塔是长白山自然保护区中最矮的瞭望塔，坐落在长白山南部风景区中，建于 2004 年，位于风灾区，塔高只有 15 米，塔基海拔 1685 米，瞭望半径 10 公里，瞭望面积 2.6 万公顷。西北方向与 13 号瞭望塔相望，东北紧邻朝鲜边境。

长白山东北方寒冷多雪，而 10 号瞭望塔地处群山中，每年进入 9 月中旬便开始飘雪，积雪厚度可达 2 至 3 米。在季节交替时，行车难，行人更难，只能依靠雪地摩托车进山。可是，摩托车一旦陷入雪野很难爬出来，面对这样险恶的环境，瞭望员依然坚持春防进入，靠前进驻，延后撤台，从不含糊，也不懈怠，只为确保风灾区森林资源的安全稳定。

由于海拔高、温度低，瞭望员的高血压似乎成了职业病，已成为便笺贴在他们的体检报告中。怎么办？治疗首选就是远离高海拔低温处生活。可是，长白山需要他们，大山林海离不开他们，为了内心的那份坚守，他们明知山中工作给身体带来隐患，还是任劳任怨，默默无闻地贴上高血压的标签在工作，用一双“千里眼”在监测、在瞭望，在守护着森林防火的最前线。

10 号瞭望塔的组长叫赵贵男，1975 年生人，共产党员。1993 年参加工作以来一直担负瞭望任务，当属瞭望员中的元老。工作之初的 20 世纪 90 年代，山林深处的瞭望塔是用木杆搭建的，瞭望塔不仅漏风，还漏雨，修修补补成了家常便饭。外面下暴雨时，戗子里下小雨，深夜“抗洪”都成为下雨天不可或缺的工作。

1996 年 9 月中旬，一场如注的暴雨倾盆而落，木屋被雨水一顿洗礼，潮湿的被褥让人无法就寝。这样的天气火灾隐患降至最低，这是森林防火人喜欢的天气。但是，由于木屋阴冷潮湿，他们却无法正常生活。次日，温度骤降，雨水浸泡的地面凝结成一层薄冰，只能不停地加木柴烘干土炕。可是，火苗也躲着潮湿，在灶台前徘徊，小木屋乌烟瘴气，烟气和潮气混合着，呛得赵贵男不停地咳嗽，已经好久没有洗过的脸上又多了几道烟灰色。他没有抱怨，也没有牢骚。一如大山的主人一样，用耐心与恶劣的天气抗争，火苗被他征服，渐渐地把湿炕烘干，再度躺在炕上，身下滚烫，心口依然冰冷，可他却心满意足地笑了。透过木板挤入小木屋的月光，赵贵男幽默地对同伴说："下雨好，下雪好，也比不上这热炕头好。"

因为瞭望工作在山里，在完成保护区工作的同时，所有的衣食住行都得自给自足。他们在上山前需要准备半个月的给养，且一次都要背到山上。这些工作看似艰难，与饮水比较，已经微不足道了。其实，这座瞭望塔吃水一直都是最大的难题。

10 号瞭望塔取水需要到 5 公里外的清水河，取水来回距离就是 10 公里，需要两个多小时，早些年全靠脚力肩背来运水。这段路，不仅泥泞坡陡，低温时变成冰雪铺成的窄路。遇到防火紧张时期，没有空闲运水，只能接雨水喝，以及融化雪水做饭。这里的饮用水都在算计着用，洗衣洗脸就是奢望。

身为瞭望员，必须及时发现风灾区任何风吹草动，必须做到可见度瞭望，决不能含糊和大意。每天登塔，喷薄的朝霞为瞭望员送上清晨的祝福；月亮升起，他们才拖着疲惫的脚步挪下瞭望塔来，塔上瞭望十三四个小时都是家常便饭。在防火戒严期，瞭望员还需要二十四小时坚守在瞭望塔上，不能离开半步，吃喝及解手全部在台上完成。一个小小的瞭望台可望见连绵的青山，可望见无垠的林海，唯有他们的生活却是极其的简单，简单到人之初的饱腹即可。

每年春秋防火期间的百日战，防火任务严峻，如此防火"旺季"，瞭望员必须做到不休息、不请假，二十四小时满贯作战。面对家庭与工作，如何选择呢？平凡而可爱的瞭望员虽然只是一个小人物，却都在顾全大局，一次次都在选择工作，默默地奉献，把深深的挚爱献给了这座青山。

岁月在更迭，时光在辗转，这座瞭望塔瞭望员来来走走，只有赵贵男却一直在坚守着。还年少的他就选择了这份枯燥寂寞的工作，如今都已鬓角斑白，却还在固守着内心的誓言，因为炙热的心中有对长白山无垠的爱。每次上台后，高血压如同他背上山的给养一样也一同上山，唯一的方法就是依靠降压药来缓解。而休息下山后，他的血压随海拔降低也落下。严重的高山反应是调换工作的最好理由，可是，他从没有与领导启齿，也没有选择离开。

感动的故事总发生在不经意间。赵贵男把一颗心给了青山，经年累月，把瞭望塔当作了家。而年迈的父母需要他照顾时，他却没有成为孝子，照顾父母的重担都交给了妹妹。这件事让他自责，就在老母亲重病期间想见见儿子时，由于正处于防火戒严期，他想在关键时期不能离开，待忙过这段日子，再去多陪陪老母亲。一念起，一念绝，老人家带着对儿子的思念，带着不舍咽下了最后一口气。他很内疚，站在瞭望台上对着青山号啕大哭。当站领导得知此事后，感动而心疼地埋怨他说："防火重要，但尽孝更重要。瞭望还有其他同事可以调换，可母亲只有一个啊！"

对于领导的埋怨，不去解释，只是低着头，时不时用袖口抹着眼睛。

亲属不理解他，妹妹说他傻，可他暗暗在心里回答："我是长白山的眼睛，我看得要远，我知道自己肩上的责任有多大。"

如今，10 号瞭望塔的工作环境依然艰苦，但和以往比已有了很大改善，可以依靠车辆运送食物和水，依靠太阳能板进行取暖，还有先进的瞭望设备，更好地管护长白山的森林资源。这一切，赵贵男是践行者，也是亲历者。如今，新人刚加入瞭望团队时，他会成为他们的老师，不仅讲解瞭望知识，还在传递做人的经验。每次在故事的传递中，他都滔滔不绝要从以往艰苦时讲起，因为他的全部青春都在山里，他的足迹在故事中，他生命的精髓都在瞭望塔上。新同事从他的故事中更加珍惜眼前还很艰苦的工作，与往昔的对比中，当下已是明媚的春天。

只要有付出和坚守，就会收获绵绵不断的荣誉和光环。赵贵男连续多年被评为瞭望能手，他在职工代表大会上深情地说：“我不仅要在自己的岗位上踏实肯干，也要做好传帮带，让每一个加入森林卫士行业的同志，热爱绿色，热爱长白山。”

横山保护管理站10号瞭望塔因他而自豪，大美长白山因他而更加厚重。一分付出，一分收获，绿水青山，因这些默默付出者而更加情牵你我他。

六

回望走过的崎岖蜿蜒的山路后，阴天乐老徐发现人生中许多不经意间留下的足迹，经过岁月沉淀，都成为美丽的风景。他一辈子工作在大山中，对大山始终拥有敬畏之心，与其谈论过往，聊起大山，常常令我热泪盈眶，而他对

横山保护管理站10号瞭望塔瞭望员工作中

大山的感情却与血液交融，这般感受不负青山不负人！

阴雨天，对于长白山旅游而言并不是好天气，游客行走不便，影响看天池的心情。对于横山保护管理站的管护员而言，却带来别样心情。阴天可以休息，阴天火灾隐患少。久之，这座保护站的人都成了阴天乐。老徐也是阴天乐之一，老徐叫徐晓东，是横山保护管理站的站长。

老徐是长白山自然保护中心九座保护管理站站长中最年长的一位老大哥，子承父业，接过老站长父亲的担子，继续带领兄弟们管理这座保护站。他亲历保护站改观和环境的改变。他总在忆往昔中，眼中浸满泪水地谈起曾经带着心酸的故事。

三十年前，老徐还是管护员小徐的时候，孩子未满周岁，他的爱人由于睡眠差奶水不足，而他守在山里不能回家。孩子整宿不睡觉，爱人便一宿宿抱着孩子，白天还要上班，徐晓东很心疼爱人。可是，选择了自然保护工作就要面临聚少离多的生活。孩子一天天长大，不论是抚养还是教育，徐晓东都不称职。那时，孩子也喜欢阴天，因为下雨的日子就是与爸爸团圆的日子。一日午后孩子正在院子与小朋友玩耍，天空下起小雨，孩子乐得手舞足蹈，院子到家几步之遥，却是跑着进入家门，一边跑一边喊："爸爸要回来了！爸爸要回来了！"孩子高兴坐在沙发上静候爸爸归来。然而，那日保护站临时有事，徐晓东没有回家。这时，门外传来脚步声，孩子高兴跳起来，打开门却不是爸爸。孩子很失望，站在门口大哭起来。

如今，每次想起这件事，徐晓东都会满眼酸楚。对爱人的内疚，对孩子的歉疚，一次次在碰撞心底，每每这时，总会有疼痛的感觉。徐晓东常年不在家，孩子的老师他不熟悉，孩子的同学他没有见过，爱人又当爹又当妈，家里苦活累活都是爱人自己承担，久之，积攒下一身的疾病。可如今，徐晓东依然还在保护一线，依然没有闲暇去陪伴爱人。在他的内心深处最大遗憾就是没有好好照顾家照顾爱人。但是，对自然保护而言，老徐却是无怨无悔。

在得失间，徐站长流过眼泪。而眼泪就是见证，见证他内心的波动，其中有歉疚，有自豪，也有欣慰。

在都市人的眼里，与青山做伴，与密林相守，那是很有诗意的生活。可长白山林海守山人却是日复一日的单调和寂寞，这份安静常人难以忍受，巡山辛苦，思家心苦，寂寞更苦。这些不易对徐晓东而言都已成过往。如今，保护站的生活环境也在一点点改进中变得舒适。可是，横山保护管理站毕竟在山林里，离长白山自然管理保护中心最远，网络信号弱，工作可以按部就班地进行，沟通和联络需要时间，请示汇报需要路程。久之，徐晓东养成了自力更生的习惯，能够自己解决的事情决不让保护中心劳神费心。横山保护管理站附近的河水水量小，消防车取水受限。这个问题一直困扰徐晓东，经过多次踏查后，他决定自力更生在杨百万河上建起一个小水坝，目的是将河水截留在此便于消防车取水。想法与行动同步，他买来一些钢筋，与附近工地索要一些水泥，带领八名管护员投入工程中。经过七天紧锣密鼓的修建，一座小型储水池落成，困惑徐晓东许久的问题被完美地解决了，消防车终于可以方便地将水装满水箱。

那一刻，徐站长为辛勤修建水坝的管护员们点赞。

在徐晓东眼里困难有，但更多时，他的脑子里想的是如何解决困难。只要思想不滑坡，办法总比困难多。横山保护管理站地处边境，保护担子很重。其中一个宿营点在苔原带，白天苔原带很美，晚上气压低，住在苔原带透不过气来，这成了徐站长一块心病，如何改善宿营地的生活质量，提高兄弟们的幸福指数，徐站长煞费苦心。还有杨百万宿营点没有电，生活环境也差，徐晓东心疼住在这里的弟兄们。为了这两处生活艰苦的宿营点，徐站长安排后勤人员，尽其所能从生活上给予照顾，从伙食上给予各宿营点的标准一定要高于保护站。虽然他们的生活相比之下还很艰苦，但老徐又心生一计，他在查找资料，预想在风灾区杨百万河里利用活水坝发电，有了电源，住在戗子里的兄弟们生活环境可以改善，日子也会多出一些色彩，了解外面世界就会多些机会。

老徐看到宿营点和扑火队的大龄青年择偶困难，保护站的女生极少，没有婚姻资源可以考虑。由于管护员长期住在山里，与社会脱节，春防秋防期间又不休息，大多年轻人错过恋爱最佳时期。况且没有谁愿意嫁给整天与野生动物为伍的人。身为站长的老大哥操碎了心。防火期过后，老徐尽量让他们回家多住些日子，多些时间接触社会便多出择偶的机会。他与地方工会联系，与旅游集团协商，组织交友联谊会，让兄弟们寻找意中人。虽然效果还不理想，可老徐并没有放弃，他深知守护自然的人，心灵纯净；心中装满山河的人，更有胸怀。爱情与管护员的距离暂时还很遥远，但在山里巡护的年轻人踏实而又善良，一定会有好姑娘在等候他们。姑娘选择他们便是最幸福的新娘。正如泰戈尔说过："不要着急，最好的总会在最不经意的时候出现。纵使伤心，也不要愁眉不展，因为你不知道谁会爱上你的笑容。对于世界而言，你是一个人，对于某个人，你是她的整个世界。"

一站之长的老徐既要纵观保护站的全局，又要细心观察兄弟们的心理变化。面对物欲横流的社会，偶有管护员心中有怨言。这时，老徐以导师的角色开导排解。徐站长说："你们这些兄弟与我们当年相比幸福多了。我那时，一年只有一套帆布衣服，一双胶鞋，鞋走坏了还得自己买。你们一年四季的衣服都由中心发放，一天三餐都在站里吃。你们虽然收入低些，但比从前也提高很多……"

教育是积极向上的，而徐站长的内心却是疼痛的。他心疼与自己孩子相仿的年轻人与社会的疏离，担心这里的年轻人择偶困难，可是，他在努力帮扶，他在尽力改变。徐站长深知管护员队伍学历结构，所以想尽一切办法创建学习型保护站。徐晓东是第二代保护人，承上启下，是保护人的轴心，为了让年轻人学会更多应知应会的知识，老徐在横山保护管理站大胆地改革创新。推出巡护顾问一职，以老带新，老组长当顾问，带新组长巡护。提议之初，老同志心中不满，这时，徐站长逐一进行谈心："我们都老了，走不动了，林子留给了年轻人，我们把经验交给他们，把林子交给他们。我们当好顾问，当好参

横山保护管理站站长徐晓东（左一）在办公室布置秋季防火工作

谋，不愧对我们老一辈的传承。一代又一代都如此。”

辞去组长一职当顾问，反之却更忙碌。因为要肩负着传帮带的重任，要传授森林常识，要传授野外生存和野外自救的能力。传授的内容不光局限在业务上，还有每一个顾问的巡护经验，譬如：识别草的走向判断人走过的方向，哪条路有人走过，哪条路有动物来过，什么样的沟壑危险，什么样的沟壑可行……

培训在短时间内看不出效果，日积月累，自会像花一样悄然绽放，淡淡的香气随风飘远，久久浸染身心，成为工作中的经验、巡护中的捷径。

扑火队的工作很乏味，扑火知识更生涩，而老徐从没有忽略过。扑火队的培训，需要通过不断看录像，反复学习扑火知识，似乎是填鸭式教学，却在潜移默化中提高队员之间的相互配合意识，增强了协调应急处置能力和实战能力，掌握了安全扑火的主要原则，以及扑火安全常识和火场紧急避险逃生基本技能，提升了森林防火安全管理水平，提高了森林火灾应急救援人员的实战能力。

不断学习，积累能量，在林海中也会发出熠熠的光芒。因为学习是生命的主线，培训是生存的起点。一日，徐站长突然想到野外生存最重要的就是食物，如果走丢了或者夜宿山里，会做饭就可以解燃眉之急，为此，徐站长传授蕨类和菌类的识别方法等等。同时，他对管护员进行一次做饭摸底，之后发现好多年轻人并不会烹饪。为了培养管护员野外生存能力，徐站长让每人都参与三餐的烹饪，居然在横山保护管理站掀起了烹饪学习的高潮，没有厨师的横山保护管理站，管护员都成了大厨。徐站长欣慰地说："你们学会做菜多好，野外可以生存，最主要休息在家时，可以给家人烹饪可口的菜肴，这也是在提高幸福指数。"

年近六旬的老徐并不服老，而巡护落下的职业病却暴露了他的年龄。老徐虽然是阴天乐，其实他最怕阴天，常年巡护落下的病根，每每阴天，腰椎膝盖都酸痛。自从他走入这片山林，每天都用心在度日，用心巡护在山林，也在用心去忍受着老寒腿疼痛的折磨。可是，他还依然盼着阴天。因为阴雨天里，兄弟们就可以好好地休息了。

这时，徐晓东捶着酸痛的膝盖一遍遍地说："守林子艰苦也值得啊！值得啊！"

第十章　科普人的执着

大自然的每一个领域都是美妙绝伦的。

——亚里士多德

绿色，象征着人类梦寐以求的摇篮，也是人们追求美好的旗帜。

保护好这片绿色，人类有希望，地球有希望。

我与文字不知不觉中走进绿色的林海，绿色是我满眼的温暖，绿色渲染我的血液和身心，一份使命就这样拥抱了我，这是光荣的，任重道远。保护自然和文化的传统，是人类未来的需要，也是现代生活的需要。

为了守山人的故事，足迹奔波在通往长白山的途中。写作初衷没有缜密的规划和愿景，于心，于情，为一份感动，为一份承诺。

想来每一个人幸福生活的背后都有无数默默付出的人。长白山的风景推动了全国旅游，也已向世界爱好旅游的人们发出邀请。长白山又是吉林省百姓的后花园，也是全国人民的后花园。

保护自然和文化，既是人类未来的需求，也是现代生活的需求。金山银山不仅是财富，还是风调雨顺的保障。大自然需要保护，同时大自然也离不开科研。

著名植物学专家王战说："长白山森林生态系统是一部天书，应该读深读透。"

为了读深读透长白山这本独一无二的天书，这里的科研人员致力推动这里的生态和生物资源研究，只为延续绿色的梦。

一

因为迷恋中华秋沙鸭，我结识了"长白山之鹰"朴龙国老师。采访长白山自然保护区的每一个保护管站，朴龙国老师是领队，也是向导。一路踏查，也一路倾听他的故事，一边了解，也一边感动。朴老师的故事富于传奇，有过惊险，有过喜悦，于他而言，为长白山做事，心甘情愿，且乐此不疲。

朴龙国老师20世纪50年代出生在吉林省汪清县，朝鲜族。曾任长白山自然博物馆馆长、长白山科学研究院副院长、长白山摄影家协会副主席。他是长白山的"活地图"。三十多年工作在长白山，这里的山川地貌他烂熟于心，他经常给长白山科学考察和外地摄影人当导游，曾多次参与救助遇险游客，得到长白山管委会命名的"长白山之鹰"的美誉。他的作品《苞叶杜鹃》获得2015年中国林学会影像自然中国摄影大赛二等奖；2016年"中林杯"国家森林公园风光摄影大赛上，他的《吉林长白山北坡国家森林公园》系列作品荣获大赛金奖；2016年土耳其安塔利亚世界园艺博览会上，他的作品代表中国获得金奖……

诸多的荣誉只是光环，而他的故事更加精彩。

1976年，他从吉林省林校毕业，分配到原长白山自然保护区管理局工作。随着工作经验的积累和工作成绩的突出，1992年他担任了长白山自然博物馆馆长，同时还担任长白山科学研究院副院长。

自从毕业后，他最大的愿望就是建造一座长白山自然博物馆，收藏长白山的动植物资源标本和资料，把长白山的神奇和美妙推介给旅游者以及后人。

这是一份传承，更是一份责任。

长白山最早的自然博物馆1986年建成，建筑面积为2600平方米。2006年长白山管委会成立时，老博物馆已经使用二十年，随着科技手段的介入，标本和资料的增加，老博物馆的面积显得狭小，接待参观者能力有限，展示区也已陈旧。同年，重修博物馆的建议便提上了日程。

当时，身为长白山自然博物馆馆长的朴龙国自然成了修建新馆的主要项目负责人。他耗费五个月的时间投入各展区陈列内容的设计工作中。同时，新的长白山自然博物馆，必须有长白山博物馆人的第一手资料。20世纪80年代末朴馆长就开始拍摄长白山生态和野生动植物，长白山的沟沟坎坎都留下过他的身影。新博物馆内需要六百多张摄影资料来展示长白山风景和生物，其中有五百多张需要他来拍摄。因为其他摄影师不会系统地去拍摄长白山的动植物，尤其地貌和火山喷发后留下的痕迹还不为人知。为了拍到第一手资料，他四处

长白山自然博物馆原馆长朴龙国老师在森林中寻找珍稀植物来拍摄

奔跑，一天驾车跑上千公里都是平常事。

2009年春天，他为了拍摄嫩江和松花江汇合并流入松花江干流的图片，和同事驱车跑到吉林省扶余县（现为扶余市）三岔河地区。抵达后，他虽然手握地图，但因不了解当地地理情况，只能逢人就问：“……知不知道具体汇合的地方在哪里？

“如何走？”

老天爷馈赠给勤奋者果实前自然会先考验一番。那天，偏偏遇到大雪，经过一番周折后找到了汇合松花江的干流。他先在河边拍摄几张后，觉得角度偏，拍出的片子缺少主题的表现力，他并不满意。于是，他就挽起裤腿想蹚着河流靠近两江汇合形成的Y形处，因为河流湍急，他的双脚刚一踏入河水，脚下踩到稀泥，打着漩儿地往下吸。同事见到这一幕很恐慌，站在河岸疾呼：“馆长快上岸，危险！”朴馆长不会游泳，脚下没有站稳而跌倒，之后，他从冰冷的河水中连滚带爬地挣扎到岸边。

朴老师讲述到这里时，笑着说：“我在为长白山做事，大山保佑我，遇到危险都能化险为夷。”

是啊！心中有信念，心中装着大山，朴老师的足迹和身影都有大山的庇护。

为了展出动物标本、植物标本、矿石标本和土壤标本，朴馆长带着学生踏遍长白山的角落，一起去收集和制作。在制作标本时，他的皮肤被防腐剂腐蚀得伤痕累累，最严重的一次被电钻碰到手指而严重骨折。

经过几年的艰苦付出，2010年长白山自然博物馆新馆在二道白河镇拔地而起。

新博物馆建筑面积6000多平方米，是旧馆的两倍之多。走进馆内，映入眼中的是长白山的大型沙盘，有山峰、沟谷和水流，逼真展示了长白山自然保护区的主体全貌。展示的资料有长白山形成的过程、长白山动植物资源、长白山森林生态，还有长白山的矿产、珍稀药材，以及天池怪兽传说。动物展厅里按动物在自然界捕食、起居的真实形态制作标本，并用背景板加以装饰，展厅里动物形态各异。生态展厅则以实物、图表、照片方式展示长白山五个垂直植物带。中国自然科学博物馆协会组织专家对此馆进行论证，认为它的陈列具有创新意识，突出地方特色，适应时代发展，在我国自然保护区博物馆中堪称一流陈列。

整个长白山自然博物馆就是长白山大自然的缩影，凝结朴老师及博物馆员工们对长白山深情的爱。

执着地做完一件事后，朴老师并没有止步不前，而是又开启了一个新目标新征程。

中华秋沙鸭，是第三纪冰川期后残存下来的物种，距今已有一千多万年，当之无愧的鸟类活化石，数量极其稀少，是国家一级重点保护动物。它是比扬子鳄还稀少的国际濒危动物，和大熊猫、华南虎、滇金丝猴等国宝齐名。还有“会上树的鸭子”“会飞的中队长”的雅号，因翅膀上有祥云图案，又以“国鸭”命名。

如此珍贵的鸟类有幸在长白山孕育繁殖，这是长白山的骄傲，也是长白山人的自豪。

1978 年朴龙国与同事第一次发现了中华秋沙鸭，由于当时树林茂密，再度寻找中华秋沙鸭难度很大。此后，他对中华秋沙鸭一直“耿耿于怀”。1981 年，他在原吉林长白山国家级自然保护区管理局科研所工作，参加中华秋沙鸭生态学研究课题时接触了中华秋沙鸭，对它有了新的认识和了解，知道中华秋沙鸭 3 月中旬从长江以南迁徙长白山栖息繁殖，直到完成了生儿育女的任务后，才又携家带口飞往南方。2008 年他才开始进一步观察研究和拍摄中华秋沙鸭，此后便开启了他对中华秋沙鸭摄影的艰难历程。

他在研究中华秋沙鸭生态习性过程中，起早贪黑、跋山涉水、酷暑严寒都已成家常便饭了。中华秋沙鸭机警，多在河流和树洞中活动。为了拍摄到满意的作品，他常常黎明前就到达场地，“潜伏”在长白山河道旁的树丛中，寻

长白山自然博物馆原馆长朴龙国老师河畔拍摄中华秋沙鸭

找和拍摄这种“会上树的鸭子”。早期拍摄，由于条件有限，没有帐篷做隐蔽，只能用树枝搭作掩体，在里面一蹲就是十多个小时。渴了喝山泉水，饿了啃凉锅巴，刮风下雨都不能退缩。那年春天，他整整在这里蹲守了十一天，经历了艰辛，忍受了寒冷，可他并未觉得苦和累。当见到中华秋沙鸭的那一刻，经历的一切辛劳全都化作泡影散去，骄傲的男子汉却喜极而泣，一种成就感萦怀，似乎他与中华秋沙鸭之间，早已在前世有过约定，今生终要相守到老。这一次蹲守，更坚定了他与“会上树的鸭子”的情缘。

2011 年 5 月，他为了拍到中华秋沙鸭幼鸭孵化后第一次从树洞里探出头，尔后跳入河面的镜头，他提前就在中华秋沙鸭栖息的一棵老树附近搭上一个小帐篷，并在外面全面伪装起来，每天早晨四点多钟，天刚放亮就开始紧盯鸟巢，直至天黑才收工，这次他在帐篷里住了四天四夜，最后也没有拍到雏鸭出洞，只拍到一张母鸭出树洞要起飞的照片。

付出得到收获自然欢喜，辛苦无果也没有阻碍他探索中华秋沙鸭的信心。

有一次，那是春天，正是中华秋沙鸭繁殖期的自然交配期，朴老师为了拍摄中华秋沙鸭的资料，经过长时间观察，确定了最佳的拍摄位置和角度，守株待兔一般，苦苦蹲守了三十八天，从春寒料峭，等到树绿了，花开了，这是他拍摄生涯中等待时间最长的一次。一组珍贵的中华秋沙鸭交尾的场景定格在快门下，由瞬间变成永恒。

那时，中华秋沙鸭在保护上是盲区，且知名度不高，为了让长白山最珍贵的鸟类、国家一级保护动物中华秋沙鸭生存得长长久久，他在倾力去宣传“国鸭”，让关爱和保护成为人人都专注的责任。2014年吉林省“爱鸟周”活动在长白山正式启动，朴龙国老师的“中华秋沙鸭摄影展”与观众见面。同时，他将自己八年潜心拍摄的一百三十七幅优秀的摄影作品，也汇集成专题摄影画册《中华秋沙鸭》一同出版，为中国生态研究留下了宝贵的资料。

退休以后，时间宽绰了，他可以全身心地投入中华秋沙鸭的监测和拍摄中。久之，他与中华秋沙鸭有了默契，似乎中华秋沙鸭的举手投足他都懂得。由于中华秋沙鸭主要栖息繁殖地头道白河的河流受到上游小电站的影响，中华秋沙鸭可食的鱼类减少。与此同时，中华秋沙鸭的老朋友朴龙国老师一边向管理部门提出整改建议，一边买来泥鳅、林蛙及大头鱼等放入河中供中华秋沙鸭食用，而自己却躲在帐篷里啃着冰块一样的面包。

颜值爆棚的中华秋沙鸭在朴老师的镜头中成为明星，而可爱的朴老师也随之成了中华秋沙鸭的明星代言，因为他是中华秋沙鸭拍摄第一人，当之无愧为其代言。

说到这里，朴老师望着远方，之后看着我很严肃地说：“如果能够通过摄影展让越来越多的人关注中华秋沙鸭，我所做出的这些努力就值了。”

在日积月累的拍摄中，朴老师与明星鸭有了深厚的感情，心甘情愿地为明星鸭们做任何事情。

早些年，朴老师把中华秋沙鸭作为拍摄对象，仅仅是作为科研保护的资料图片而已。最初他认为中华秋沙鸭珍贵是因为数量少，斗转星移，他意识到中华秋沙鸭物种不仅稀少珍贵，更面临濒危境地。一种责任感和使命感，激发他去研究、去呼吁，让濒临灭绝的物种得以繁衍延续。

那时，全球中华秋沙鸭的数量不到千只，在长白山区不超过二百只，其中筑巢繁殖不到三十对。中华秋沙鸭对栖息环境的水质非常挑剔，是水域生态环境的重要指示物种，它们就像是一张张“生态试纸”，监测着流域水环境的生态状况。多年来，人类大肆采伐和滥砍滥伐，严重破坏中华秋沙鸭的栖息地，常常因为缺少食物和污染而影响到中华秋沙鸭安居乐业和繁殖生长。朴馆长发现这些影响中华秋沙鸭生存的因素后，与自然专家们建议管理机构在较为广阔的河岸带区域，建立中华秋沙鸭自然保护区或者监测站，并且通过地区法律法规去约束及限制旅游娱乐设施破坏生态的行为。

随着吉林省对野生动植物保护力度的重视和栖息地环境的改善，长白山地区的鸭绿江、松花江流域都成为国内新发现的中华秋沙鸭越冬地，长白山也成为国家确认的中华秋沙鸭的重要繁殖地。朴老师与专家们一遍遍踏查，在河岸林区发现中华秋沙鸭孵化的树洞渐渐减少，没有可以孵化的巢穴，势必影响中华秋沙鸭的种族延续。老先生便与长白山的几位自然科学家研究后，提出为中华秋沙鸭制作人工鸟巢用于繁殖。他们通过严格计算得出人工鸟巢洞口的直径，同时还在巢内搭建便于雏鸟爬出的网壁，铺上干草和刨花等巢材，尽其所能地去模仿天然树洞的条件，精心为哺育下一代的鸭妈妈们打造五星级的“产房”和“育婴室”。

2013 年安装了五个人工巢穴，老先生和专家倾力为中华秋沙鸭繁殖打造营巢，可惜实验结果并不理想，但是，他们并没有放弃，也没有泄气，这次尝试是引领，也是目标。之后，有了改进的方向，便多出无穷的动力。

次年，他们改进人工巢穴的建造方式，让其更符合中华秋沙鸭自然条件下自己筑巢的形状。此举成功吸引了一只中华秋沙鸭在营巢产卵，安装人工巢箱就能引来中华秋沙鸭在此安家。中华秋沙鸭第一个人工巢箱如同梧桐树，中

拍摄中的朴龙国老师

华秋沙鸭也如同金凤凰。望着鸭妈妈筑巢繁殖，朴老师和专家们兴奋得几乎手舞足蹈。一个月后，他们亲眼见到鸭妈妈通过人工巢穴孵化出的一只只脆弱而又顽强的小家伙们，在鸭妈妈的鼓励下，一只只摇摇摆摆挤到巢穴口，再张着毛茸茸的小翅膀和小脚蹼，从十五米的高度奋力跃下。当时，在场的专家们都被小生灵们奏响生命音符的瞬间震撼，还会为落到地面后跌倒又坚强站起来的小生命喝彩。这一幕，朴老师和专家们热泪盈眶。他们是兴奋，也是激动，热泪中还闪烁着无比的喜悦。

人工巢穴的成功，在中华秋沙鸭物种的延续上功不可没。就这样，长白山科学院动物所从 2013 年至 2019 年总共挂了五十多个人工巢，每年大约有十个人工巢在繁殖。正因为有了这样一支热爱自然的科研团队，才有了中华秋沙鸭继续繁衍的空间。朴老师和长白山科学院动物所的科研人员默默无闻地保护中华秋沙鸭的栖息地，在濒危物种的正常繁殖、恢复种群数量等保育科研工作中付出了心血和汗水。

如今，老人家虽已退休多年，但他对自然的热忱和对中华秋沙鸭的热爱并没有止步。反之，他更专一更赤诚地投入到监测和保护中。他如鹰一样，目标明确，势在必得。长白山是他梦的起点，也是他心灵的驿站，他对长白山的情愫使他一如既往地在坚守。

二

什么样的工作，一干就是三代人？朴家三代人拥有着共同的梦——保护大美长白山。

他们有着不同的历史轨迹，都工作在长白山这片森林里，有过辛酸，有过温暖，三代人情洒长白山，三代人共同传递理想的星火，献了青春献终生，献了终生献子孙，他们用双足镌刻着长白山的昨天、今天和明天。

“在长白山科研领域有一个宝葫芦。”

最初听到这番话，诧异，好奇。渐渐走进山林，才从守山人的口中知悉缘由。

葫芦一分为二是两个瓢，而长白山的两位朴老师谐音“瓢”，一位是朴龙国老师，一位是朴正吉老师。似乎无巧不成书，两位朴老师都从事动植物研究，且都是长白山专家，合二为一便是长白山的宝葫芦。

“长白山之鹰”朴龙国的故事想必您已经读过了，尔后，我来给您讲讲长白山科学研究院动物专家朴正吉老师林海惊险的故事。朴正吉老师句句珠玑，与他交谈，需要认真倾听的同时，还要借助自己的想象去体悟他所经历的故事片段，同时倾听朴家三代人的故事。

他的父亲朴炳灿是长白山第一代保护人，1930 年出生，2010 年故去。

朴炳灿二十岁时参加了抗美援朝战争，援朝结束后，定居在吉林省敦化市。1960 年长白山自然保护区管理局成立时，他被组织上安排到长白山自然保护区头道保护管理站工作，担任头道保护管理站站长。

那些年，身为站长的朴炳灿也如普通管护员一样，每天与同事们背起钢枪，在崇山峻岭中巡护，踏遍林海，陷过泥潭，遇过动物，也在山林迷失过。每逢寒冷的冬季，蹚着没膝盖的积雪，依然在丛林中巡护。就这样，在原始森林中“逢山开路，遇水架桥”，一天天，一年年，似乎一转身，就是一辈子。他在大山里转悠，每天的工作，看似跋山涉水，其实是在巡护保护区的一草一木。森林的美景在他眼中都顾不上欣赏，他关注的是长白山自然保护区的生态与安全。大美长白山中，不知留下他多少汗水和脚印。略有闲暇时，还要务农种菜，用农耕收获的果实来改善站里的生活。

风餐露宿虽艰苦，但看着长白山的青山绿水，一切艰辛都化作满足的笑容。

由于常年在潮湿的戗子居住，还有在森林及河流边巡护，饿了啃着冰凉的玉米面饼子作为餐食，老先生几十年工作的“收获”便是一身的疾病，特别是老寒腿悄悄地偷袭了他，老先生退休后，双腿便没有了知觉，行动受到了限制。但是，他却坐在家里的老沙发上给儿孙们讲森林里的野兽、河水里的鱼虾以及上山遇到的有趣故事。他经常对孩子们说：“要保护好长白山这片大森林，这是我们保护工作者的责任，守护好这片神山圣水……年轻人不要辜负老一代的厚望，把长白山的生态保护一代代地传承下去……”

当时，他的孙子朴光熙听到这番话时还有疑惑，因为他还小，没有经历前辈工作的辛苦，直到他参加工作后，才了解到现在保护区内留下的生机勃勃的参天大树，林中奔跑的动物，都是爷爷这一辈工作者，用自己无私奉献的精神和敢于与不法分子做斗争所争取来的盛景。

朴正吉是朴氏家族在长白山从事保护工作的第二代保护人。

如今已经退休了，本应该享受天伦之乐，但是，他还是坚持每天白天进入森林中观察动物，夜间记录资料。在他那简陋的斗室里，摆放着一台照相机和一台电脑，他就是用这台相机拍摄出八千多张珍贵的动植物照片，把动植物

长白山科学院原研究员动物学家朴正吉工作中

完整地记录下来，而这台电脑正是他创作的工具。老专家的书架在电脑桌旁边，整齐地摆满有关野生动植物的各种书籍，还有一本本记录本，都是他巡山的日记。

好多人不解地问他：“退休在家清闲了，多好啊，为什么不休息呢？”

他说：“趁现在身体还能动，多走走，多看看，多留下些资料给后人。”

他从事野生动物观察和研究四十多年，一直在长白山的林海里与动物打交道。他了解动物拥有的天性和卓越的生存本领，深切感受到自然界充满神秘色彩的动物世界。他在这里观察和描绘动物的历程，见证了动物的变化过程，目睹了这片森林动物的兴衰。

1974 年他高中毕业了，1977 年在吉林省长白山国家级自然保护区科学研究所工作，1980 年考入东北林业大学，经过五年函授学习，完成林学专业的全部课程。多年来，在国内国外学术杂志上发表了四十余篇研究论文和三十余篇科普文章，参与著书九部，2020 年出版了《密林寻踪——长白山动物观察记录》。

兴趣与生俱来，森林里的鸟类和兽类，他看不够，爱不够，喜欢不够。

1977 年年初他开始在森林里观察动物。一副望远镜和一把双筒猎枪，是他的主要装备。更多的便是用脚步去丈量林海，去触摸动物的足迹。每日的行程与危险相伴。可是，他并没有退缩。

他说:“在林子里走，见到动物一点也不害怕，不伤害它，它也不会伤害我。我最害怕就是人，那些盗猎的人，他们身上都沾满动物的血，他们见到好人害怕，尤其见到自然保护区的人更害怕。我怕他们，他们是亡命之徒。”

1978 年是他参加工作的第二个年头，他头一次与科研组外出进行动物调查。头道通往大羊岔的道路宽不到 3 米，路旁树木以柳树为主，路面钻出来一簇簇嫩绿的莎草，叶子又细，直直地向上生长，郁郁葱葱，像极了韭菜。朴老师沿着这条小路深一脚浅一脚走了两个小时，才到达了大羊岔小木房子。小木房子是用于巡护人员和在大羊岔种地的人休息住宿的，非常简陋。一个门，两对窗户，两个相对的土炕，中间是 1 米多宽的廊道。突然下起了小雨，他们跑着回来，钻进了昏暗的屋子里，却发现土炕上盘踞着蛇，仔细一看还不少。有乌黑带黄斑横条的棕黑锦蛇、细长的白条锦蛇。在墙角炕边有一条极北蝰蛇在缓慢蠕动，不一会就钻进了土洞里。

遭遇毒蛇很可怕，很多书籍都已经介绍过，守山巡山的人也讲过惊险的故事。对于朴正吉而言，在野外考察中遇到蛇，潜藏意想不到的危险。而他不忍心伤害蛇，可内心的惶恐又按捺不住，无奈，他只好放弃避雨，只能站在雨中等待雨过天晴。

长白山是天然的课堂，有着深不可测的知识点。 1980 年他参与了中国人与生物圈委员会资助的“长白山自然保护区珍稀濒危动物种类及保护途径”研究项目，其任务是调查长白山珍稀濒危动物种类及数量现状，这才真正步入了动物生态学研究工作。那时观察动物数量的方法是在有雪被的条件下，在不同的生境中走 3 至 5 千米的直线距离，记录在路线上看到的动物实体和动物足迹、卧迹、粪便等痕迹数。

那时，动物很多，但一些小动物也不是经常都能见到。在他们的调查路线上，更多出现的是许多各式各样的足迹、粪便、卧迹、食痕、脱落的毛或骨头等动物痕迹。无论看到哪种野生哺乳动物或动物留下的痕迹，他们都会兴高采烈，遇见动物的信息就是给调查指引了方向。这些痕迹成了调查动物的重要依据。随着他在野外见到痕迹数量的增多而积累了丰富的经验，之后，他可以从各种痕迹准确地判读动物留下的时间、行为和目的等含义，可以讲述有趣的动物故事。他通过动物的粪便来判断动物的群体，还从每种哺乳动物的脚印识别其种类，从它们的脚印迹识别和解释足迹。每年他的大部分时间都用在跟踪动物足迹上，这是一项花费时间、物力和资金的研究。

在雪地上跟踪足迹是非常吃力的事情，但是地面已完全被雪覆盖，足迹非常清楚，当天的足迹很容易分辨，所以雪覆盖的季节是观察动物的最好时机。一次，他跟随一只黄喉貂走过的足迹走了很久，来到开阔的水滩边上，足

长白山科学院原研究员动物学家朴正吉（右一）在野外做动物调查

迹消失了。这里只见到一只狍子的足迹，是刚走过的，水滩冰面上留下打滑的痕迹，前腿劈开，分明是半蹲状态。他猜想也许正好在这个瞬间，黄喉貂跳到狍子身上了。奇怪的是从黄喉貂足迹消失的地方开始，狍子是奔跑的状态。他跟着狍子足迹走了一段路程，发现雪被上开始有了滴落的血点，血量很少。这分明是黄喉貂骑到狍子背上，咬住了狍子的颈部或什么位置。狍子一直在奔跑，血一直在流，血点也越来越密了。狍子逃脱中，蹚过了一条没有完全封冻的河，进入了沼泽地。那里干枯的草被繁多，覆盖了地面，雪也不多，看不清动物的足迹了。他只好放弃了继续跟踪，虽然没有看到最后的结果，但他推断狍子已经被黄喉貂咬死。

每一次的探索和发现都激发了朴正吉老师的灵感。他决定用长期观测的数据，构建野生动物与森林环境、气候变化以及与人类活动的关系，这是通过记录历史来体现岁月波动的精美曲线坐标。他深知，曲线坐标看起来简单，但周期很长，这是一项任重道远的工程。尽管如此，他在地图上标上了三十个需要调查的样线位置，每个样线五公里，每年调查两次，需要三十年完成。为了这个心愿，朴正吉老师便与山林"签订"了一辈子的盟约。

心中有了目标，便只有风雨兼程。

每次调查，他都要早早出发，披星戴月回到家。夏季每次进山为了避开露水而穿着马靴，走上几步，汗流浃背，浑身衣服湿透了，穿着马靴的脚也被泡得发白。山林里蚊子和"瞎眼蠓"横行霸道，露在衣服外面的皮肤自然也难逃它们的"敲诈"，从山林回家，时常脸部被叮咬而肿起来。其实，进山调查遭叮咬已经司空见惯，更多的危险都藏在山林中。

一次为了观察鸳鸯巢孵卵情况，他只用一根长 3 米左右的细绳，爬上了一棵基部直径约 1.5 米，30 多米高的大青杨。鸳鸯在地面高 20 米的树洞里筑巢产卵。大青杨的树皮粗糙，不牢固，容易脱落。他好不容易爬上去了，观察了卵的情况后，要往下爬。下来的时候被一个大树杈给难住了。在 10 多米的树干处，用手臂也是搂不过来的，还得借助细绳来兜住树干。可是到了树杈处就是无法松开手，大树杈的位置就像隆起的大关节，比主干还要粗，双臂搂不过来。他在这里挣扎了很久，很快就要筋疲力尽了。就在绝望时，有一股很强的风吹过来，吹得他的身子紧贴树干。他借此力迅速松开了右手，躲过了大树杈，身体开始下滑。他把全身力气集中在了手指上和腿上，紧紧扣住树皮，就这样从 10 多米处一直滑落到地面。他的手指、手臂都磨破了。

清瘦的朴正吉老师慢条斯理地讲述了这个过程后，我的眼前展开一幅画，朴老师的恐慌，青杨的粗糙，风儿的助力，都在眼前展开。有惊无险的场景是大自然本来的底色，只有涉足的人才能体会。也正是这些森林的原色和朴老师的默默探知，为读者提供了未知领域的知识。

严寒酷暑，朴老师足迹如一，森林是他的“办公室”，动物却成了他的“伙伴”。

每年的冬天，他都要去经过多年采伐过的森林里，数一数，看一看那里动物的生活。

几十年来，他一直坚持寻找和记录着，没有间断过。在人类干扰过的森林里寻找动物的足迹，记录森林里发生的故事，都是为了回答森林生态环境发生的变化是如何影响野生动物的，以及野生动物又是如何适应这种变化的。

跟踪，观察，写文章。此后，朴老师的每一个足迹都能生发出一篇津津乐道的科普文章。足迹不间断，美文不间歇。为了了解到更多动物的未知习性，调查动物行踪时，遭遇艰险时有发生，但是，这并没有阻止他前行的脚步。

野外考察工作时时都会有险情发生。冬季即将结束的时候，森林的沟谷里常形成返水结冰的冰湖。如果下一场薄雪覆盖在上面，人要在上面走就要格外小心。他有一次难忘的经历，为了走捷径，踏上了冰湖。开始比较平坦的地方很好走，可是走到有斜坡的地方，一打滑脚下就控制不住了，他本能地坐在冰上一溜往下滑，速度越来越快，他看到正前方有一个露出冰面的石头，用两只脚蹬上石头停了下来，这一下整整滑下 10 多米的距离。要是继续滑下去的话，下面是 3 米多高落差的石头堆，其结果不可而知了。

在森林里迷路也是常事。20 世纪 80 年代的一个冬天，他沿着一条已多年不用的运柴道走进森林，一边走一边记录见到的动物种类。在这里想亲眼见到一头野兽真的非常困难，只能根据雪上留下的痕迹，来识别和判读这是什么种类动物的足迹，它们在干什么，吃些什么，什么环境里动物活动最频繁。GPS 导航工具还没有普及使用。一次，他进山调查时，忘了带指南针。早晨出发时天气晴朗，他和他的同事三人进入了长白山自然保护区，走了十多公里的路程，已经是下午两点了。天空开始阴了，太阳躲进云里。森林里没有了光线，昏暗了许多，他们开始凭感觉往回返。可是走了一段后发现他们又回到了返回时的地方，这时他们意识到迷路了。看四面哪儿都像回家的方向，他们三人各持己见，争论一番，最后确定了一个方向，走了一会，还是在这里转圈。

为了既定的目标，艰苦，惊险，迷路，都在所难免。经过三十年调查绘制而成的一张图，使长白山自然保护区的动物分布情况一览无余，一切付出都是值得的。

1974 年那年，他在长白山自然保护管理中心头道保护管理站听到中华秋沙鸭这个名字。他最初工作正好跟着长白山动物研究所鸟类研究者观察中华秋沙鸭。那年，冰雪开始融化的初春，沿着河岸寻找鸭子。他看见远处有一只整体看上去白色的鸭子，它的头部是黑色的，在碧蓝的水面上游荡，像一个鲜明的冰块漂浮，它就是从遥远的南方刚刚迁来的。

他在近距离亲密接触中华秋沙鸭中度过了美好的时光，也渐渐对它们有了初步的认识。

他与中华秋沙鸭相伴多年，非常熟悉中华秋沙鸭需要什么，我们需要为美丽的鸟做些什么。在研究中华秋沙鸭的生态行为和保护上，他倾注了更多的心血。他努力去接近中华秋沙鸭，用影像记录不为人知的行为，为研究中华秋沙鸭的行为生态学提供了丰富的素材。

他为中华秋沙鸭的生存着想，一直在思考中华秋沙鸭为什么处在濒危状态。是因为河流两岸树洞少了，还是河里食物少了，或许还有许多我们不知道的因素。保护这一珍稀濒危鸟类的任务，摆在了保护工作者的面前。有幸的是他和许多自然保护者的想法，均获得了吉林省政府的资金支持。此后，他与长白山自然科学院的几位老师一同开启了中华秋沙鸭种群生态和种群增殖技术研究的推进工作。从2016年开始，研究组一行人深入林中河边，专门为中华秋沙鸭设计制作并搭建人工巢，人工巢保温又轻便，看起来和树巢一样。当年，就有中华秋沙鸭夫妇住进了人工巢，并成功繁殖了鸭宝宝。人工巢帮助中华秋沙鸭繁衍已实施几年了，目前已经有多只中华秋沙鸭在人工巢成功繁殖。

提及绘画创作也是有渊源的。早些年，为了计算动物的种群密度，在调查和观察动物时，与他相伴的是野外记录本，这是他最重要的一件物件。此外，必不可少的是尺子和笔。在森林中，鸟类是他最初观察的目标，而且大多数鸟类他都已识别。但有一些鸟种很难辨别，必须抓到手里才能真正识别。那时，采集和亲自制作标本，没有其他可记录的工具，只能猎取鸟类。为了留下资料，他开始了手绘鸟类工笔画，这个过程加深了他对每种鸟的形态特征的记忆。

一项工作中培养出来的技能，却锻造出一位擅长工笔画的业余画家。

只因工作记录索然，久之，绘画成习惯。在没有照相机的情况下，朴老师绘制的图谱可以当作标本图案。2003年开始，历经五年时间，他绘制了八百多种鸟类和兽类，绘出一千多幅作品。在《中国长白山动物》和韩国出版的《韩国哺乳动物》书中插图四百多幅，书中动物图都是朴老师利用业余时间，躲在标本室，一笔笔一遍遍描绘的。

每一个人没有无缘无故的成功，荣誉背后的付出和汗水，都藏在朴老师心里。

近几年来，科学进步了，观察动物痕迹的时候，开始用GPS定位仪跟踪动物足迹。手持GPS，拿着一个记录表，跟着动物最新足迹，用脚丈量它们的活动距离。跟踪过程可以采集大量信息，移动中的所有行为清晰可见。最后把跟踪轨迹保存下来，展现在图上，可以看到动物的活动距离和活动轨迹形状。随着科学技术的发展，红外相机技术已广泛应用在这个领域。红外相机通过热感应触发相机快门，动物为自己拍照。这种方法在对动物干扰相对少的情况下，悄悄地进行着动物的记录。近几年，他大量使用红外相机监测记录了许多他们在野外难以捕捉或认为不可思议的信息，借助红外相机也改变了科学家以往对一些动物生态行为的看法，丰富和更新了野生动物的生态学知识。

最近朴正吉老师正在撰写《小小动物学家》，用影像和文字做野生动物的科普。他希望通过科普的形式，讲述人类通过动物的本能学会生存的本领，进而提高学生们对动物的了解和认知。他在为青少年授课时，讲述自然科学和动植物方面的知识。他对学生们说："只有保护好长白山这片动物们赖以生存的森林，才能更好进行科学研究。"

朴光熙是朴正吉的儿子，朴炳灿的孙子，朴氏家族工作在长白山自然保护区的第三代保护人。

他 1983 年出生在长白山下二道白河镇，成长在长白山脚下。他深受爷爷和父亲的影响，读大学时锁定动植物保护专业，2003 年从吉林省林业学校毕业后，到长白山科学院从事长白山动植物研究工作，之后，成为白山保护管理站一名森林管护员。

每天进入爷爷故事中的大森林，却与父亲从事的领域不同，他通过巡护，了解自然资源分布、生长及是否有森林破坏行为的发生。2012 年他调入了保护中心稽查队，从事林政稽查工作，多年来办理了百起森林资源破坏案件，无案件复议情况发生。2017 年他又被任命为维东站风灾区扑火队副队长，同年光荣地成为一名共产党员。

在扑火队工作中，他深深理解父亲那句话："星星之火可以燎原，森林最大的灾害就是森林火灾，只有在源头上控制了森林火灾的发生，才能更好地保护好国家森林资源。"

朴光熙从心底里喜欢长白山，也许这是儿时跟随爷爷巡山时，受爷爷那

长白山自然保护管理中心维东保护管理站扑火队副队长朴光熙

忘我工作精神的影响所致。同时，他深感自己肩上的责任重大。进入扑火队后，从生疏到熟练，虚心向老队员学习各项扑火常识和技能，全年和队员们同吃、同住，提高个人整体素质。特别是2018年气候变暖，冬季降雪少、春季干旱少雨，他及时根据新情况更改了应急扑火预案及各项应对制度，并督促队员不要有麻痹思想，提高警惕，随时做好赶赴火场的准备。朴光熙参加森林保护工作已十五年，在扑火队负责保护区森防任务，平均每天要与队员们行走十公里以上，有时会行走二十公里，确保管辖区域的防火安全。通过几年的积累，他已经成为一名合格的森林扑火队指挥员，在全体队员的努力下，确保辖区无重大森林火灾的发生。

风灾区扑火队所驻防的地区比较偏远，一到集中季节时，都很难回一次家，春防秋防期间一住就是五六十天，且二十四小时待命，只能利用夜晚的休息时间与家人通电话，嘘寒问暖间抚慰内心的思念。但是出于对这份保护工作的热爱，为了保护好国家森林资源不受到破坏，他没有退缩，而是一如既往地坚守着岗位。朴光熙有骄傲，也有愧疚，长期在工作岗位上坚守，很少能够陪伴家人，妻子又要照顾四位老人和一个孩子。但是妻子为了让朴光熙更好地工作，一直默默支持，毫无怨言。所以，一旦有休息，小朴在家的几天里，尽其所能地多做些家务，多陪陪父母和妻儿。

一个人一生做一件事，是认真，是坚定；几代人做一件事，是传承，是信念。护林巡护、科学研究、森林扑火，朴氏三代人工作岗位虽不同，但他们对长白山的保护期许和心愿是一致的，相通的。正是朴氏三代人这样薪火相传，传承奉献，恪尽职守，才有长白山蓬勃发展的美景！正是因为有朴家三代人这样的专家和保护者在默默坚守，无私地奉献，将一生的汗水付诸无垠的林海，付诸这座天然的博物馆，才能保护好长白山完整的自然生态。

三

有一句话说："读万卷书，行万里路。"这是长白山自然保护管理中心自然保护处处长郑依国的人生信条。当一个人内心有团火焰，上天都会成就你。他在阅读中，感知世界的博大；他在巡护山里的路中，感知书籍的厚重。书为依托，为他打开了一扇求知的窗，从而得到丰富的知识；路为媒介，为他把知识转化为能力。他与书籍和大山的故事，就从这里开始。

齐鲁大地，人杰地灵，郑依国就出生于这片土地。山东汉子智慧豪迈热情，又兼具儒雅随和。1972 年出生的郑依国深受孔孟的影响，从小就喜欢看书。1993 年从部队复员被分配到原吉林长白山国家级自然保护区管理局峰岭保护管理站，他的职场生涯从野外巡护开始。

野外巡护对于郑依国而言是一份很神圣的职业，他虽然是第一次接触这份职业，却全身心地投入。管护员们无所事事闲聊时，他却捧着书本学习，尽管没有太多可供他阅读的书籍。有关森林法律法规的书籍，他看得也津津有味，一条条熟烂于心。次年，他就当上了巡护组长。当时的峰岭保护管理站工作和生活的条件都很艰苦，照明依靠发电机，且每晚九点就停止发电。郑依国很无奈，只能不情愿地合上书与黑夜对视。

书读多了，视野开阔，峰岭保护管理站的通讯报道都由他撰稿，他的才气在本单位小有名气。书籍是改变命运的源泉，他的业余生活里，书成了好伙伴。书读多了，思维更活跃，他想：我要用学到的知识去更好地保护山林。

想到就要做到，他默默地用一本本书丰富自己、武装自己。

作为一名管护员，巡护是第一要务。他每日兴高采烈地带着队友进山巡护。那时，盗猎者依然存在，常常在清山中捕获持有枪支的盗猎者，也曾与持枪的盗猎者对峙过。当时，凭借一份热爱、一股冲劲、一股干劲，他的眼前没有困难，也没有恐慌。事后回想与盗猎者僵持的那一刻，心里也掠过一点点的惶恐。可是，再次遇见盗猎者时，他依然冲在最危险的前面。

他心中有万里路，而他的万里路在山林、在谷底、在溪边，他把巡护当作了野外体验。他的眼里，山林每天都是新的，每天都有不同的收获。有时遇见惊险，对他，也是自然的馈赠，也是偏得的收获。那年秋季，具体哪一年，他已经记不清了，记忆的背景是峰岭保护管理站，只因惊险，刻骨铭心。那时，管护员的装备欠佳，劳动保护用品中，一年只有一双鞋子，而这双胶鞋仅穿半个月就掉了鞋底，只好自己买鞋穿。晚上九点停电后，接到命令进山清理盗采人员。月黑风高，途经黑河，必须过河，眼前的黑河，第一次经过，又是天黑，无法看清楚河面，无法揣摩深浅，又是初生牛犊之势，缺少经验，只有胆量。郑依国弯腰挽起裤脚，瞅瞅鞋皱皱眉，想来别把鞋子弄湿弄坏，便脱下了。他想带着队友蹚河而过。走着走着，似乎整个身体都在下沉，他低估了黑河的深度。怎么办？水势湍急，切断了后退的路。这时，他害怕了。依靠平日野浴的功底，在河中扑腾。随着激流上下漂动，时不时还有河水冲入喉咙。那一刻，他在竭尽全力挣扎。天无绝人之路，一根倒木漂来，这是他们的救命稻草，几人抱着倒木漂到岸边。倒木救了他们的命，可是，鞋子却没了踪影。这次任务，他们以失败收尾。郑依国很失望，任务没有完成，鞋子又丢失了。他觉得没有脸面。暗暗发誓：要踏遍长白林海的河流，掌握它们的深浅及暗礁，决不能在同一条河流里再遇到惊险。

艰苦对于天才是一块垫脚石，对于勤劳的人是一笔财富，对于弱者则是万丈深渊。他把艰苦当作了动力，在艰苦中储备能量和意志。路在脚下，他如读书一般，一页页地翻开，但凡他所经历的山形地貌、河流水系概况都镌刻在他的心间。

随着工作时间的延长，工作成绩也一点点彰显。随着阅历增加，工种也在一次次变动，芝麻开花节节高，1995 年他荣获原吉林长白山国家级自然保护区管理局“优秀共产党员”的称号，此后，便与荣誉结缘。2001 年离开峰岭保护站，调到白河保护站；2004 年调入长白山自然保护管理中心资源处，担任稽查员。工作变动，站位提高，督导全区野生动植物保护工作。横向纵向都是全新的界面，平日所学的各种法律法规都能派上用场。他感觉书到用时方恨

郑依国在查找资料

少，每天依然抽出时间读书学习。

郑依国眼里，每一份工作，每一个工种，都是在为保护长白山的绿水青山而践行一份责任，不能懈怠，不能马虎，工作看似枯燥，而郑依国却做得风生水起。心中装满爱，巡护的苦中也能酿出甘甜。2006年他又调入长白山自然保护管理中心自然保护处，此后，他对自己的要求更高。

2010年，保护中心启动了森林病虫害监测后，发现地下森林很多老树枯萎，经过监测发现，都是云杉八齿小蠹惹的祸。那时，保护的意识在很多人的头脑中还很淡漠，似乎保护只针对盗采者的破坏，而病虫害于很多人而言还是一个新名词。一切新知识源于读书，郑依国找来相关书籍和资料，发现原来关于病虫害防治的知识书本中早有记载。森林病虫害被称为“不冒烟的森林火灾”，对森林资源造成的损失十分严重。这时，他更加认知自己知识的欠缺，补课势在必行。经验源于实践，智慧来自书本。他在学习和实践中丰盈自己。

这一年，他接触了防治病虫害的诱捕技术，就是他第一年接触病虫害防治，诱捕就是抓住成虫羽化最佳时机，在地下森林一千多公顷范围内悬挂诱芯，吸引雄虫，干扰成虫间交尾，减少繁殖。这种方法效果好，只是诱捕箱要三天清理一次，以避免腐烂有异味而影响效果，无形中增加了管护员的工作强度。针对一件事，认真去琢磨，总会有很多解决的方法。2011年，郑依国随专家组参与了推拉防虫和驱避技术，通过内部诱惑外部驱散方式收到了较好的防治效果。

每经历一件事，都在不解中收获，在收获中升华。书是他案头的山林，山林是大地的书籍。随时间推移，他对自然保护工作的理解和思想意识进一步提升，不再停留于堵截人类盗采和人类破坏上，而动植物的生长和安全成为重中之重。近几年，他积极主持和参与保护区极小种群保护项目的申报与实施，开展了中华秋沙鸭、朝鲜崖柏种群拯救与扩繁和野猪非洲猪瘟疫情防控等诸多保护工程，参与了长白山保护区整合优化调整工作方案制作。同时，他还积极

郑依国工作中

向中心领导建言献策，不断加大对破坏森林资源行为的惩处力度，强化保护管理措施，使辖区生物多样性得到较好保护，这些都源于读经典书籍的恩泽，得益于对自然保护政策和法制体系的理解。书籍成为他人生之路最好的老师。人生之路也如山林之路，潜藏着沟壑和暗礁，而处理的方法相似。

用心栽花花香远，郑依国对保护事业爱得炙热，爱得深远，心思都扑在保护自然上，辛苦有目共睹，荣誉之花自芬芳。这些年来，获得长白山管委会和长白山自然保护管理中心的荣誉很多，这些荣誉是偶然，也是必然，付出就有回报。2017 年他荣获了吉林省爱鸟护鸟及保护野生动物“先进个人”，2019 年国家林草局授予他“保护森林和野生动物资源先进个人”。

荣誉的取得，不是只靠一朝一夕的努力，而是一个个脚印踏出的回报。保护森林、保护野生动物是他标记于内心的使命。

四

世间的人，各有其所爱，有人爱山水，有人爱财富，有人爱娱乐，而有一个人却独爱大山中的花花草草。每一朵花于他都是精灵，每一棵草于他都是宝贝，不管工作环境如何艰苦，但凡见到植物的那一刻，周海城都会兴奋地忘却一切疲劳。

周海城1968年生于吉林省白山市湾沟林业局，1980年随父母来到长白山保护区，父亲在这里当了钳工。1985年，初中毕业的周海城在内蒙古赤峰市参军入伍。20世纪80年代末从部队复员，被分配到原长白山自然保护区管理局自然保护中心工作。

他精彩的人生从白山保护管理站开始。那时，他还是一名管护员，每天巡护长白瀑布和长白山天池水面，还负责保护长白山北景区游客的安全。巡护工作依靠脚步踏查，依靠眼睛观察。而他在巡护的途中，常常被野花野草吸引，那一刻，每一株植物都如同初恋的女友，越看越欢喜。

就这样，植物的魔力萌动在他的心里。

天赐有梦想的人。机缘巧合，那年5月，与长白山自然博物馆高级工程师宗占江老师走进了林海采集植物，他开始与宗老师学习制作标本。同时，老师借给他《长白山药用植物志》《植物系统分类》《辽宁植物志》等书籍。此后的工作之余，这几本书成了他精神的食粮，一遍遍地翻看也不厌倦。

书中的资料都很珍贵，都是周海城未知的世界。那个时候，工具书籍紧缺，怎么办？他对这些书爱不释手。

万般无奈下，他买来稿纸，一字字地抄录，一边抄写，一边再复习，如此边看边写收获更大。同时，他还对照书中的图片资料去林中寻找。书中的内容一字字琢磨，书中的图片一个个对照，把文字记录在纸上，也记在心里。读写与实地踏查同步推进，每一种被他盯上的植物，都镌刻在他的知识宝库中。

就这样，他用了十年的时间抄书，也用了十年的时间消化书中的内容，当他抄完这些难得的资料时，这些资料也成了他脑子里挥之不去的财富。

为了配合记忆，他买了制作标本的工具和材料，学起制作标本，他想把学到的遇到的，变成资料留存，让更多的人去了解长白山这块神秘的领地。

因为对植物的认知和相关法律条款在他心底的储备，2000年几名国外的专家游客在长白山苔原带遇到了特殊的蕨类植物，未经允许挖采了，准备留存作为资料。采挖者被景区发现后，景区的工作人员却拿不出相关的法律条款与外国游客交涉，更别提被挖采的植物名称。这时，周海城途经这里，苔原带苔藓环境，光照时间短，每一株植物都是珍稀物种，遭到游人的破坏让周海城很气愤。周海城心疼地捧着离开土壤的植物，很精准地说出植物的名字，还有相关的处罚条例。翻译把周海城的话翻译给采挖者，对方很惊讶，也很信服，对眼前的年轻人刮目相看，原来如此珍贵植物，他不但认得，居然还认知得准确。

在场的工作人员很汗颜。同样都是在山林中穿梭，而周海城却把所见过的植物都刻在心里。这件事，使这里的工作人员产生了深刻的思索。大山的资源有限，天时地利在，而植物却成了周海城内心美丽的风景。

在绵延的长白山脉中，生长植物上千种，还有无数飞禽和走兽生活在这里，这些独有的动植物资源又成为自然学家探索的天堂。而周海城在这座天堂里，在踏查动植物上，不知走过了多少里路，跨过了多少条沟，翻过了多少座山峰，累了就躺在树下休息，渴了就喝泉水，饿了就吃冰冷的干粮。早晨顶着露水进入山中，中午汗水湿透衣裳，就这样从日出一直走到日落，晚上回家双腿都是浮肿的，双脚泡得发白。寻找植物之路很苦很累，可他从来没有放弃，一直坚持着，一直走下去。

遇见便有惊喜。一日他随外地专家去山里寻找珍稀植物，在头道保护站辖区发现球果假水晶兰，这是很珍贵的物种。前来踏查的专家却擅自将发现的这株植物全部采下来要做标本。周海城发现时，他们都已经采挖完毕。这片区域极目四望，再没见到这种植物。周海城埋怨自己，为何不阻止，连一张生长的图片都没留下。此后，但凡见到陌生的植物，他都要拍下来，如若没有相机时，便一遍遍地看，直至镌刻在脑海里。他靠记忆完成了对植物的认知。

他与动物打交道是工作，他与植物打交道是兴趣，如此不间断地学习和积累，由浅至深地记录关于植物形态、药理方面的所见所感。一次在针叶林带，他遇见了一朵奇美的花，但是很陌生，急忙让同事拍下这株花，自己都没舍得采挖一株。拖着疲惫的脚步下山后，并没有先回家，而是去照相馆冲洗胶片。花朵好看却不知道名字，偏巧这时，通化师范学院周繇教授来长白山考察，经过周教授的辨认，方知这株植物是罕见的百合科植物两色鹿药。喜欢一片花，做成一张画，周海城把它挂在家里墙壁上。

2000 年 7 月，他随北京农学院的专家去长白山南坡针叶林带做土壤化学调查。长白山的山地苔原并非“国内唯一”，但这里的景色却最丰富最迷人。突然，眼前一亮，一朵朵小花很靓丽，十年前见过，这正是家里墙壁上挂着的两色鹿药。他以为这种植物已经灭绝，再次见到它们，他兴奋地对着大山喊：“我又见到了！”同行的专家也很惊讶。当专家想要多采几株作为标本时，周海城急了：“只能采一朵，很珍贵，别破坏。”

专家很无奈。那一刻，这座山林似乎就是周海城的家，一草一木如同自己家中的宝贝。因为爱着山林爱着植物，所以他容不得任何人对植物有一丝一毫的伤害。

周海城只有初中的学历，这一点，他从不隐讳。可是他善学，爱学，不间断地学习植物知识，学习物种与生态，学习火山土壤进化过程……他的人生在山林里，他的闲时全部用在学习中，尤其巡护的途中、踏查的路上，一边工作着，一边注视着，看是走马观花，其实一双如鹰一般的眼睛在不停地发现新植物。他在寻找美，发现美。每一株植物都很难逃脱他目光的扫描。

虽然他深爱的事业是植物，而他却不得不在动物上耗费精力。在大山里从事野生动物病虫害监测的同时，还一直默默地寻找珍稀植物。天天在林子里，观察记录植物、动物和病虫害，在别人看来是一份苦差事，但周海城却乐在其中。2018 年秋天，一天中午，他途经池西保护管理站辖区一片草甸子，于他而言这是一块他未曾发现的处女地，有很多陌生的植物，刚刚踏入草甸子就发现了毛蒿豆，他的脚步便黏在这里，陆续又发现许多罕见的植物。草甸不大，如果正常行走三十分钟便可以走过。可是，因为这里有他喜欢的植物，脚步慢下来，脚步停下来，前前后后，左左右右，草甸子成了一本立体的书籍，物种丰富，他一遍遍地看看，一遍遍地端详，就是没有舍得采下一株。

土博士周海城

长白山里的每一株植物在他的心中，都是珍贵的，都是稀有的，他不想因为自己的喜欢而破坏了植物。山里落日早，天色已经渐黑，他才恋恋不舍离开。此后，他在一个周末休息时，背着相机又去了草甸子，将那些罕见的植物拍照留存。

每一次努力都是人生的准备，而机会是留给有准备的人。山林植物两千八百多种，而他可以独立认知上千种，依靠工具书可以辨识近两千种。见到每一种植物，他的脑海中都迅速定位这些植物生长在长白山的大概位置，随口说出它的特点、功效，特别是很多植物作为药材所具有的疗效。多年的积累，装在周海城心中的植物知识便是一本无字的教科书，他成为长白山“百科全书”式的人物。

花香蝶自来。经年累月默默耕耘，他成长为保护大自然的卫士，也成了森林植物学专家，先后协助或指导国内三十几所院校百余个科研项目的植物学野外调查工作，被省内外学者誉为“接地气的专家”，被植物研究的同行们誉为“工人出身的植物学专家”。2008 年，他被聘为北京林业大学林学院的客座实习指导教师。此后，每年他都要领着学生在林海实地踏查。十几年来，经他指导的硕士研究生已经上百名。这些高等学府的高才生，都很钦佩这位只有初中文化的老师。周老师的知识点中，有很多是书本中找不到的精华。这些精华都是周海城一步步丈量大山而收获来的精彩。这些年，他陪着高校科研人员搞科研，也收获很多知识，研究领域在扩延，从长白山植物到动物，长白山常见野生动物棕熊、黑熊、狍子、马鹿、野猪等习性，他也了然于胸。

“野生动物也怕人，林子遇见动物，先别紧张，停下来勇敢对视，不要示弱，也不要动手，它自然会走掉……”

“食草的动物听觉灵敏，肉食动物嗅觉灵敏，野生动物都尽可能地避开人类。但在它们进食时会发出警告和驱离信号，人要与它们保持安全距离……”

常年与动物打交道，他总结出来这些经验。接触来长白山进行野外实习的学生后，他毫不保留地传授了。

2020 年 7 月，飘着细雨的一天，穿着淡蓝色雨衣的周海城在抖音和快手直播中，向网友介绍了长白山高山花海的很多野生花卉，难得一见的高山花海通过网络直播给千万里之外的网友欣赏，土博士居然成了网红。长白山这座天然博物馆的魅力和周海城老师的魅力，在直播中让更多的人了解、赞叹和向往。

学习知识用心，指导学生精心，巡护山林走心，也敌不过他对工作的上心。

尽管他的人生已经很忙碌，很充实，但他又给自己设定了新的目标。长白山如此博大，还有很多未知的角落未能踏查，所以他想尽己所能地去把区域动植物种类踏查到完美。

长白山种下他的梦，因为勤奋，一定能结下丰硕之果。

后　记

美丽的梦和美丽的诗一样，
都是可遇而不可求的，
常常在最没能料到的时刻里出现。

与其说后记，不如说致谢。

我在长白山脚下出生，山林中成长，与山林的感情与生俱来，对长白山更是一往情深深似海。此刻想起李白的两句诗，最能表达此时此刻的心境：相看两不厌，只有敬亭山。

长白山就是我心中的敬亭山。

能出版这本与长白山有缘的书，对于平凡的我而言，的确忐忑。然而，在吉林省作家协会的扶持下，在长白山管委会和长白山自然保护管理中心的支持下，在朴龙国老师辛苦的陪同下，我将这份不安变成动力。采访，写作，整理，紧锣密鼓，忙忙碌碌，似乎有些不自量力，一本拙作就这样与读者见面了。

一个人的一生是一座桥梁，重要的不是目的和结果，于我而言，我更在意的是过程。攀登瞭望塔，体悟瞭望员的孤独和寂寞；踏查保护管理站，感受管护员工作的辛酸和苦辣；采访管护员，倾听他们生活中和工作中的喜怒和哀乐。这些素材对于我来说都是陌生的，都是第一次涉猎。伴随我更多的是感动，我用泪水采访，伴着眼泪敲击键盘。

一切意想不到的都是机缘巧合，2020 年长白山自然保护区建区六十周年，2021 年中国共产党成立一百周年，而这本拙作恰逢此时结集成册，似乎是天意，那么，就把这本书作为长白山自然保护区建区六十年的献礼，更是喜迎 2021 年中国共产党成立一百周年的献礼。

踏查长白山自然保护区后，遇见很多令人钦佩又默默无闻的奉献者，只因自己的倦怠而留下了遗憾。这些人，如一面面防火的旗帜在我眼前飘动，我知道，这将陆续在我未来的文字中再现。突然，我感到责任在身，历史辗转，他们曾历经的艰苦需要整理，需要记录，而自己与文字的缘分也注定了与他们的缘分。这些守护山林的人，安安静静，如同山林中的一棵棵树，扎根在山里，不求奢华，不求喧嚣，默默地向着天空的方向生长。每每这时，我的内心变得脆弱，他们被称为“看林子的”，低微的收入和卑微的身份，让如今的年轻人在择业和择偶上都回避这个职业。大山中蕴藏着无际的财富，却没有给予他们物质上的富足，可是，大山却给他们稀有的财富——空气和快乐，还有大山的真善美。想想这些，我的怜惜中多出些许安慰。

本是在书写这本书的后记，但提及守护大山的人，我便有些滔滔不绝，内心积聚着的故事，多么想都倾诉给读者，我多么想让读者了解工作在大山深处的人。每每这时，我都在想，我能为他们做些什么，虽然我没有改变他们工作和生活艰难的资本和权力，但我有一颗炙热挚爱之心和一支勤奋之笔，我可以用文字去记录他们的孤独和寂寞，还有他们的喜怒和哀乐。我深感有责任将他们的故事记录下来，希望更多热爱自然和保护自然的朋友或读者能了解他们，懂得他们。我的内心又升腾起一个小愿望，这本书出版之后，我还要继续写关于山林与保护的故事。心与他们同行，笔为他们书写。

采访之初，没有想过所写的文字会结集出版，站位不高，写出的人物和故事很单薄。如今，人与故事落于纸面，方觉写下这些文字之初缺少高瞻远瞩。此时，对文字，对故事，纵有不满，也只能厚颜与读者见面。时间沉淀作品，而这本书已被时间之轮追赶到特定的渡口，尽管这本书还是丑媳妇，也要见读者。为此，我给自己强加砝码，在不耽误工作的情况下，压缩睡眠，尽量减少文字的差错率，尽己所能地拿出满意的作品。

文字，情感，风景，都是长白山给予我的格外奖赏。我在书写这些文字时，常常泪流满面，我在感动中敲打着山林中迷人的风景。一年来，登塔摔伤的尾骨还时常折磨着我，时而坐久了，再度起身时，尾骨的痛如一枚钉子，居然钉在了椅子上。还好，有大山的福佑，只是疼痛而已，并没有影响我奔波职场和庸常生活。

值此之际，致谢是主基调。一切美好都源于一份信任，一切收获都盈满感激。

感谢扶持，感谢支持，感谢出版，感谢校对，感谢长白山……一时间好多名字涌到眼前，感动让我泪水涟涟，且语无伦次，不知从哪里提及。因为这些感谢都是一份情感的亏欠，一句谢谢似乎单薄，为此，便不一一罗列出来。就让满腾腾的感激之情尘封心底，温暖心底，在心底舒枝展叶，丰盈我情感的世界，敦促我未来的写作。

庄子曰：“天地有大美而不言，四时有明法而不议，万物有成理而不说。”我不是庄子，守山人也不是庄子。我只想写一本书记录守山人的冷与暖、远与近、喜与忧……这本书，我付出了很大的努力，脚步与内心还处在疲劳中，遗憾有之，作为一种动力，下次改正。

此时，我暗暗对自己似乎也在对读者说：码字很辛苦，有错误请原谅，可以告知，可以批评，别太严厉。一切善意的批评我都领受，并认真改正。只要您理解我便会多份宽容。

拜托，我亲爱的读者！

陈凤华

二〇二〇年九月十九日

于二道白河镇东悦青年旅舍